U0553698

张 敏———著

自我的现代性书写

英 国 玄 学 派 诗 人 乔 治 · 赫 伯 特 诗 歌 研 究

社会科学文献出版社
SOCIAL SCIENCES ACADEMIC PRESS(CHINA)

本专著出版得到兰州大学中央高校基本科研业务专项资金一般项目"自我的现代性书写——英国玄学派诗人乔治·赫伯特诗歌研究"（项目编号：17LZUJBWZY072）以及兰州大学外国语学院教学科研创新学术团队建设项目"英美文学教学与科研创新及实践"（项目编号：16LZUWYXSTD010）的资助，在此表示感谢！

"自强不息，独树一帜"
谨以此书献给兰州大学 110 年华诞

序

　　17 世纪的英国已经迈入早期现代时期，宗教文学仍盛行不衰，乔治·赫伯特（George Herbert）无疑是那个时期宗教诗人的代表。因患结核病，赫伯特在充满动荡和纷争的英格兰只度过了短暂的 40 年人生岁月，他的代表作诗集《圣殿》也是在其离开人世后数月才得以出版，但赫伯特在英国文学史上却享有崇高地位，历来都受到不少诗人和作家的推崇。17 世纪英国著名的清教徒牧师、神学家、诗人理查德·巴克斯特（Richard Baxter）曾表达了对赫伯特诗歌的无限敬仰，认为赫伯特对待上帝是非常虔诚的，"灵魂之作和天堂之作构成了他的诗集"。20 世纪的伟大诗人托马斯·斯特尔那斯·艾略特（T. S. Eliot）、威斯坦·休·奥登（W. H. Auden）、伊丽莎白·毕晓普（Elizabeth Bishop）、谢默斯·希尼（Seamus Heaney）等都给予赫伯特以崇高评价。艾略特曾将赫伯特与威廉·莎士比亚相提并论，认为赫伯特虽远不及莎翁那么伟大，但"称他为一位重要的诗人是有充分依据的"。赫伯特的诗名源自他那些质量上乘的宗教诗歌。艾略特注意到，在赫伯特成为比麦顿（Bemerton）教区长之前，他广泛参与世俗活动，婚姻美满，没有一点儿遁世的迹象。然而，对信仰的渴望，对虔诚的向往，对自我的叩问，对宗教的沉思赋予了赫伯特诗歌丰富的灵感，成就了他的诗歌才华，使他成为名垂青史的宗教诗人。艾略特认为，宗教题材促使赫伯特创作出了伟大的诗歌，但同时强调，如果认为赫伯特的诗歌仅仅对基督教读者具有阅读价值，那就犯下了一个严重的错误，因为赫伯特的诗歌不仅诗艺高超，更是呈现了内心世界的挣扎状态，能触动读者的情感，引起读者的共鸣，与宗教信仰和情感没有必然的联系。

艾略特的观点道出了赫伯特诗歌的本质。首先，赫伯特与英国 16~17 世纪的许多诗人一道，为了提升英语作为民族语言的崇高地位和国际影响力，非常注重提升英语的表达力，其诗歌在措辞、韵律、传情达意等方面显示出卓越的技巧，许多诗篇的语言形式达到了炉火纯青的地步。其次，除卓越的诗艺外，赫伯特的诗歌更是以情感取胜，诗人将追求信仰过程中内心的挣扎、痛苦、喜悦、宁静等情感很真实地呈现在诗篇之中。有西方学者注意到，赫伯特诗歌中有多个抒情说话者，以不同的声调与上帝和读者进行亲密交谈，既有争论、抱怨、哀叹，也有赞美和歌颂，展现了充满怀疑、苦恼、欢愉的内心世界，在那里，"基督教与人性，语言与个人的深层情感，以及音乐技巧最完美地结合为一体了"。

赫伯特诗歌中呈现的多重内心世界引起了部分西方学者的关注，他们指出赫伯特在其诗歌中构建了不同的人物从而发出了不同的声音。然而，正如张敏博士所言，国外的这些相关研究"并未关注这些声音所构建出来的戏剧效果，也没有将这些声音系统归类，思考各种声音之间是否有关联，是否进行了某种对话，揭示了某一主题，更没有将人物声音与赫伯特自我的现代性书写联系起来"。张敏博士既熟悉国外赫伯特研究现状，更能洞察可能存在的学术突破之处。她抓住了赫伯特诗歌的戏剧性这个内核，结合米哈伊尔·M. 巴赫金（Mikhail M. Bakhatin）的对话性理论，以文化研究视野为依托，系统而深入地探讨了赫伯特诗歌中的多重声音，指出赫伯特构建的多重声音实质上是现代性自我的诗学表达，现代性的自我涉及内心认知、外在身份、审美意识等多维度的自我书写。

安东尼·吉登斯（A. Giddens）指出："现代性指社会生活或组织模式，大约 17 世纪出现在欧洲。"现代性的出现对自我身份认同产生了重大影响，"前现代时期的文化中不含有以下观念，即每个人都具有独特的性格特征以及有可能获得实现的特殊潜能",而当人类迈入现代时期,成长、反思、时间、身体等与自我紧密相关的日常行为和生活方式开始成为人们的关注焦点。张敏博士把赫伯特的诗歌置于 17 世纪的大背景进行考察,揭示了现代性文化与赫伯特诗歌中戏剧化声音之间的内在关联,这成为她这本专著最重要的创新点。从自我的现代性书写这一颇具思辨性的创新性立论出发,张敏博士对赫伯特的重要诗歌文本进行重新审视,产生了一些新的解读和观点。她的研究告诉读者,赫伯特的自我既是出世的自我,也是入世的自我,同时更是一个审美的自我。

在研究方法上,该专著将文本细读与文化研究进行了有效嫁接。当然,这里所言的细读法已经超越了英美新批评的局限,而是"将文本细读视为一种文本阐释方法,根据意义生成的不同模式,从不同角度去寻找文本的意义,并且在文本细读的过程中结合文化研究进行文本分析阐释"。将文学文本与宏观和微观的历史文化语境结合起来进行研究,更能洞察文学世界的丰富性和复杂性。难能可贵的是,作者对国外理论大家的观点并不盲从,而是辨明其理论体系的出发点和核心点,择其合理之说加以利用。例如,作者对雅各布·布克哈特(Jacob Burckhardt)和斯蒂芬·格林布拉特(Stephen Greenblatt)有关文艺复兴时期自我概念的相关讨论,便可见一斑。

张敏博士是一个能挑战自我的年轻学者。她硕士研究生期间主攻当代英国小说,2012 年 9 月进入西南大学外国语学院攻读博士学位后,她毅然决然地将研究兴趣转向英国 16~17 世纪文学。现在许多年轻学子喜欢研究现当代外国文学,对中世纪文学、早期现代文学有一种畏惧感。张敏不仅选择研究巴罗克时期的英国文学,而且选择了国内学界经常论及但未曾进行深入研究的赫伯特作为研究对象。她笃学慎思,通过多种渠道收集与课题相关的资料,对这些资料进行消化吸收,内化为自己知识结构的有机组成部分。经过四年的寒窗苦读,她撰写的博士学位论文得到了评审专家和答辩委员会专家的一致好评。获得博士学位后,她在家庭生活和学业追求上也捷报频传,作为曾经的导师,我由衷地感到高兴和自豪。我相信,以她踏实的学风和良好的科研潜力为基础，定能不断地挑战自我，超越自我，为推动中国的早期现代英国文学研究奉献力量。

是为序。

刘立辉

2018 年 11 月于重庆北碚嘉陵江畔

目 录

CONTENTS

绪　论

一　现状与评述

乔治·赫伯特（1593—1633）是英国16世纪末17世纪初著名诗人，其诗作主要包括拉丁语诗集《忆伟大的母亲》（*Memoriae Matris Sacrum*）、十四行诗、英语诗集《圣殿》（*The Temple*）、诗篇《致波西米亚女王》（*To the Queen of Bohemia*）、《致大法官》（*To the Right Hon. the L. Chancellor*）；此外，赫伯特还著有散文集《乡村牧师》（*The Country Parson*），又名《圣殿之牧师》（*A Priest To the Temple*）、《信件》（*Letters*）、拉丁语散文集《演说》（*Orations*）以及《异国他乡之谚语》（*Outlandish Proverbs*），并翻译了威尼斯贵族路易吉·科纳诺（Luigi Cornaro）的散文《关于节制与戒酒的论文》（*A Treatise of Temperance and Sobrietie*）。赫伯特的众多作品以诗集《圣殿》最负盛名。由于创作风格与约翰·多恩（John Donne）有颇多相似之处，学界通常将赫伯特视为追随多恩的玄学派诗人之一。实际上，赫伯特早已被视为英国重要的虔诚宗教诗人，在我们理解英国诗歌发展的历史上占据了一个永恒的中心位置。[1]赫伯特经常被同时期的诗人颂扬和模仿，因为他开启了一种创作宗教诗歌的新模式。[2]艾兹拉·

---

[1] See John R. Roberts, *George Herbert: An Annotated Bibliography of Modern Criticism* 1905 – 1984, Columbia: University of Missouri Press, 1988, p. xi.

[2] See Barbara Kiefer Lewalski, *Protestant Poetics and the Seventeenth-Century Religious Lyric*, Princeton: Princeton University Press, 1970, p. 283.

庞德（Ezra Pound）称赞赫伯特，对其诗歌创造的语言感到颇为惊叹。①艾略特亦指出："《圣殿》记录了一个有知识力量与情感强度之人的精神斗争。作为此种记录，他引起意欲了解同类作家之人的兴趣与好奇；并且，我认为《圣殿》的重要性远胜于多恩所有宗教诗歌的重要性。"②彼得·萨克斯（Peter Sacks）更是认为赫伯特为20世纪作家提供了"基督献身主题的模板"③。

正因认识到了赫伯特的重要性，当代欧美学术界频频举办与赫伯特相关的学术活动：《乔治·赫伯特期刊》（*George Herbert Journal*）于1977年4月创刊；1978年10月20～21日，迪尔伯恩密歇根大学召开了两年一度的文艺复兴第三届会议，此次会议以赫伯特及其作品为议题展开研讨；1993年，在洛杉矶举行了赫伯特诞辰400周年纪念会；同年11月，在克拉克图书馆召开了为期两天的"十七、十八世纪研究中心"会议，会议主题为"90年代的乔治·赫伯特研究"（"George Herbert in the Nineties"）；2007年10月，在索尔兹伯里和比麦顿召开了"乔治·赫伯特的田园文学作品"会议（"George Herbert's Pastoral"）；2008年9月，蒙哥马利庆祝了"乔治·赫伯特节日"（George Herbert Festival），并同时举办了乔治·赫伯特诗歌竞赛；同年10月9日至11日，北卡罗来纳大学格林斯波罗召开了"乔治·赫伯特的旅程：国际印刷与文化遗产"会议（"George Herbert's Travel: International Print and Cultural Legacies"）；2011年10月13日，为期四天的"寻找乔治·赫伯特"（"Locating George Herbert"）会议在蒙哥马利拉开帷幕。此外，学术界还成立了乔治·赫伯特协会；该协会由2005年成立的文艺复兴协会专家构成，其主要成员包括保罗·迪克（Paul Dyck）、西德尼·戈特利布（Sidney Gottlieb）、昌西·伍德（Chauncey

---

① See Ezra Pound, "The Hard and Soft in French Poetry" (1918), in T. S. Eliot, ed., *Literary Essays of Ezra Pound*, New York: New Directions, 1968, pp. 286-287.

② T. S. Eliot, *George Herbert*, London: British Council and National Book League, 1962, p. 20.

③ See Peter Sacks, "'No room for me': George Herbert and Our Contemporaries," in Jonathan F. S. Post & Sidney Gottlieb, eds., *George Herbert in the Nineties: Reflections and Reassessments*, Fairfield: Sacred Heart University, 1995, p. 42.

Wood)、海伦·威尔科克斯（Helen Wilcox）、伊丽莎白·克拉克（Elizabeth Clarke）、约翰·赫伯特（John Herbert）、克里斯蒂娜·马尔科姆森（Cristina Malcolmson）、肖恩·麦克道尔（Sean McDowell）、乔纳森·波斯特（Jonathan F. S. Post）、朱迪·里斯（Judy Rees）、维克拉姆·塞斯（Vikram Seth）以及艾米·查尔斯（Amy M. Charles）。这些学者可谓欧美学术界赫伯特研究的领军人物。除欧美学者之外，部分东亚学者也对赫伯特及其作品给予了高度关注。渡边捷昭（Kenichiro Watanabe）著有《碎片中的〈圣殿〉：二十世纪日本对乔治·赫伯特的接受》（"The Temple in Fragments：The Reception of George Herbert in 20th-Century Japan"），该文对1914年以来日本学界赫伯特研究进行了综述；鬼冢圭一（Keiichi Onizuka）于1986年翻译了《教堂》的部分诗篇，并于1997年完成了《圣殿》整部诗集的翻译，让日本读者得见赫伯特诗歌全貌。

　　本书选取赫伯特的诗集《圣殿》为研究对象。《圣殿》诗集共由三部分组成，分别为《教堂柱廊》（The Church-Porch）、《教堂》（The Church）和《战斗教会》（The Church-Militant）。诗集中部分诗篇的具体创作时间现已经无法考证，但其诗篇主要有以下两个来源。一是威廉姆斯手稿（the Williams Manuscript），其中包含了77首诗，大多诗篇创作于1615～1625年。[①]该手稿虽然并未收录现今《圣殿》诗集中的所有诗篇，却构建了《教堂柱廊》、《教堂》和《战斗教会》三部分的基本结构。二是牛津大学图书馆手稿（the Bodleian Manscript）。该手稿包含了赫伯特《圣殿》诗集中的165首诗，它在安排和顺序上比威廉姆斯手稿更为细致。许多学者认为这便是赫伯特在临终前委托爱德蒙·邓肯（Edmund Duncon）转交给其好友尼古拉斯·费拉尔（Nicholas Ferrar）的小册子。赫伯特去世不久，费拉尔于1633年将《圣殿》出版。在同一年，《圣殿》的第二个版本也问世。随后，《圣殿》分别于1634年、1635年、1638年、1641年、1656年、1660年、1667年、1674年和1678年出版，并且在1647年还出现过《圣

---

① Helen Wilcox, "Introduction", George Herbert, *The English Poems of George Herbert*, p. xxxvii.

殿》的仿版；而在 1695 年，1678 年版的《圣殿》又得以重新出版。①根据艾萨克·沃尔顿（Izaak Walton）所说，在 1633~1675 年，《圣殿》的销售量达 20000 本，而当时约翰·弥尔顿（John Milton）所著的《失乐园》（*Paradise Lost*）的销售量仅有 3000 本。②据此，我们可以断定赫伯特在 17 世纪颇受欢迎。实际上，在《圣殿》出版之后便有许多诗人对赫伯特的诗歌创作进行模仿；对《圣殿》的选读以及阐释使该诗集如同圣经一般，丰富了宗教诗歌的创作。③ 17 世纪受赫伯特影响的著名诗人包括克里斯多夫·哈维（Christopher Harvey）、理查德·克拉肖（Richard Crashaw）、亨利·沃恩（Henry Vaughan）。

除了模仿赫伯特的诗歌创作之外，17 世纪的文人已经开始了对赫伯特诗歌的批评。较为著名的批评家包括多恩、约翰·费拉尔（John Ferrar）、哈维、克拉肖、沃恩、托马斯·霍布斯（Thomas Hobbes）、巴克斯特、约瑟夫·博蒙特（Joseph Beaumount）、沃尔顿、约翰·德莱顿（John Dryden）等人。虽然该时期的赫伯特评论颇多，却并不及现当代赫伯特评论那么系统，其中，描写赫伯特人生经历以及对世俗权力和神职追求的传记批评占很大的比例。较具代表性的作品包括沃尔顿的《乔治·赫伯特先生的生平》（*The Life of Mr. George Herbert*）、巴纳巴斯·奥利（Barnabas Oley）的《乔治·赫伯特先生生平的序言性评价》（"A Prefatory View of the Life of Mr. Geo. Herbert"）。此外，也有文人将赫伯特作为虔诚宗教诗人进行研究，指出其宗教诗歌创作风格对同时代许多宗教诗人产生了重大影响，可谓形成了独具一格的创作风格。

对赫伯特及其作品的评价在 18 世纪发生了变化。虽然该时期也有吉尔斯·雅各布（Giles Jacob）、约翰·惠尔登（John Wheeldon）以及约翰·卫斯理（John Wesley）等人高度称赞赫伯特的作品，甚至对其作品进行模

① C. A. Patrides, *George Herbert: The Critical Heritage*, London, Boston, Melbourne and Henley: Routledge and Kegan Paul, 1983, p. 3.

② Ibid., p. 3.

③ Helen Wilcox, "'Heaven's Lidger Here': Herbert's Temple and Seventeenth-century Devotion," in David Jasper, ed., *Images of Belief in Literature*, London: Palgrave Macmillan, 1984, pp. 160–161.

仿，但在《观察者》（*The Spectator*）第 58 期中，约瑟夫·艾迪森（Joseph Addison）对赫伯特的评论确定了 18 世纪赫伯特批评的基调。艾迪森认为像赫伯特图解诗歌的形式，消解了其意义，因此展现的只是一种虚假的才智（false wit）。①威廉·柯珀（William Cowper）认为赫伯特的诗歌是"哥特式的、笨拙的"②；其诗歌并不能纾解，反倒会加深人的忧郁情绪。

　　到 19 世纪，赫伯特批评的总趋势又发生了变化。塞缪尔·泰勒·柯勒律治（Samuel Talyor Coleridge）对赫伯特的《启应轮流吟唱》（"Antiphon"）、《花》（"The Flower"）等诗篇进行了详细的分析，指出赫伯特思想的怪异性蒙蔽了现代读者的眼睛，让读者忽视了赫伯特诗歌的优点，他认为赫伯特是一个"真正的、独具一格的诗人"③。拉尔夫·W. 爱默生（Ralph Waldo Emerson）称赞赫伯特为英国天才中最具代表性的人物。④ 他认为赫伯特将崇高的思想融入诗歌创作之中，并且能用恰当的语言表达这种思想。该时期对赫伯特评价最高的可能是塞缪尔·布朗（Samuel Brown）。布朗指出赫伯特的诗篇与纯正的音乐产生共鸣，于感官、灵魂均是如此；其诗歌展现出的天赋超过众多诗人，并且呈现了令人无法匹敌的诗学品味。⑤另一匿名作者撰写了《乔治·赫伯特与他的时代，基督徒的纪念》（*George Herbert and His times, in the Christian Remebrance*）。作者在该书结尾总结道："像乔治·赫伯特一样的诗人很罕见。让他与众不同的并非广博的学识，或高雅的品位；也不是崇高的精神，或和蔼可亲的性格，甚至不是他那严谨的生活，而是这些特点的融合让他如此出众。他是'学识、人与神的大师'。"⑥ 19 世纪受到赫伯特影响而进行创作的文人包括乔治·艾略特（George Eliot）、艾米莉·狄更森（Emily Dickinson）、克

---

① C. A. Patrides, *George Herbert: The Critical Heritage*, p. 149.

② William Cowper, *The Letters and Prose Writings of William Cowper*, ed. James King and Charles Ryskamp, Oxford: Clarendon Press, 1979, pp. 8–9.

③ Samuel Taylor Coleridge, *Miscellaneous Criticism*, ed. Thomas Middleton Raysor, Cambridge: Harvard University Press, 1936, p. 244.

④ C. A. Patrides, *George Herbert: The Critical Heritage*, p. 21.

⑤ Ibid., p. 26.

⑥ C. A. Patrides, *George Herbert: The Critical Heritage*, p. 256.

里斯蒂娜·罗塞蒂（Chistina Rossetti）、杰拉尔德·M. 霍普金斯（Gerard Manley Hopkins）等。虽然该时期赫伯特评论以颂扬为主，但也不乏批判之声。其中，约翰·尼科尔（John Nichol）认为赫伯特创作具有以下缺点：不凝练，在不同诗篇或同一诗篇中重复某种观点；偏爱运用奇怪的寓言；运用奇喻，且措辞中表现出矫饰主义；缺乏幽默因素。

20 世纪赫伯特批评以乔治·赫伯特·帕尔默（George Herbert Palmer）的《赫伯特英文诗集》（*The English Poems of George Herbert*）（1905 年）为滥觞。帕尔默编辑的赫伯特诗集至关重要，因为他肯定了赫伯特是一个有洞察力的艺术家，且唤起了同时代人对赫伯特诗歌的热情。随后，在《英语诗歌的构造类型》（"Formative Types in English Poetry"）一文中，帕尔默重申了《赫伯特英文诗集》中表达的观点，并在该文章中对赫伯特诗歌的形式进行了分析；他指出，与当时的许多诗人不同，赫伯特的作品结构统一，他知道何时停止；每一首诗都表达了一种心情，描述了人神关系，或论及了神圣之爱，并在结尾都将之进行了清晰的阐述。[①]海德（A. G. Hyde）撰写的《乔治·赫伯特与他的时代》（*George Herbert and His Times*）以沃尔顿的《乔治·赫伯特先生的生平》为基础，对赫伯特的许多诗篇进行了详尽分析，并将赫伯特的人生、创作与其生活历史加以联系。爱德华·B. 里德（Edward Bliss Reed）认为赫伯特的宗教诗歌创作不同于早期的宗教诗歌，他采用的风格和主题都是前所未有的，创造了一种新的诗歌流派。赫伯特·约翰·C. 格里尔逊（Herbert John Clifford Grierson）在早期的评论中对赫伯特的评价颇高，认为赫伯特诗歌中"怪异的修辞有效地得以控制"（are managed with great rhetorical effectiveness）[②]，但他对赫伯特的评价自 1906 年便有所改变，并在 1921 年出版的《玄学派诗人与十七世纪诗歌》（"Metaphysical Lyrics and Poems of The Seventeenth Century"）中指出赫伯特是隶属于多恩的玄学派诗人，但是与多恩相比，赫伯特总是逊色许多，

① C. A. Patrides, *George Herbert*: *The Critical Heritage*, p. 296.
② Herbert John Clifford Grierson, *Metaphysical Lyrics and Poems of the Seventeenth Century*, *Donne to Butler*, Clarendon: Clarendon Press, 1928, p. xliv.

他虽然思想敏锐，却"不深邃"，诗歌也不够有想象力。艾略特最初也赞同格里尔逊的观点。但在 1932 年《观察者》上发表的文章中，艾略特重新审视了赫伯特，并对他给予了高度评价，认为"我们应当将《圣殿》作为一个整体进行研究，因为赫伯特是一位重要的诗人"①。

20 世纪至今，赫伯特研究在广度上已经覆盖了他创作的所有作品，包括拉丁诗集、散文集《乡村牧师》以及诗集《圣殿》，甚至涵括了赫伯特的书信研究。从深度上看，赫伯特研究已经涉及历史、宗教、哲学、政治、艺术、语言学、文体学等各个领域。20 世纪的各种文学研究流派也纷纷卷入了赫伯特研究热潮中。

纵观 17 世纪至今，赫伯特研究大致可以归纳为九个方面：传记研究；赫伯特与其他诗人的对比研究；赫伯特的宗教信仰探析；赫伯特诗歌的象征艺术；赫伯特诗歌创作艺术；赫伯特是否为神秘主义诗人；赫伯特诗歌主题研究；某一诗篇或某一部作品的研究以及赫伯特批评现状研究。此外，还有学者将赫伯特文本与宗教经典书目关联研究以及从教学角度研究赫伯特的作品。随着现当代各种文艺理论的出现，也有学者从后结构主义、读者批评、文化研究、新历史主义、空间理论等角度解读赫伯特的作品。

迄今为止，中国虽然尚未出现赫伯特作品的完整译本，但是部分学者对赫伯特及其作品亦十分关注。一些介绍英国文学史的书籍时常提及赫伯特，例如刘炳善编写的《英国文学简史》、陈嘉编写的《英国文学史》、王佐良的《英国文学史》以及梁实秋先生所著的《英国文学史》等。另外，国内的一些专著也将赫伯特的部分诗篇收录其中，进行分析、评介。胡家峦先生编撰的《英美诗歌》将赫伯特的诗篇《美德》（"Vertue"）收录其中，这也是国内学者介绍赫伯特时引介最为频繁的诗篇；此外，其专著《文艺复兴时期英国诗歌与园林传统》对《乐园》（"Paradise"）第 1、2 节进行了翻译，并分析了诗篇呈现的"封锁的园"（"enclosed garden"）之意象；王佐良的《英国诗选》收录、翻译了《美德》、《约旦》（"Jordan"）以及《苦难》

---

① T. S. Eliot, "George Herbert," *Spectator*, CXLVIII (1932): 360-361.

（"Affliction"）第一首的部分内容；黄杲炘著有《从柔巴依到坎特伯雷——英语诗汉译研究》，其中《从英语"形象诗"的翻译谈格律诗的图形美问题》一章对赫伯特的《复活节之翼》（"Easter Wings"）以及《祭坛》（"The Altar"）进行了翻译；由阿利斯特·麦格拉斯（Alister McGrath）编辑、苏欲晓等人翻译的《基督教文学经典选读》第五十章专门介绍了赫伯特及其作品。在与赫伯特研究相关的著作中，最具代表性的是学者吴笛撰写的《英国玄学派诗歌研究》。该著作对以多恩为首的玄学派诗人诗作进行了分析；其主体部分由上篇、中篇与下篇三部分构成，分别探析了玄学派诗歌的主题与思想、诗艺与意象以及比较与影响；第二章《玄学派诗歌的宗教主题研究》分析了赫伯特的诗篇《滑轮》（"The Pulley"）、《美德》、《点金仙丹》（"The Elixer"）、《爱》（"Love"）第三首、《约旦》第二首以及《复活节之翼》，进而探析赫伯特诗歌中的神人关系主题。此外，沈弘先生与江先春先生于1989年译介了海伦·加德纳（Helen Gardner）所著的《宗教与文学》，该书第二部分"宗教诗歌"第三讲介绍了17世纪宗教诗歌，重点分析了赫伯特的《基督的献身》（"The Sacrifice"）、《阴郁》（"Sorrow"）、《对话》（"Dialogue"）、《赎罪》（"Redemption"）以及《否认》（"The Denial"）等诗篇。

近年来，国内学者对赫伯特及其作品越来越关注，并且相关研究在广度与深度上均有所发展。刑锋萍发表了《乔治·赫伯特其人》（2012年）和《乔治·赫伯特诗歌国外研究概述》（2013年），这两篇文章对赫伯特个人以及国外赫伯特研究现状进行了综述性介绍；苏晓军的《〈复活节翅膀〉的认知符号分析》（2007年）与陈建生发表的《理想化认知模型与诗歌语篇连贯》（2009年）从认知语言学角度出发，对赫伯特的诗篇进行了分析；楼育萍的《矛盾与升华——乔治·赫伯特〈正义〉一诗的文体学赏析》（2009年）与崔波的《语篇衔接之于诗歌主题的表达——对乔治·赫伯特诗作〈美德〉的文体学分析》（2011年）从文体学角度着手，分析了赫伯特的诗篇。此外，亦有学者关注赫伯特诗集表现的主题：杜一鸣的《对乔治·赫伯特诗歌中人神关系的解析》（2006年）与王卓的《别样的人生历程，不同的情感诉求——解读赫伯特诗歌中上帝与人之间的情人关系》（2011 年）分析了人神关系主题；王卓的《赫伯特诗歌〈美德〉的基督教寓意及道德启示作用》（2012 年）与吴虹的《论赫伯特宗教诗的美德主题》（2014 年）分析了美德主题；王卓的《乔治·赫伯特宗教抒情诗歌的复活模式解读》（2014 年）分析了“复活”主题。再者，赫伯特诗篇呈现的意象也引起了学者关注：王卓的《论乔治·赫伯特宗教诗歌中的园林意象》（2013 年）、秦宏展的《乔治·赫伯特诗歌中的生态园林之美》（2015）以及吴虹的《浅论〈圣殿〉中的宇宙意象》（2012 年）分别研究了赫伯特诗集中的园林意象与宇宙意象。还有部分赫伯特研究难以系统归类，其中包括：黄杲炘在《外国语》发表的《从英语“象形诗”的翻译谈格律诗的图形美问题》（1991 年），该文章表明诗歌翻译既可以表现出象形诗的图形美，还能够将诗歌原文的格律体现出来；黄慧强的《乔治·赫伯特的宗教诗〈复活的翅膀〉解读》（2007 年）与党元明的《美德不朽诗作长存——读赫伯特的〈美德〉》（2010 年）分别对赫伯特的代表性诗篇进行了解读；胡英发表的《伊丽莎白·毕晓普与其“文学教父”乔治·赫伯特》（2014 年）则是研究了赫伯特对诗人毕晓普的影响；此外，王卓发表的《乔治·赫伯特宗教抒情诗歌的音乐性探微》（2015 年）与《“陌生化”与西方宗教诗歌的文化性——以乔治·赫伯特诗歌为例》（2016 年）观照了赫伯特诗篇中体现出的音乐性与文化性。除了上述期刊论文之外，在 2002 年到 2017 年，国内出现了八篇研究赫伯特作品的硕士学位论文。

国内外的种种学术研究活动都表明赫伯特及其作品颇受学术界的关注，这样的研究氛围亦引起了本书作者对赫伯特及其作品的兴趣。

二　方法与重点

本书将文本细读与文化研究结合，对赫伯特的诗集《圣殿》进行研究。新批评倡导的细读是将阅读聚焦于文本之上所进行的精密的、封闭的、忠实于原作的阅读。艾伦·泰特（Allen Tate）说：一首诗的文字提供了所有的外延（extension）和内涵（intension）。其中，外延是指在科学阐释下指示的一系列物体，而内涵则是与这些物体相关的品质、属性与态度。①文本，尤其是经典诗歌文本是有机统一的；新批评追求的目标是文本内部，或是文本以下的。然而，文本以下的信息是多元的，新批评又为自己设定了一个禁区，那就是不能涉及情感。这种解读方式无疑会忽视社会生活对文学创作的影响，忽略作者、读者的主体精神。因此，到 20 世纪60 年代，以雅克·德里达（Jacques Derrida）为首的解构主义批评家以及其他的一些后现代主义作家、学者，如斯坦利·费希（Stanley Fish）、希利斯·米勒（J. Hillis Miller）及米歇尔·福柯（Michel Foucault），他们反对新批评只重视文本价值，否认了新批评提出的文学语言与科学及日常用语不同的观点；他们认为文本语言与用来分析文本的语言并无差别，对他们而言，所有的语言都是话语，都可以纳入分析的领域。基于此，本书所采用的细读法已经突破了新批评所倡导的狭义细读法之"内部研究"的局限，而是将文本细读视为一种文本阐释方法，根据意义生成的不同模式，从不同角度去寻找文本的意义，并且在文本细读的过程中结合文化研究进行文本分析与阐释。

文化研究是 20 世纪 50 年代英美学术界兴起的学术思潮。雷蒙·威廉斯（Raymond Williams）在《文化分析》（"The Analysis of Culture"）一文中对文化做出了如下的分析与界定：

> 文化一般有三种定义。首先是"理想的"（ideal）文化定义，根据这个定义，就某些绝对或普遍价值而言，文化是人类完善的一种状态或过程。如果这个定义能被接受，文化分析在本质上就是对生活或作品中被认为构成一种永恒秩序，或与普遍的人类状况有永久关联的发现和描写。其次是"文献式"（documentary）文化定义，根据这个

---

① See Richard Harland, *Literary Theory from Plato to Barthes: An Introductory History*, Beijing: Foreign Language Teaching and Research Press, 2005, p. 180.

定义，文化是知性和想象作品的整体，这些作品以不同的方式记录了人类的思想和经验。从这个定义出发，文化分析是批评活动，借助这种批评活动，思想和体验的性质、语言的细节，以及它们活动的形式和惯例，都得到描写和评价。……最后，是文化的"社会"（social）定义，根据这个定义，文化是对一种特殊生活方式的描述，这种描述不仅表现艺术和学问中的某些价值和意义，而且也表现制度和日常行为中的某些意义和价值。从这样一种定义出发，文化分析就是阐明一种特殊生活方式、一种特殊文化隐含或外显的意义和价值。①

从威廉斯对文化的定义可以看出，文化研究将语言作为一种社会互动媒介，它重视语言与社会环境的关系。为此，研究者提倡把文本与其蕴含的历史、政治、经济和文化内容联系起来，用社会批评方法判别正确与错误、道德与不道德等各种关系。在文化研究中，文本不仅包含文字书写、印刷符号等传统文本，也包含了社会文本。换言之，文化批评应当将作品与其他写作、经济背景或更为广阔的社会话语联系起来，唯有在这些背景中，作品的意义才能凸显。②因此在文学研究的过程中，文学文本并不是与历史、社会、文化无涉的独立净土，它与社会文本相互联系、相互作用。而文学研究首先是对文本的理解，无论是作者内心世界的所谓私人写作，还是对社会现象或历史进程进行的总体的艺术再现，从广义上说，文学研究是一种社会性和文化性的理解，亦是一种历史性的理解。③与此同时，由于文学是作者在某一历史时段中，通过自己生活的体验、内心的感受、想象力和语言的艺术编码，对外在于他或她的世界所进行的独特的、不可复制的表述，人们往往可以通过这种文本，在获得艺术享受、间接地获得生命体验的同时，或充实自己，或宣泄情感，或对生活世界拥有了别种认

---

① 王晓路：《文化批评关键词研究》，北京大学出版社，2007，第4页。
② 同上书，第347页。
③ 同上书，第8页。

识，因此文化与作者之间的关系也是不可忽视的。①为了更好地理解文本，倡导文化研究的学者提出了"始终不离语境"（always contextual）的阅读方法，从三个层面上分析词语：第一，语言符号层面——词语（文本）有着语音构成的特征；第二，语法符号层面——根据语法和语义系统，词语与这个系统具有相关的共同的语义特征；第三，语义符号层面——词语或文本在不同的语境下有着不同的含义，应该根据语境对文本进行分析，突出文本的社会意义和政治意义。②

从文化研究内涵可见，文化研究将创作主体、文本、社会以及历史有机联系，为文本阐释提供了一个更为广阔的视角。而文化研究与现代性研究具有重叠、相似之处，抑或说现代性研究从属于文化研究，这可以从现代性的概念取证。学术界对于"现代性"的阐释莫衷一是，马泰·卡林内斯库（Matei Calinescu）认为：现代性总是意味着一种"反传统的传统"③。奥克塔维奥·帕斯（Octavio Paz）说：现代性是一种"反对自身的传统"④。福柯认为：现代性应该被理解为"一种态度"，"所谓态度，我指的是与当代现实相联系的模式；一种由特定人民所做的志愿的选择；最后，一种思想和感觉的方式，也是一种行为和举止的方式……无疑，它有点像希腊人所称的社会的精神气质（ethos）"⑤。康德把现代性确定为理性和主体性的胜利，他确立了以理性为根据的主体性，即人具有主体的思考能力，可以为自然立法；人具有自由的意志能力，可以为道德立法；人具有主观的、现实的和目的性的能力，可以为趣味立法。⑥马克斯·韦伯（Max Weber）认为：现代性是"祛魅"，即神圣的世俗化过程，

---

① 王晓路：《文化批评关键词研究》，第6页。
② See Lawrence Grossberg et al., *Cultural Studies*, New York：Routledge，1992，p. 9.
③ 〔美〕马泰·卡林内斯库：《现代性的五副面孔》，顾爱彬、李瑞华译，译林出版社，2015，第82页。
④ 同上书，第82页。
⑤ 〔美〕福柯：《什么是启蒙》，引自汪晖、陈燕谷《文化与公共性》，三联书店，1998，第430页。
⑥ 〔德〕康德：《答复这个问题："什么是启蒙运动"》，《历史理性批判文集》，何兆武译，商务印书馆，1997，第24页。

"那些终极的、最高的价值，已从公共生活中销声匿迹，它们或遁入神秘生活的超验领域，或者走进了个人之间直接的私人交往的友爱之中"①。泰瑞·伊格尔顿（Terry Eagleton）在《后现代主义的幻象》（*The Illusions of Postmodernism*）中认为：现代性一般可以分为四种不同的概念：历史分期的概念、社会学概念、文化或美学概念、心理学概念。② 马歇尔·伯曼（Marshall Berman）注意到现代性与心理的关联，指出：在反思和自反意识的基础上，现代性特指那些"无数'必须绝对地现代'的男男女女对这一巨变的特定体验"③。伊格尔顿与伯曼对现代性的理解与格奥尔格·齐美尔（Georg Simmel）和伊夫·瓦岱（Yves Vade）具有相似之处。齐美尔认为，"现代性的本质是心理主义，是根据我们内在生活的反映（甚至当作一个内心世界）来体验和解释世界，是固定内容在易变的心灵成分中的消解，一切实质性的东西都被心灵过滤掉，而心灵形式只不过是变动的形式而已。"④瓦岱则是将现代性与心理及时间体验结合，认为现代性是一种"时间职能"，是一种新的时间意识，一种新的感受和思考时间价值的方式。⑤

以上不同学者对现代性的阐释可总结归纳如下：现代性可以理解为一种历史范畴，较之于传统，它是动态的，展示了某一时期发展与变化的过程，并在整个过程中出现了新的历史文化语境；此外，现代性与主体具有密切关系，因为新的历史文化语境促使了主体对传统的反思，甚至是反

---

① 〔德〕马克斯·韦伯：《学术与政治》，冯克利译，三联书店，1998，第48页。

② 现代性在历史分期层面上，主要是指历史的断裂以及当前历史的现时性；在社会学层面上，现代性与现代化相关联。从马克思到迪尔凯姆，再到韦伯，都致力于社会秩序的研究，认为现代性本质上是一种合理性。现代性作为文化或美学概念，通常以审美现代性来界定。现代性是对启蒙现代性的反思和批判，"它厌恶中产阶级的价值标准，并通过极其多样的手段来表达这种厌恶，从翻盘、无政府主义、天启主义直至自我流亡"。现代性作为一个心理学的范畴则是被界定为一种时间意识和现代性体验。〔英〕伊格尔顿：《后现代主义的幻象》之"现代性研究译丛"，商务印书馆，2004，第2~3页。

③ 〔美〕马歇尔·伯曼：《一切牢固的东西都烟消云散了》，张辑、徐大建译，商务印书馆，2003，第15页。

④ 〔德〕齐美尔：《德国生活和思想的趋势》，转引自〔英〕戴维·弗里西比《现代性的碎片》，卢晖临、周怡、李林艳等译，商务印书馆，2003，第51页。

⑤ 参见〔法〕伊夫·瓦岱《文学与现代性》，田庆生译，北京大学出版社，2001，第43页。

叛；在这种反叛的过程中，主体凭借新的思想和感觉，行为与举止，将经历一种新的体验，形成一种新的态度，这一切促使主体对世界、对自我都有了新的认识，这就促使主体获得了一种现代性体验，"一种永恒与瞬间、历史感与现时感、向前的现代与向后的反思之间的张力心理意识"①。由此可见，现代性在任何历史时期都有可能出现，但在新旧冲突、动荡巨变的时代尤为明显。

让我们回到赫伯特生活的那个时代。杨周翰先生指出，"英国历史上的十七世纪，尤其是前 60 年，是一个伟大的时代，动荡的时代"。②这是因为该时期在政治、经济、宗教改革以及科学等方面都出现了重大的发展变化；换言之，该时期的社会文本丰富且颇具张力。在政治方面，封建主义与资本主义之间的矛盾达到了顶峰，君主专制丧失其统治地位。"议会作为领导革命的核心力量，发动了推翻君主专制的斗争，将国王送上了断头台，建立了没有国王、上议院，由人民选举产生的下议院掌握最高权力的共和国。"③此外，经历了圈地运动，殖民扩张的英国在经济上已经有了长足的发展。与殖民扩张密切相关的地理大发现拓宽了人们的视野，使人们对宇宙的认识发生了变化，思想观念也随之发生转变。宗教改革是该时期另一个重要的时代特征：罗马天主教的影响力并未消退，与之对立的新教业已出现。在新教内部也出现了相互纷争、冲突的信义宗、加尔文派、茨温利派、劳德主义等不同的派别。同时，16~17世纪的政治与宗教密不可分，这在英国的宗教改革运动中表现得尤为明显：亨利八世推行了自上而下的宗教改革，其目的是夺取罗马教皇对英国的控制权；伊丽莎白一世与詹姆斯一世相继推行的宗教政策则是为了维持国家的和平与稳定。由此可见，英国推行的宗教政策与实现政治目的具有密切关系。此外，不可否认的是，宗教改革也促进了该时期人们对个人的追求，增强了个人自我意识。"由于宗教改革家认同'所有信

① 胡鹏林：《文学现代性》，中国社会科学出版社，2007，第11页。
② 参见杨周翰《十七世纪英国文学》，北京大学出版社，1986，第1页。
③ 王觉非：《英国近代史》，南京大学出版社，1997，第20页。

徒都是牧师’这一教义，宗教改革促进了一种新的自我：个人救赎成为了自己的事情，跟信仰相关，而非通过牧师或是贿赂得以实现。”①宗教关怀不再是对他人的关怀，它也不要求为他人、庙宇境况或是额外的善功祷告，它只关注个人自己的救赎。②以托马斯·闵采尔（Thomas Müntzer）以及卡斯珀·史文克斐（Casper Schwenkfeld）为代表的宗教改革极端派指出：每个人都有权在圣灵的带领下自行解释圣经。这种做法将个人私下的判断置于教会整体判断之上，从而开启了个人主义的道路；换言之，新教主义迫使信徒进行灵魂探索，这种对灵魂的探索开启了一种新的自我关注形式。最后，以哥白尼（Copernicus）“日心说”为代表的科学革命与自然科学的发展使人的思想从神学桎梏中解放出来，并促使该时期的人重新审视自己在宇宙中的位置，审视人与上帝之间的关系。“在这样的思潮中，人的活动应当以其自身价值而受到重视，科学的探索因此也已开始新的惊人步伐向前迈进。”③这种动态的历史文化语境无疑会促使生活在该时期的人对政治、经济、宗教、宇宙、自我等各方面产生一种新的体验，形成新的态度与认知。

实际上，如此复杂、动荡的社会语境让该时期的文人发现“自己身处一种环境之中，这种环境允许我们去历险、去获得权力、快乐和成长，去改变我们自己和世界，但与此同时它又威胁要摧毁我们拥有的一切，摧毁我们所知的一切，摧毁我们表现出来的一切”④。他们越来越感觉到自己所能探讨和揭示的唯一现实就是自己的心灵和思想的现实。因此，许多文人开始执着地追求一个永恒不变的世界。⑤这个永恒不变的世界也可称为是抽

---

① Roy Porter, *Rewriting the Self: Histories from the Renaissance to the Present*, London and New York: Routledge, 1997, p. 3.
② See Jonathan Sawday, "Self and Selfhood in the Seventeenth Century", in Roy Porter, ed., *Rewriting the Self: Histories from the Renaissance to the Present*, p. 31.
③ 〔英〕伯特兰·罗素：《西方的智慧》，亚北译，世界知识出版社，1992，第362页。
④ 〔美〕马歇尔·伯曼：《一切坚固的东西都烟消云散了——现代性体验》，第15页。
⑤ See Frank J. Warnke, *Versions of Baroque: European Literature in the Seventeenth Century*, p. 39.

象、永恒的"理式世界"①。通过对"理式世界"的关注，巴罗克文人可以摆脱"现实世界"欺骗的假象，实现对内心世界的审视。正因如此，与文艺复兴初期文学相比，文艺复兴后期或巴罗克时期文学作品的一个重要特点便是视线内在化，对内在的、个人体验的关注。这种对个人内在体验的关注实际上表明自我意识开始萌发，人们对自我或主体有了一定的意识，人以及人性逐渐得到了重视，因此可以被视为西方个人主义萌芽时期。这主要通过部分文人开始重新审视个人身份、注重个人追求、自我②以及自我意识的增强得以体现。这种萌芽的个人主义、增强的自我意识呈现在多个领域：在宗教方面，人们开始重新审视自我与上帝之间的关系；在绘画方面，肖像，尤其是自画像变得颇受欢迎；在哲学方面，勒内·笛卡尔（Rene Descartes）提出的"我思，故我在"强调自我意识是人能够确定的；自我，有意识的自我，才是了解其他一切事物的根源，并非上帝或自然使然；③在文学方面，出现了以探讨自我为中心的文学作品，其中包括许多文人撰写的日记、回忆录、信件、游记等形式的自传或随笔、诗歌以及戏剧等，这些文学作品都或多或少地表现出了对个人体验、自我或个人

---

① 柏拉图在《理想国》（第七卷）通过"洞穴比喻"阐述了"现实世界"与"理式世界"：两者是绝对二元对立的；"现实世界"是感官可以感知到的个别事物所组成，因此也就变幻不定，流动不息；"理式世界"则是由理智才能领悟的一般概念所构成的世界，感官对其无从感知，因而是永恒不变，不生不灭的。柏拉图认为肉体是属于"现实世界"，是腐朽的、有限的；灵魂则是属于"理式世界"，是永恒的、无限的。参见〔古希腊〕柏拉图《柏拉图全集》（第二卷），王晓朝译，人民出版社，2003，第510~544页。

② 在中世纪早期，"自我"作为名词，代表"自反性"的概念；到文艺复兴时期"自反性"成为塑造该时期行为与思想的主导概念之一，自此"自我"一词被认可、使用，并经常通过连字符与另外一个单词形成复合词。在16世纪中期，许多与"自我"相关的词进入了日常语言，例如"自我赞扬"（self-praise）、"自爱"（self-love）、"自尊"（self-pride）、"自我关注"（self-regard）；文艺复兴时期的许多文人更倾向于用"灵魂"（soul）或是"人"（man）或者使用由"自我"构成的复合词，而并不直接用"自我"这个术语。该时期的"自反性"的内涵也有所扩展，演变成了我们现在所说的"主体性概念"，而这又包括了"身份"（identity）以及"自我创造"（self-creation）等内容。See Joanna Woods Marsden, *Renaissance Self-portraiture: The Visual Construction of Identity and the Social Status of the Artist*, New Haven & London: Yale University Press, 1998, p. 9。

③ See Roy Porter, *Rewriting the Self: Histories from the Renaissance to the Present*, p. 4.

主义的关注，如托马斯·布朗（Sir Thomas Browne）①、罗伯特·伯顿（Robert Burton）以及蒙田（Montaigne）的散文描述了个人感受。多恩、安德鲁·马维尔（Andrew Marvell）以及克拉肖将个人体验融入诗篇创作之中；莎士比亚、克里斯多夫·马洛（Christopher Marlowe）等剧作家的戏剧以及诗人弥尔顿的长诗都将个人主义融入作品之中。然而，值得注意的是，与个人主义相关的自由"不仅是一种反对政府的权力，也是反对社会本身的，不仅反对国王也反对民主。个人必须能够面对众人的专政，面对主导文化的歧视，面对该时代主导的精神"②。换言之，个人主义虽然已经萌芽，但此时的社会主导意识仍然是集体主义；过强的自我意识、过于明显的个人主义仍然会受到谴责，这在该时期众多文学作品的人物塑造中颇有表现：弥尔顿《失乐园》中叛逆的撒旦，马洛笔下的铁木尔大帝（Tamburlaine）与浮士德（Doctor Faustus），莎士比亚塑造的约翰·福斯塔夫（John Falstaff），以及托马斯·米德尔顿（Thomas Middleton）与威廉·罗利（William Rowley）在《变节者》（*The Changeling*）中塑造的德福洛斯（De Flores）和比阿特丽斯·乔安娜（Beatrice Joanna）等，他们都因表现出强烈的个人主义而受到谴责。因此，生活在该时期的人必须考虑如何在集体主义主导的文化之下，以适当的方式表达自我、关注自我意识。

一方面要观照以集体主义为主导的文化，另一方面要背离主导文化，实现自我的关注，表达自我意识，这在宗教诗歌创作中尤为困难。《圣经》中亚当与夏娃因违背上帝禁令而受到惩罚，不得不经历死亡的痛苦；路西法（Lucifer）也因反叛上帝而坠入地狱。由此可见传统基督教认为自我否定是至善的，基督徒应当泯灭自我。所有基督徒都应当通过顺服、无私地为基督服务，成为虔诚信徒，与每个人在各等级中安排的位置达成和谐，

---

① 布朗在《医生的宗教》中写道："我所关注的世界是我自己，我所审视的世界也是我自己的小宇宙；我将自己视为自己的一个球体，有时将之翻滚以娱乐"，这表明了该时期个人对自我的关注。See Sir Thomas Browne, "Religio Medici," in F. L. Huntley, ed., *Religio Medics and other writings*, New York：1951, p. 85.

② H. Butterfield, "Reflections on Religion and Modern Individualism," *Journal of the History of Ideas* 22：1（1961）：34.

并且集体总是比个人、整体总是比部分重要。正因如此，人"受到了宗教的抑制，因为所有的宗教（不仅仅是基督教）都宣称，'自我是可憎的'，并且要求我们进行某些否定自我或超越自我的尝试"①。"诗人所表述的是他作为基督徒所应该感受到的东西，而并不是他作为个人、自身所感受到的东西。"② 然而，不同于传统基督教，早期现代新教强调的是"内在的体验"，与加尔文主义相关联的"内在焦虑"，对"内在动机"不信任，但是同时又对良心发出的"内在"声音着迷。③因此，弗兰克·J. 沃恩克（Frank J. Warnke）表明巴罗克时期的文学艺术家，不论是剧作家还是抒情诗人，都极为笃定自我身份，他们经常用自我身份耍花招——将自己分散在性格的多个方面；将自我与其最为直接的抱负与欲望拉开距离，同时又表达出那些欲望的力量，看似从中解脱，但实际未然；如此，呈现出一个非自我，却又以某种奇特的方式呈现的自我。④这种自我探索在巴罗克时期的宗教诗歌中屡见不鲜。宗教诗歌的创作可谓冥想活动的结果，而据路易斯·L. 马茨（Louis L. Martz）所言："冥想的中心活动由内心戏剧组成，在这个内心戏剧中，个人将自我投射于精神舞台之上，并且借着神的在场来了解自我。"⑤具体而言，该时期宗教诗人以冥想活动为基础，在宗教诗歌创作中对自我、自我本质，自我与上帝之间的关系进行了无休止的探索。由于自我意识的增强，即便描述共同的主题，"十七世纪诗人对于那些共同的主题进行了个性化的处理，所以说他们的诗歌糅合了'传统和个人才能'"⑥。他们的诗歌"露出了强烈的个性化人格和发展了强烈的个性化风格"⑦。

在这种传统宗教精神与现代新教宗教精神相交的巴罗克文化语境之

---

① 〔英〕海伦·加德纳：《宗教与文学》，沈弘、江先春译，四川人民出版社，1989，第140页。
② 同上书，140。
③ See Jonathan Sawday, "Self and Selfhood in the Seventeenth Century," in Roy Porter, ed., *Rewriting the Self*: *Histories from the Renaissance to the Present*, p.31.
④ See Frank J. Warnke, *Versions of Baroque*: *European Literature in the Seventeenth Century*, p.138.
⑤ Louis L. Martz, *The Poetry of Meditation*: *A Study in English Religious Literature of Seventeenth Century*, New Haven and London: Yale University Press, 1962, p. xxxi.
⑥ Ibid., p.181.
⑦ Ibid., p.192.

下，诗人赫伯特是如何通过建构人物发出的不同声音实现对自我的关注，完成自我的现代性书写呢？这就是本书研究的重点。

三　内容、价值与创新

现当代学者对文艺复兴时期的"自我"持有不同的观点。布克哈特认为：在文艺复兴之前，人只意识到自己是一个种族、民族、家族或者团体的一员，直到文艺复兴时期，人开始认识到自己是一个"精神的个体"①。该个体是相对自足的、具有自我意识并且能够根据外在世界的情况做出对自己有利的选择。格林布莱特对文艺复兴自我的观点主要通过对"自我塑形"（self-fashioning）的论述得以体现；他将自我塑形定义为"早期现代的文本与文化对自我的控制"，认为自我塑形是"将一种形状强加于自我的一种权力"②。在讨论自我塑形的时候，他还指出在 16～17 世纪，"人的自我意识增强，人的身份塑造成为一个可控的、巧妙的过程"③。他将该时期对自我的关注视为对自主性之探索，即自主性在身份建构过程中发挥的作用之探索，并且认为"自我塑造与文化机构（家庭、宗教、国家）塑造是相互关联、不可分割的"④。实际上，格林布莱特的论述涉及了自我意识与集体主义文化之间的冲突，并认为集体主义在自我塑造中发挥着更为重要的作用；文艺复兴自我只是一个去中心、碎片化、临时、多变的自我，这样的自我无法拥有统一的主体性；自我是由相互竞争的历史力量尤其是各种意识形态以及权力形式建构。布克哈特过于强调自我的独立、自主性；格林布莱特则过于强调外界因素，尤其是权力机构对自我塑造的影

① See Jacob Burckhardt, *The Civilization of Renaissance in Italy*, trans. by S. G. C. Middlemore, New York: The Macmillan Company, 1928, p. 129.
② Stephen Greenblatt, *Renaissance Self-Fashioning: From More to Shakespeare*, Chicago: The University of Chicago Press, 1980, p. 1.
③ Ibid., p. 2.
④ Ibid., p. 256.

响。而约翰·J. 马丁（John Jeffries Martin）与特里·G. 舍伍德（Terry G. Sherwood）融合了布克哈特与格林布莱特的观点，他们认为自我是由内在维度（internal/inward dimension）与外在维度（external/outward dimension）构成，是内外因素结合作用的体现。

无论学者对文艺复兴时期自我持何种观点，不可否认的是"文艺复兴时期首先让个性得到高度发展，随后便引导个人在任何条件下，以各种形式对自我进行狂热的、彻底的研究"①。赫伯特经历了伊丽莎白一世时期、詹姆斯一世时期以及查理一世时期，可以说他短暂的一生都在复杂、动荡的文艺复兴后期或巴罗克时期度过。在这样的文化语境之下，赫伯特无法摆脱这种自我意识增强、个人主义萌发与占主导地位的集体主义两者的影响。那么，在抒发内心虔诚情感之时，赫伯特是否也涵括了对自我的关注？如果是，赫伯特的自我是布克哈特描述的自足的自我还是格林布莱特所谓的去中心、碎片化的自我，抑或是表现出内在维度与外在维度的自我呢？在表述虔诚情感的同时，赫伯特如何实现对自我的关注？又关注了自我的哪些方面呢？基于对这些问题的思考，本书作者以阅读的文献为基础，以赫伯特在《圣殿》中建构人物所发出的不同声音为切入点，研究了赫伯特在创作诗歌的过程中如何实现了自我的现代性书写。

实际上，学界已经关注到了赫伯特诗集中的自我呈现。在格林布拉特"自我塑造"观点之后，学者芭芭拉·L. 哈曼（Barbara Leah Harman）与迈克尔·C. 舍恩菲尔德特（Michael C. Schoenfeldt）从不同角度出发，论述了社会文化语境对赫伯特以及诗歌创作产生的影响。在《高贵的丰碑：乔治·赫伯特诗歌中的自我呈现》（*Costly Monuments*：*Representations of the Self in George Herbert's Poetry*）中，哈曼关注了赫伯特诗歌中呈现的一个"成形的、变形的、塑形的以及'塑造的'自我"（the self is formed，

---

① Jacob Burckhardt, *The Civilization of Renaissance in Italy*, p. 308.

deformed, shaped, and "fashioned")①。自我呈现被证明是一种"棘手的事业"（vexed enterprise），它不仅仅是一种强烈的冲动，还一直在"通过极端复杂的方式被阻挠，并被重新调适，以适应阻挠自我呈现的事物"②。这实际上揭示了当时的社会文化语境对赫伯特自我呈现的约束。在《祷告与权力：乔治·赫伯特与文艺复兴奉承之术》（*Prayer and Power*：*George Herbert and Renaissance Courtship*）一书中，舍恩菲尔德特指出，赫伯特在诗歌中运用的修辞策略与他身为公共演说家时应对詹姆斯一世以及其他宫廷要人采用的策略相似；由此，他得出结论：赫伯特的诗歌创作力量源于他对社会权力的熟悉，并且詹姆斯一世宫廷便是赫伯特诗歌创作与修辞的语境。③埃尔科·埃斯（Eelco van Es）从认知学角度出发，对赫伯特的诗歌进行了阐释。在专著《调适自我：作为认知行为的乔治·赫伯特诗歌》（*Tuning the Self*：*George Herbert' Poetry as Cognitive Behaviour*）中，他首先援引了梅林·唐纳德（Merlin Donald）的认知学观点，指出文化可以分为模仿文化（mimetic culture）、神话文化（mythic culture）以及理论文化（theoretical culture）。并谈及了模仿认知（mimetic cognition）、神话认知（mythic cognition）以及元认知（meta-cognition）；基于此，他将阅读赫伯特诗歌的过程解读为读者与赫伯特认知等同的过程。在《类型学与乔治·赫伯特〈受难〉组诗中的自我》（Typology and the Self in George Herbert's "Affliction" Poems）一文中，沃特金斯（A. E. Watkins）将赫伯特在《受难》组诗中的自我与类型学进行比较研究；他将说话者的身体与伊甸园、亚当以及基督进行了分析，论证了神学对自我呈现的影响，表明精神的发展与自我呈现是并列同步的，最终强调了神学对早期现代自我呈现的重要性。上述研究尽管视角不同，但可以看出赫伯特诗集中的自我呈现极具张力，值得深究。

---

① Barbara Leah Harman, *Costly Monuments*：*Representations of the Self in George Herbert's Poetry*, Cambridge：Harvard University Press, 1982, p. 35.

② Ibid., p. viii.

③ See Michael C. Schoenfeldt, *Prayer and Power*：*George Herbert and Renaissance Courtship*, Chicago and London：Univeristy of Chicago Press, 1991, p. 14.

此外，也有一些学者已经关注赫伯特诗集中建构的人物或是人物发出的声音。其中，与《圣殿》诗集建构人物相关的研究如下：在《乔治·赫伯特的〈圣殿〉：设计与方法论》（"George Herbert's *The Temple*：Design and Methodology"）中，约翰·R. 马尔德（John R. Mudler）指出在力图了解上帝和人类经验的过程中，《圣殿》中的"人物角色"（"persona"）经历了精神与情感上一系列戏剧性的变化。[1] 在《作为孩子的诗人：赫伯特，赫里克与克拉肖》（"The Poet as Child：Herbert, Herrick, and Crashaw"）一文中，利亚·S. 马库斯（Leah Sinagolou Marcus）论及了赫伯特对"孩子"人物形象的运用；他指出赫伯特"在诗中非常老练地运用了'孩子'这一人物角色，展现了一位虔诚的基督徒形象"[2]。此外，埃德蒙·米勒（Edmund Miller）的专著《神圣的贱役：乔治·赫伯特作品中神与人的修辞》（*Drudgerie Divine：The Rhetoric of God and Man in George Herbert*）研究了《圣殿》第二部分《教堂》中的人物，并指出《教堂》"虔诚地、戏剧化地"反映了"单个人物的精神冲突"[3]。在比较毕晓普与赫伯特时，约瑟夫·萨默斯（Joseph Summers）也提到"自我之间的对话频繁出现在两位诗人的诗篇中"[4]。理查德·斯特里尔（Richard Strier）在《是什么让他如此伟大》（"What Makes Him So Great?"）一文中也写道："值得一提的，这也是我以前暗示过的，就是赫伯特在其创作的诗歌中所运用的第一人称叙述者不是一个自传式的自我，而是一个人物角色，通常是喜剧式的人物角色。"[5]芭芭拉·K. 莱瓦斯基（Barbara Kiefer Lewalski）指出赫伯特的

---

[1] See John Mulder, *The Temple of the Mind：Education of Taste in Seventeenth-Century England*, New York：Pegasus, 1969, pp. 37–45.

[2] Leah Sinagolou Marcus, "The Poet as Child：Herbert, Herrick, and Crashaw", in *Childhood and Cultural Despair：A Theme and Variations in Seventeenth-Century Literature*, Pittsburgh：University of Pittsburgh Press, 1978, p. 94.

[3] Edmund Miller, *Drudgerie Divine：The Rhetoric of God and Man in George Herbert*, Salzburg：InstitÜ fÜr Anglistik und Amerikanistik, Univerität Salzburg, 1979, p. 1.

[4] Joseph Summers, "George Herbert and Elizabeth Bishop", in Jonathan F. S. Post & Sidney Gottlieb, eds., *George Herbert in the Nineties：Reflections and Reassessments*, p. 52.

[5] Richard Strier, "What Makes Him So Great?" in Christopher Hodgkins ed., *George Herbert's Travels：International Print and Cultural Legacies*, Newark：University of Delaware Press, 2011, p. 3.

《圣殿》是源于圣经或是与圣经相对应的多种声音的混合；赫伯特的说话者通常将自己展示为各种圣经诗人：《教堂柱廊》中的说话者如同《箴言》中的所罗门或是《传道书》中的传道士，他是劝诫年轻人的老师和父亲；在《战斗教会》中说话者变成了见证、叙述教会发展历史之人；《教会》中的许多诗歌都采用了对话形式，包含了寻求拯救之声。其中诗篇《献祭》中的说话者又变成了基督。除了独立的声音之外，《圣殿》还传递出不同说话者之间的对话之声。[①]在文章《〈圣殿〉中的说话者与听话人》（"Speakers and Hearers in *The Temple*"）中，马里恩·麦拉恩德（Marion Meilaender）指出赫伯特在诗歌中经常运用人物角色和人物对话传达真理。[②]值得注意的是，上述学者只是在撰写论文时提及"人物角色"（dramatis personae）、人物的某单一身份，但并未对其进行系统的研究。真正从"人物角色"着手分析赫伯特诗集的是莉莎·尼兹（Lisa Diane Needs）撰写的博士学位论文《证明一位上帝，一种和谐：乔治·赫伯特的〈圣殿〉中的人物与其诗学传统》（*Proving One God, One Harmonie: The Persona of George Herbert's The Temple and Its Poetic Legacy*）（1983）。该论文第一、二章节讨论了赫伯特诗集中建构的"赞美诗人"这一人物及其发出的不同声音；第三章到第五章着重探析的是赫伯特对哈维、克拉肖、沃恩在诗作中构建人物的影响；第六章分析了《圣殿》在 17 世纪的影响，尤其是对诗人卡德尔·古德曼（Cardell Goodman）、拉尔夫·内维特（Ralph Knevett）、约翰·科洛普（John Collop）以及埃尔德雷德·莱维特（Eldred Revett）的影响；第七章探析赫伯特对赞美诗人的影响；第八章分析了《圣殿》对 19 世纪诗人约翰·纽曼（John Newman）、约翰·基布尔（John Keble）、艾萨克·威廉姆斯（Isaac Williams）、罗塞蒂（Christina Rossetti）以及霍普金斯的影响。由此可见，尼兹实际上只是以《圣殿》中的人物角色为论文撰写引子，重点研究赫伯特对其他诗人创

---

① See Barbara Kiefer Lewalski, *Protestant Poetics and the Seventeenth Century Religious Lyric*, p. 245.

② See Marion Meilaender, "Speakers and Hearers in *The Temple*," *George Herbert Journal* 5: 1, (1981-1982): 42-43.

作的影响。

此外，也有学者关注到诗集中的不同声音。安妮·C. 富勒（Anne C. Fowler）对赫伯特《受难》组诗中的虚构声音运用有所研究。①希瑟·阿萨尔斯（Heather Asals）撰写了《乔治·赫伯特〈教堂〉中的声音》（"The Voice of George Herbert's 'The Church'"），该文章主要分析了《圣殿》诗集《教堂》的部分诗篇，包括《基督的献身》、《受难》（"Affliction"）五首以及《爱》第三首，指出《教堂》中第一人称"我"的声音与赞美诗人的声音相呼应，《教堂》中发出的声音实际上是基督的声音。在另一篇文章《圣礼的声音：与距离相关》（"The Sacramental Voice：Distance Related"）中，阿萨尔斯指出《圣殿》中与上帝对话的声音与《诗篇》中大卫的声音相似。马丁·埃尔斯基（Martin Elsky）撰写的《复调的诗篇背景与乔治·赫伯特〈圣殿〉中的声音》（"Polyphonic Psalm Settings and The Voice of George Herbert's *The Temple*"）从复调音乐出发，讨论了《圣殿》中的赞美之声。在比较罗伯特·福洛斯特（Robert Frost）与赫伯特时，詹姆斯·B. 怀特（James Boyd White）指出赫伯特的部分诗篇出现了"布道的声音"②。哈罗德·菲什（Harold Fisch）在《希伯来诗歌》（"Hebraic Poetry"）一文中指出，《圣经》的《诗篇》如同由两个对话的声音组成的歌曲，而赫伯特的冥想诗歌以《诗篇》为蓝本，在其诗歌创作中运用了不同声音对话的形式，因此将他称为"对话"诗人更为贴切。③

上述学者关注到了赫伯特诗集中建构的"人物"、人物的单一身份或是人物发出的某一种声音，但应当注意的是，他们还没有关注这些声音所构建出来的戏剧效果，也没有将这些声音系统归类，思考各种声音之间是

① See Anne C. Fowler, "'With Care and Courage'：Herbert's 'Affliction' Poems," in Claude J. Summers and Ted-Larry Pebworth eds., "*Too Rich to Clothe the Sunne*"：*Essays on George Herbert*, Pittsburgh：University of Pittsburg Press, pp. 129–145.

② James Boyd White, "Reading One Poet in Light of Another：Frost", in Jonathan F. S. Post & Sidney Gottlieb, eds., *George Herbert in the Nineties：Reflections and Reassessments*, p. 61.

③ Heather A. R. Asals, *Equivocal Predication：George Herbert's Way to God*, Toronto, Buffalo & London：University of Toronto Press, 1981, p. 42.

否有关联，是否进行了某种对话，是否揭示了某一主题，更没有将人物声音与赫伯特的自我或自我意识联系起来。沃恩克指出，我们应当特别注意冥想采用的戏剧形式，这有赖于冥想者将自我建构成一种内心舞台上的戏剧化人物，"所有真正冥想诗歌的本质过程依赖一个投射的、戏剧化的自我与一个冥想之人的大脑进行的互动"①。赫伯特诗集中的人物角色（dramatis personae）建构与其诗篇中的戏剧因素具有密切关系。②不论学界如何界定赫伯特的身份，他们得出的一致结论是赫伯特的诗歌表现出了"戏剧因素"（dramatic elements），"赫伯特建构了一个'虚构的语境'，这种虚构语境的作用是将'文本从冥想的层面转移到戏剧层面'"③。阿诺德·斯坦（Arnold Stein）也指出："对于许多现代读者而言，赫伯特诗歌最为显著的成就在于他在诗篇中平衡直接与超然之时，又将其相互冲突的思想与感情戏剧化地展现出来。"④仔细阅读多恩、赫伯特、康斯坦丁·惠更斯（Constantijn Huygens）以及弗朗西斯科·克维多（Francisco de Quevedo）的作品，就会发现诗人一直在运用一个人物作为面具，这个面具投射了诗人自己性格的各个方面，而这些性格的各个方面是在具体的语境之下被挑选出来并结合在一起的，所以沃恩克认为《圣殿》中的主人翁展现出了赫伯特这个人的许多特点，例如他贵族的品位、他的雄心

---

① Frank J. Warnke, *Versions of Baroque: European Literature in the Seventeenth Century*, p. 140.

② 在 17 世纪的玄学作品中，"persona"一词主要被视为一种神学概念，通常与无形的事物结合进行讨论，例如"存在"（being）、"上帝"、"天使"以及"灵魂"；在 17 世纪中期，约翰·米凯利斯（Johann Micraelius）将"persona"定义为"独立存在且不可传播的知识性个体"（an individual, incommunicable substance of an intellectual nature, which subsists independently）；笛卡尔将"persona"解释为"由灵魂和身体构成的个人"。See Udo Thiel, *The Early Modern Subject: Self-consciousness and personal identity from Descartes to Hume*, Oxford: Oxford Univeristy Press, 2011, pp. 35-37. "人物角色"（dramatis personae）源于拉丁语，表示戏剧中的人物，并且该术语通常用来指涉一部剧中的主要人物。《新牛津英语词典》将"persona"一词解释为在别人面前展示出来的性格的某一方面。除了戏剧领域，一些小说的开始或结尾也会运用该术语。从更为广义的角度来看，该术语可以用来指任何情境下扮演某个角色或是貌似扮演某个角色的人物。参见〔英〕皮尔素编《新牛津英语词典》，上海外语教育出版社，2001，第 1385 页。本书借用了《新牛津英语词典》对"persona"的解释。

③ Robert Montgomery, "The Province of Allegory in George Herbert's Verse," *Texas Studies in Language and Literature* 1, (1960): 461-462.

④ Arnold Stein, *George Herbert's Lyrics*, Baltimore: The Johns Hopkins Press, 1968, p. 97.

壮志、他对音乐的热爱以及对精美服饰的热爱等。①基于此，诗人通过具有戏剧效果的对话体形式建构不同人物身份，这实际上可视为一种表演（performance），他们的表演主要通过不同声音实现。笔者赞同上述学者的观点，认为戏剧因素确实存在于赫伯特的诗集中，并且这种戏剧因素主要是通过"对话体"的形式体现出来的。

那么，究竟什么是对话体呢？对话体是冥想诗歌经常运用的一种形式。圣依纳爵（St. Ignatius）认为在冥想诗歌中，"这些对话可能是与圣父、圣子或是圣母进行的对话——或者是与这三者一一进行的对话——是通过一个朋友与另一个朋友说话的方式展开，或是通过仆人与主人对话的方式展开；有时乞求恩惠，有时谴责自己所犯之错"②。圣依纳爵的追随者朋地（Puente）丰富了对话体的内涵，其阐释如下：

> 有时我们像孩子与父亲对话一般与他对话；有时像一个贫穷可怜的人与一个富有、充满怜悯之心的人对话，乞求他的施舍；有时又像病人与医生对话，或是像罪人与审判官之间的对话；或是像一名学者与其老师之间的对话，希望能得到启示；或是像一个朋友与另一个朋友之间的对话；有时候，如果信心十足，在爱的驱使之下，灵魂与上帝之间的对话像是新郎与新娘之间的对话一样；……有时我们自己还会劝解我们自己，自我与自我之间进行对话。③

圣弗朗索瓦（St. Francois de Sales）将对话体的各种可能性进行了总结，他指出，"运用对话体是非常恰当的，这种对话可能是与上帝、圣母或天使的对话，也可能是与天堂圣人之间的对话，也可能是与我们自己、我们的心、与罪恶之人以及与创造力之间的对话"④。这就表明在对话体中，

---

① See Frank J. Warnke, *Versions of Baroque: European Literature in the Seventeenth Century*, p. 136.
② Louis L. Martz, *The Poetry of Meditation: A Study in English Religious Literature*, p. 37.
③ Ibid.
④ Ibid.

可能会实实在在地涉及说话者，"但同时说话者也可能是一种灵感，一种激情——虽然说话者有时并未直接与某人进行对话，他们都成为戏剧化的人物"①。

　　这种涉及多个说话者的对话体与巴赫金讨论的对话性相似。巴赫金在不同作品中用多音部（polyphony）、杂语（heteroglossia）和狂欢（carnival）这三个不同术语对对话性进行了讨论；虽然这三者都与对话性相关，但是巴赫金所讨论对话性的侧重点并不相同。笔者认为巴赫金通过杂语讨论的对话性与对话体最为相似。杂语是比多音部更为广泛的概念，它描述了语言中不同言语风格，尤其体现在小说的语言风格中，但同时也明显地体现在其他文类的语言之中。巴赫金在讨论长篇小说时指出，长篇小说是用艺术方法组织起来的社会性杂语现象，这种杂语既可以是多语种现象，也可以是单个人独特的多声现象。小说是通过社会性杂语以及以此为基础的个人独特的多声现象来驾驭所有的题材，描绘以及表现整个实物和文意世界。②这样的杂语形成了话语。话语在同一语言范围内与他人表述之间，在同一民族语言范围与其他"社会语言"之间，在同一文化、同一社会思想观念范围内与其他民族语言之间，都存在对话性。③ 在讨论小说的对话性之后巴赫金指出，诗歌题材不利用话语的内在对话性达到目的，因为诗歌的话语在自足的语境之内不需要任何别的东西。然而，巴赫金随后又纠正了这一观点，认为纯粹的诗歌体裁也可能引进杂语，这主要通过人物的话语得以实现。他指出声音的发出者占据了一个主动的位置，这是与他的话题或主题相关的位置；此外，话语还能表达对某一主题的评价态度，作者建构的话语不仅是作为对一个主题的反映，同样是对其他观点、世界观、倾向、理论等的反映。④这些话语的组成因素并非独立存在，而是

---

①　Louis L. Martz, *The Poetry of Meditation: A Study in English Religious Literature*, p. 37.

②　参见〔苏〕巴赫金《巴赫金全集》（第三卷），白春仁、晓河译，河北教育出版社，1998，第40~41页。

③　同上书，第54页。

④　Mikhail M. Bakhatin, "The Problem of Speech Genres", in Caryl Emerson and Michale Holquist, eds., *Speech Genres and other Late Essays*, tran. Vern W. McGee, University of Texas Press Slavic Series 8, 1979（Russian），Austin: University of Texas Press, 1986, p. 84.

相互关联形成对话关联。①

　　巴赫金的杂语与对话体的共同点在于两者都论及了多声现象，多种声音看似杂乱无章，实则相互关联；它们不仅能够反映某个主题，而且与创作主体具有密切的关系。赫伯特的诗集《圣殿》包括由不同人物的声音构成的杂语。这些声音包括基督徒对身体疾病以及碌碌无为的生活状态所进行的抱怨、反叛之声；对人类以及个人的罪进行的忏悔与乞求之声，以及在经历了抱怨、反叛，平复、悔悟之后，对上帝的赞美之声。对基督教教义与美德的倡导之声，对圣经、牧师、恩典与救赎的重要性的告诫之声，对圣餐的讨论之声，对教会，尤其是英格兰国教会的担忧之声以及对国家民族的忧虑之声。艺术家对诗歌创作、音乐以及视觉艺术的讨论之声。这些不同声音之间形成了一种对话，亦可谓形成了巴赫金所说的具有对话性的杂语；这种由多种声音构成的杂语直指赫伯特不同层面的自我。首先，不同声音的互相关联不仅在诗行之间建构了一个极具戏剧性的基督徒人物，而且通过杂语表现形式，赫伯特实现了对自我内在体验的密切审视，呈现了一个经历抱怨反叛、平复忏悔，最终倾心赞美上帝的过程。此外，通过不同声音，赫伯特还实现了自我外在身份建构：通过说教、告诫之声，赫伯特在诗集中建构了对隐含听众灌输基督教教义与美德，宣传圣经、牧师以及恩典与救赎重要性的新教牧师身份；借由对圣餐礼仪的表层论述，赫伯特实则反映了当时的英格兰施行的"折中"宗教政策，深层建构了作为"折中"宗教政策拥护者的自我身份；对教会，尤其是英格兰国家教会诸多问题的描绘揭示了诗人对英格兰民族即将分裂的忧虑，从而将自我建构成为民族统一维护者的身份形象。最后，以自我内在衍变与外在身份建构等经历、体验为基础，赫伯特在诗歌创作过程中实现了审美升华，表达了自我在诗歌创作、音乐以及视觉艺术方面的审美意识。三个层面的自我在更高层面上构成新的对话，构成了全新的自我，呈现了赫伯特自我的现代性书写。

① Mikhail M. Bakhatin, "The Problem of Speech Genres", in Caryl Emerson and Michale Holquist, eds., *Speech Genres and other Late Essays*, tran. Vern W. McGee, University of Texas Press Slavic Series 8, 1979 (Russian), Austin: University of Texas Press, 1986, p.94.

第一章 现代性自我的内在衍变

沃恩克在讨论巴罗克时期文学作品时指出："巴罗克时期诗学世界想象的'他者'大多是通过对冲突体验的戏剧化呈现得以实现。"①这种冲突的体验，无论是感官上的还是精神上的，都是巴罗克文学作品关注表象与现实世界的重要形式。②巴罗克时期文人所展示的情感冲突不尽相同：多恩呈现了对世俗肉欲之爱与虔诚之爱的冲突体验；马维尔则展示了对有限与无限的冲突体验。③与多恩和马维尔不同，赫伯特在《圣殿》中以人物与上帝之间的关系为中心——最初被描述成为冲突的人神关系到结尾都变得和谐。通过展示人神关系的变化，赫伯特展示了个人经历与信奉上帝恩典与仁爱之间的冲突体验。这种冲突体验主要是通过诗篇中建构的说话者及其发出的不同声音得以实现。诗集中出现了说话者"我"的叙述声音、"我"与上帝或是不知名者的对话之声、上帝或是基督的声音以及天使的声音。这些说话者发出声音的语气、语调与态度不尽相同。据此，笔者将上述声音分为抱怨与反叛之声，忏悔与乞求之声以及颂扬之声。通过这三种不同的声音，赫伯特在诗集中塑造了三类不同的基督徒。第一类是发出抱怨与

---

① Frank J. Warnke, *Versions of Baroque: European Literature in the Seventeenth Century*, p. 59.

② Ibid., p. 62.

③ 性爱与宗教虔诚是多恩在其作品中所表现的冲突情感的体验，例如在《情人之无限》（"Lovers Infiniteness"）中，多恩通过宗教情感指涉了性欲；而在许多以宗教情感为主题的诗篇中，多恩又借助于性爱的意象来表达其宗教情感。将这种冲突情感表达的最为淋漓尽致的是《敲打我的心吧，三位一体的上帝》（"Batter my heart, three person'd God"）。在《不幸的爱人》（"The Unfortunate lover"）中，马维尔将丘比特代表的有限之爱与无限的田园之爱并置，表达了诗人对爱以及对有限与无限的冲突体验。See Frank J. Warnke, *Versions of Baroque: European Literature in the Seventeenth Century*, pp. 52–65。

反叛声音的基督徒。他向上帝抱怨自我身体遭受的病痛以及生活中的磨难，控诉上帝对自己的痛苦视而不见，从而试图反叛；但在抱怨、反叛之后又与之求和并最终归顺于上帝，表现出说话者最终对上帝恩典的信奉。第二类是发出忏悔与乞求之声的基督徒，这一方面通过对上帝直接传达的忏悔之声表现出来，另一方面则是通过说话者"我"与上帝或是基督之间对话的声音得以体现。第三类是发出赞美之声的虔诚基督徒。这种赞美之声既包括说话者"我"对上帝或是基督直抒胸臆的赞美，也包括通过基督徒与天使之间的对话之声而实现的对上帝的颂扬。这种颂扬之声实则表明了心情平复的说话者重新皈依上帝。伊哈布·哈桑（Ihab Hassan）认为，"文学是自我文学，世界中的自我，将自我与世界构建成语言……是自我追寻的文学"①。在文学作品中，声音通过文本的语言与言语表现出来，它是对自我、主体的形成和分析的最为根本的部分。②哈桑的观点表明文学与自我、主体的关系密不可分——声音是展现自我、观照自我的重要手段。因此，对诗集中基督徒人物角色不同声音的分析实际上是关注这些声音与自我形成、与自我宣告之间的关系，是赫伯特实现内在自我书写的手段。那么《圣殿》中的基督徒是如何通过抱怨、反叛之声，忏悔、乞求之声及颂扬之声，在呈现传统恩典与仁爱精神的同时，实现赫伯特现代性自我内在衍变的书写呢？这便是本章将探讨的问题。

第一节　抱怨、反叛

　　布克哈特强调在文艺复兴时期个人意识逐渐取代中世纪的集体意识，人才开始意识到自己是个体。这种个人意识到巴罗克时期表现得更为明

---

① Ihab Hassan, "Quest for the Subject: The Self in Literature", *Contemporary Literature and Contemporary Theory*, 29: 3 (1988): 420.

② See Patrick Fuery and Nick Mansfield, *Cultural Studies and Critical Theory*, Oxford: Oxford University Press, 2000, p. 72.

显，且促使了该时期人们自我的关注与追求。实现这种关注与追求的方式之一便是对身体的观照。身体与自我具有密切的关系。"自我首先是一个肉体的自我，它不仅在外表是一个实在物，而且它还是自身外表的设计者。""我们靠我们的肉体存在于这个世界上，靠我们的自我存在于真理之中。"① 自我由肉体与思想共同组建，肉体是自我形成的最基本要素，若无实在的肉体，寄居于肉体内部的思想便会消失。换言之；有形的身体是自我身份的可见载体，是建构主体最根本的部分，也是主体与他或她所处社会秩序的关系语境形成的最根本的部分。个体身体形象建构的方式实际上就是人实现自我关注的方式，因为在人的思想与情感之后，立着一个强大的主宰，未被认识的哲人——那就是"自己"，他住在肉体里，它即是肉体；具化的人对血、肉和骨骼有一种感知，能够感知到自己是活的、真实的。他能完全感知到自我在身体里面，并且能够感到个人在时间上是持续的。个人将对自己身体的体验作为他独立存在的基础。②可以说对身体的感知是个人意识到自己独立存在的重要方式，身体是自我的核心，因此是自我表达的媒介。③人实现自我认知的方式之一便是对身体意象的主观自视或是心理图像建构。这种建构方式主要包括自我的观察、他人的反映以及本人的倾向、情感、回忆、幻象和经历。④这种对身体的重视就是赫伯特关注自我的重要方式之一。

苏珊·桑塔格（Susan Sontag）在《疾病的隐喻》（*Illness as Metaphor*）中指出："疾病是通过身体说出的话，是个人意志的表现，它是展现内心世界的言语，是自我表现的形式。"⑤这就表明身体疾病与自我具有密切的关系。《圣殿》中的说话者十分关注自我身体，并不断抱怨身体遭受的病

---

① 转引自〔美〕大卫·M. 列文《倾听着的自我》，程志民等译，陕西人民教育出版社，1997，第97页。

② See Jonathan Sawday, "Self and Selfhood in the Seventeenth Century", in Roy Porter, ed., *Rewriting the Self*: *Histories from the Renaissance to the Present*, p. 38.

③ See A. E. Watkins, "Typology and the Self in George Herbert's 'Affliction' Poems," *George Herbert Journal* 31: 1, (2007): 64.

④ Robert T. Francoeur and Timothy Perper, *The Complete Dictionary of Sexology*, New York: The Continnum Publishing Company, 1995. pp. 71-72.

⑤ 〔美〕苏珊·桑塔格：《疾病的隐喻》，程巍译，上海译文出版社，2003，第41页。

痛。这种抱怨之声在最具自传色彩的诗篇《苦难》（"Affliction Ⅰ"）第一首中最为突出。《苦难》中的说话者"我"以戏剧独白的形式向隐含听者，即上帝，进行述说。在第1节至第4节中，说话者表明自己倾心尽力为上帝服务，因而得到了上帝赐予的"牛奶"（milk）与"芬芳"（sweetnesses）；"牛奶"与"芬芳"与《出埃及记》之迦南圣地"充满牛奶与蜜"相呼应，象征了上帝给予的庇佑；正因如此，"我的每一天都充满了花儿与幸福；／每个时刻都是五月"（My dayes were straw'd with flow'rs and happinesse；／There was no moneth but May.）（162，第21~22行）①。在英国文化传统中，"五月"是新生的季节，代表春天的来临；"每个时刻都是五月"表明说话者生活的每个时刻都充满了生机，犹如生活在伊甸园一般；因此，处于幸福美满生活之中的说话者"（我的）思想里没有悲伤或是恐惧的位置"（…my thoughts reserved/ No place for grief or fear）（162，第16行）。然而，这种美好的状态逐渐发生了变化，说话者的语调也由满足转为抱怨。这种转变从第4节结尾过渡诗行伊始："但是悲伤随着我的年龄盘绕生长，／不知不觉将悲痛集结"（But with my yeares sorrow did twist and grow/ And made a partie unawares for wo）（162，第23~24行）。在第5、6节中，说话者以"我的身体开始痛苦地对灵魂诉说"（My flesh began unto my soul in pain）（162，第25行）为开端，详细地描述身体遭受的痛苦，抱怨身体遭受的病痛：骨骼遭受着病痛，疟疾进入了每一根血管，身体遭受的病痛使呼吸之声变成了呻吟，并让灵魂也感到悲伤；身体与灵魂的痛苦让他甚至很难相信自己还活着；更痛苦的是，在自我身体遭受病痛之时，挚友离世。在身体遭受病痛、挚友去世双重痛苦折磨之下，说话者抱怨"没有围墙或朋友"（without a fence or friend）（163，第35行）；"围墙"可以理解为给予人庇佑的上帝，而"亲友"则指亲情。缺失了上帝的庇佑与亲友的关爱，如同遭受

---

① Gerorge Herbert, *The English Poems of George Herbert*, ed. Helen Wilcox, Cambridge：Cambridge University Press, 2007, p. 162. 本书赫伯特的诗歌引文若未另注，均来自该诗集，后面的引文只随文标出诗歌出现的页码与行数。

"狂风暴雨肆虐"（I was blown through with ev'ry storm and winde）（163，第36行）。这种痛苦经历加深了说话者对上帝的抱怨情绪，他在最后一节中扬言："我要停止服务，去寻求／另一位主人"（Well，I will change the service，and go seek／Some other master out）（163，第63～64行）。在基督教中，对上帝的服务是完全自由的。但是《马太福音》（6：24）如此记载："一个人不能侍奉两个主。不是恶这个爱那个，就是重这个轻那个。你们不能又侍奉神，又侍奉玛门。"这实则要求基督徒只能信奉上帝。由此可见，说话者选择"停止服务"是指停止对上帝的服务，即改变自己的信仰；"寻求另一位主人"则指选择信奉代表物质财富的玛门。这样的言语充分呈现了对上帝不满、反叛的情绪。

对身体病痛的抱怨在《苦难》第二首、《十字架》（"The Crosse"）、《愚蠢》（"Dotage"）以及《渴望》（"Longing"）中均有体现。在《苦难》第二首中，说话者以极为戏剧化的方式为开端，表述自我身体遭受的痛苦："不要每天杀我一次／生命之主啊"（Kill me not ev'ry day，／Thou Lord of life）（224，第1～2行）。说话者将自己的身体病痛与基督的死亡联系起来，指出自我身体的病痛虽然不及基督为人献身那么珍贵，但它却遭受着每一天被杀一次、每个小时死亡一回的痛苦，遭受了无止境的折磨。在第2节中，说话者对身体病痛进行了反思，抱怨的语气也开始减弱；他指出人因痛苦流下的眼泪远不及基督的眼泪，但它是忏悔之泪，可以减少基督遭受的痛苦。在第3节中，说话者的思想发生了转变，意识到上帝给予选民的并不仅仅是折磨；通过在十字架上受难，基督既代表快乐也代表痛苦，因此他既是病痛之源，也是病痛的救济者。通过将自我与基督参照，说话者意识到身体遭受的病痛也蕴含着救赎，如此，抱怨情绪方得以缓解。在《十字架》（"The Crosse"）第3节中，说话者通过"一种疟疾居住在我的骨骼里，另一疟疾深入了我的灵魂"（One ague dwelleth in my bones，／Another in my soul）（563，第13～14行）表明身体遭受病痛的折磨；病痛侵袭了说话者的骨骼、血管，将其呼吸转变成呻吟之声。《愚蠢》中的说话者虽未言明身体遭受何种苦痛，但是诗篇第2节的每一诗行中都充斥着表示痛苦的名词:"忧伤"(sorrows)、"痛苦"(miseries)、"剧痛"(anguish)、"愤怒"(vexations)、"悲伤"(griefs)与"灾难"(calamities)。此外,根据诗行"从这骨头中获取证据"(Fetching their proofs ev'n from the very bone)(571,第11行)可推测这些痛苦可能与身体遭受的病痛相关。在经历病痛、发出苍白的抗议之后,说话者在第3节指出只有承受痛苦,最终才能走向天堂获得更大的喜悦。《渴望》("Longing")中的说话者在第1、2节中描绘了自我现状:"带着病痛且饥渴的双眼"(with sick and famisht eyes)、"弯曲的双膝与疲惫的骨骼"(doubling knees and weary bones)及"我那嘶哑的喉咙和灵魂"(My throat, my soul is hoarse)。在如此状态之下,说话者质问上帝这样的痛苦是否永无止境。在第3、4节中,说话者的语气发生变化,转而赞扬上帝是怜悯、仁爱的,并呼吁上帝俯身倾听他的痛苦。然而当颂扬与乞求未得到任何回应时,抱怨的语气变得更为强烈。在第6节最后两行中,通过斜体诗行"**那创造耳朵之人/难道充耳不闻?**"(*Shall he that made the eare, / Not heare?*)(514,第35~36行),说话者质问上帝为什么对自己的痛苦视而不见,对其抱怨不予理会。在第7、8节中,说话者表明自己就是尘埃,而作为拯救者的上帝有能力让世间万物按照各自的规律存在、运行;既然如此,他质问上帝,"是否一个罪人的乞求无法开启那把锁?"(hath a sinners plea/ No key?)(514,第47~48行)乞求上帝将锁开启也就是指获得上帝的拯救。仍未得到回应的说话者随即陈述了上帝对他的影响:上帝逗留导致他死亡,并最终变成虚无;上帝高高在天堂,他却处在俗世痛苦之中。随后,说话者又一次质问上帝:"主啊,您离开宝座/ 不是为了拯救吗?"(Lord, didst thou leave thy throne, / Not to relieve?)(514,第61~62行)"离开宝座"隐射了基督道成肉身;基督道成肉身的目的是拯救人,既是如此,又为何对他如此严厉、让他遭受痛苦呢?在诗篇结尾,说话者指出他的心变成了碎片,而每一个碎片都变成了舌头,乞求上帝拔出插在他心里的箭,治愈那颗被困扰的心。通过"箭"(dart)这一名词,说话者将上帝与信徒之间的关系类比为爱神丘比特与俗世之人的关系,他对上帝的抱怨亦如世俗情人对爱神的抱怨一般。乞求"将箭拔出"（pluck out thy dart），"治愈哭泣受伤的心"（heal my troubled breast which cryes）表明说话者乞求获得上帝的仁爱与救赎，恢复和谐的人神关系。

巴罗克时期文人的共同特点之一便是强调个人体验与感受。[①]在讨论早期现代的自传与自我呈现时，罗纳德·贝德福德（Ronald Bedford）、劳埃德·戴维斯（Lloyd Davis）以及菲利帕·凯利（Philippa Kelly）指出生活在早期现代之人没有具体的语言用于描述自我体验。[②]因此，对人经历的兴奋、满足、欲望与痛苦的表达便是该时期的人对自我体验与描述的具体方式。由此可见，《圣殿》中对身体遭受苦难的陈述实际上是赫伯特借诗篇中建构的说话者，进行的自我体验与自我描述。与抱怨身体疾病的说话者相同，赫伯特自幼便遭受身体病痛：他患有肺结核，容易感冒、发烧以及消化不良；成年时又经常受到疟疾、鼻炎等疾病困扰。[③]消化不良的问题一直困扰着赫伯特，为了避免因消化不良带来的痛苦，赫伯特对节食进行了研究，并翻译了路易吉·科纳诺的《关于节制与戒酒的论文》。在该论文中，科纳诺认为节制的人不会生病，并且很少身感微恙，因为节制可以带走疾病的根源。[④]赫伯特在他的散文集《乡村牧师》中也频繁地讨论控制食量、节食。在《乡村牧师》第九章《牧师的生活状态》（"The Parson's State of Life"）中，赫伯特认为牧师不仅要根据教会规定的时间节食，还应当主动增加节食的天数，因为通过这种方式，"可以让他的身体驯服、顺从、健康，让灵魂像老鹰一样热情、积极、年轻和愉悦"[⑤]。在剑桥大学求学期间，赫伯特曾在 1617 年 3 月 18 日写信给继父约翰·丹弗斯（John

---

① See Frank J. Warnke, *Versions of Baroque*: *European Literature in the Seventeenth Century*, p. 41.
② See Ronald Bedford, et al., *Early Modern English Lives*: *Autobiography and Self-Representation* 1500 – 1660, Aldershot: Ashgate Publishing Company, 2007, p. 1.
③ See George Herbert, *The English Works of George Herbert*: *Newly Arranged and Annotated and Considered in Relation to His Life*, Volume 1, ed. George Herbert Palmer, Boston and New York: Houghton Mifflin and Company, 1905, p. 54.
④ Ibid., p. 232.
⑤ Ibid., p. 334.

Danvers）爵士，信件中亦提及自己节食的实验。①他写道："这个大斋节我被禁止吃鱼，我想自己在房内节食；……除了大斋节，在每周五和周六，我有时也会节食。"② 在《乔治·赫伯特先生的生平》中，沃尔顿也记载了赫伯特通过节食来治疗发热的事。③上述经历都表明与抱怨的说话者一样，赫伯特身体上遭受了各种疾病的折磨，并曾试图采取各种方法摆脱病痛。除了赫伯特的身体遭受病痛之外，其母亲马格德琳·纽波特（Magdalen Newport）和姐姐伊丽莎白·赫伯特（Elizabeth Herbert）同样遭受病痛的折磨。与失去亲友"围墙"庇护的说话者一样，赫伯特还目睹了亲友的死亡：赫伯特同辈人中最先去世的是玛格丽特·赫伯特（Margaret Herbert）的丈夫约翰·沃恩（John Vaughan），此人于 1615 年与世长辞；随后赫伯特的兄长查尔斯·赫伯特（Chalres Herbert）于 1617 年撒手人寰；另一兄长威廉·赫伯特（William Herbert）同年也溘然长逝。亲人的相继离世将赫伯特笼罩在死亡的氛围之中，但是在写给母亲的信件中，赫伯特表明他更为恐惧的乃是疾病。他写道："而我自己，亲爱的母亲，与死亡相较，我总是更害怕疾病，因为疾病使得我无法完成我到这个世界来的使命，但又必须身处其中。"④由此可见，赫伯特将自我的疾病体验投射在了《圣殿》中发出抱怨之声的基督徒之上。

赫伯特担忧身体疾病，实则因为疾病让他无法完成自我使命，无法实现自我抱负；这种担忧通过诗集中抱怨时运不济的说话者得以传递。在《苦难》第一首第七节中，说话者表明其出身让他选择了代表世俗的"城市之路"（the way that takes the town）；这样的选择并未让他有任何收获，反倒使他纠缠于这个充满冲突的世俗世界。因此，说话者希望自己能够化

---

① See George Herbert, *The English Works of George Herbert: Newly Arranged and Annotated and Considered in Relation to His Life*, Volume 1, p. 334.

② A. G. Hyde, *George Herbert and His Time*, London: Methuen & CO., 1906, p. 70.

③ See Izaak Walton, *Walton's Lives of John Donne, Henry Wotton, Richard Hooker, and George Herbert*, ed. George Saintbury, Oxford: Oxford University Press, 1927, p. 284.

④ George Herbert, *The Works of George Herbert*, ed. F. E. Hutchinson, London: Oxford University Press, 1945, p. 373.

身"成为硕果累累、成荫的绿树"（grow to fruit or shade），因为树至少可以结出果实，或为鸟儿提供栖息之所，这都表明他希望有所作为。《雇佣》第二首（Employment Ⅱ）的说话者也希望自己是一棵繁茂、硕果累累的橘树。圣经《诗篇》（1：3）里写道："要像一棵树在溪水旁，按时候结果子，叶子也不干枯。凡他所做的，尽都顺利。"由此可见，在基督教文化传统中，希望成为一棵树，长出果实或绿树成荫，暗含着行事顺利、有所作为。当一切都无法实现的时候，《苦难》中抱怨的基督徒在最后一节中便不愿像往常般顺从，扬言反叛，"去寻找／另外一位主人"。在《恭谦》（"Submission"）中，说话者的抱怨语气虽不及《雇佣》中的强烈，但是诗篇第 2 节中的问句："难道给予我／地位或是权力不会更好?"（Were it not better to bestow／ Some place and power on me?）（343，第 5~6 行）也表达出其对成就自我的渴望。

在《雇佣》第一首第 1 节中，说话者直接陈述了自我的愿望，希望自己不会成为那历经霜冻后被扼杀的花蕾，而能成为一朵能够"绽放而后凋零"（spread and die）的花朵；这实际上表明说话者希望在如花朵般短暂的人生中能够有所作为，发挥自己的功用。从第 4 节开始，说话者请求上帝不要让他衰弱无力，虽然与世间万物相同，最终回归尘土，但他请求上帝让他放慢走向生命终点的脚步，不要让他还未来得及颂扬上帝便已凋萎。在文艺复兴时期，无论是新教还是罗马天主教都将游手好闲视为个人以及社会的罪；游手好闲、碌碌无为不仅被视为个人的失败，还被认为是对国家造成危害的行为。[①]在这样的文化语境之下，说话者无疑会对自己无为的人生感到不满，乞求上帝不要让他荒度一生。第 5 节指出万物各司其职，唯独说话者既不像蜜蜂采蜜，也不像花儿一样提供花蜜，更不是辛勤劳作的种花之人，表明了自我无所事事的状态。因此，说话者在诗篇最后一节说道："我不是您伟大存在之链上的一环，／我的所有同伴都是野草"（I am no link of thy great chain，／ But all my companie is a weed）（205，第

---

① See Margot Todd, *Christian Humanism & the Puritan Social Order*, Cambridge：Cambridge University Press，2002, p. 123.

21行），这实际上包含了质问的语气。"伟大的存在之链"（the Great Chain of Being）是源于柏拉图（Plato）、亚里士多德（Aristotle）、柏罗丁（Plotinus）以及普罗克洛斯（Proclus）的哲学概念，该概念在中世纪得到进一步发展，并在新柏拉图主义中得到充分体现。"存在之链"是指上帝将世间万物按照严格的顺序安排，从上帝开始，往下分别为天使、魔鬼（堕落的天使）、星星、月亮、国王、王子、贵族、人类、野生动物、家畜、树、其他植物、宝石、珍贵的金属以及其他的矿物。说话者将自我分别与花（植物）和蜜蜂（动物）进行对比——蜜蜂与花朵都能够彰显各自在存在巨链上的功用，作为在存在之链上高于花与蜜蜂的人，为何不能发挥自己的功用呢？这种质问之声在诗节最后两行转为恳求的语气，说话者请求上帝将其放入上帝的和谐音乐中，并将旋律赋与其芦笛之上，如此他也能成为天体和谐音乐的一部分，可发挥自我功用。

帕克·约翰逊（Parker H. Johnson）指出《颂扬》第一首中的说话者提出了一个交易：如果上帝改变他碌碌无为的现状，他将给予上帝更多颂扬。[①]这种意愿通过诗篇第 1~5 节中的情态动词"将要"（shalt）、"会"（will）、"可能"（may）和"能"（can）得以体现。在第 1 节中，说话者指出诗歌创作是他能给予上帝的所有赞美，但是如果上帝能够改变其现状，"他（上帝）将拥有更多"（Thou shalt have more）（221，第 4 行）；在第 2 节中，说话者指出如果上帝能赋予他翅膀，让他飞向天堂，"我会做得更多"（I will do more）（221，第 8 行）；说话者在第 3 节指出，人因原罪无法到达神圣的王国，因此希望上帝给予他吊索，这样"他可能做得更多"（He may do more）（221，第 12 行）；第 4 节首先描述了草药的功用：若将平凡的草药提炼制药，在人将之服食并由身体吸收之后，它会进入人的大脑，与灵魂并肩。人如同平凡的草药，若上帝能够将之提升，"他们能做得更多"（They can do more）（221，第 16 行）；最后，说话者将自己与蜜蜂比较：人们认为蜜蜂整天忙碌，十分可怜，但说话者却希望

---

① See Parker H. Johnson, "The Economy of Praise in George Herbert's 'The Church'," *George Herbert Journal*, 5（1981/2）：48.

能够像蜜蜂一样，那么他所做的不仅限于采蜜，而会给予上帝更多的赞美（and much，much more）。

对上帝的创造、工作、经济活动、新技术以及新科学的责任感促使生活在早期现代的人将自我视为一种工具。该时期倾向于将个人视为一个现实的代言人，并且个人的身份与价值，无论是从主体角度还是从社会角度来看，都与其在自然世界、社会生活中的实际价值相关。诗集中对自我无为现状发出的抱怨之声实际上是赫伯特自我价值关注的表现形式。艾米·查尔斯指出，"《苦难》第一首是赫伯特诗篇中最具自传特色的一首诗，该诗篇创作于 1617 年前后：密切审视便会发现诗篇的许多内容对应了赫伯特在 1616 年至 1618 年的状态和经历"。[1]笔者认为不仅仅是《苦难》第一首，诗集中的许多对无为状态发出抱怨的诗篇都反映了赫伯特的经历。正如在《苦难》第一首中所描述的一样，赫伯特可谓出自名门望族，其家族在蒙哥马利颇具影响力。曾祖父爱德华·赫伯特爵士（Sir Edward Herbert）是当地举足轻重的人物，早在 1546 年便担任国王的租金搜集官（the collector of the king's rents of assize），并在 1553 年到 1558 年，三次担任蒙哥马利的执行吏及该郡议员，同时，他还是朝臣、伊丽莎白女王的护卫以及著名的士兵。[2]赫伯特的祖父理查德·赫伯特（Richard Herbert）虽然英年早逝，也颇具影响力。他在当地拥有多个官职，并且曾经被选举为议员。[3]就如同选择"城市之路"的说话者一样，赫伯特的家世与出身都促使他专注于对世俗名誉的追求，而他在早年也确实如此。赫伯特最初就读于威斯敏斯特学校，毕业之后便进入剑桥大学三一学院继续学习。他以威斯敏斯特学者的身份获得了季度奖金，分别于 1613 年、1616 年获得了文学学士学位与文学硕士学位。毕业之后，赫伯特于 1617 年被指派为修辞学助教，第二年便被委任为修辞学讲师。之后，他以剑桥大学副演讲家的身份工作一段时

---

[1]　Amy M. Charles, *A Life of George Herbert*, Ithaca and London：Cornell University Press, 1977, p. 85.

[2]　Ibid., p. 22.

[3]　See W. R. Williams, *Parliamentary History of Wales from the Earliest Times to the Present Day*, Brecknock：Edwin Davies and Bell, 1895, p. 147.

间，并于 1619 年成为剑桥大学演说官员。① 身为剑桥大学演说官员的赫伯特有许多机会接触到当时的权贵，包括重要朝臣以及国王。虽然我们无法考证赫伯特与詹姆斯一世第一次见面的确切日期，但艾米·查尔斯指出，赫伯特在成为剑桥大学演说官员之前可能就曾觐见过国王。詹姆斯一世的宫廷在罗伊斯顿（Royston）或是纽马克特（Newmarket）附近，但是皇室的成员频繁出现在剑桥。早在 1613 年伊丽莎白公主婚礼之时，詹姆斯一世与其他宫廷朝臣就在纽马克特出现过几次。查尔斯王子与帕拉丁王子曾出现在剑桥，国王也于 1613 年 3 月专门巡访剑桥。另一次皇室巡访剑桥发生在 1615 年 3 月。在此次巡访中，赫伯特曾致信詹姆斯一世，对其拉丁语著作进行了高度颂扬，此举无疑博得了国王的好感。实际上赫伯特颇得詹姆斯一世欢心，并时常被指定到罗伊斯顿伴驾。②在 26 岁至 32 岁，赫伯特一直处于皇室恩宠之中。在此期间，赫伯特与伦诺克斯第二代公爵兼里士满公爵洛德威克（Lodowick，Duke of Lennox and Duke of Richmond）以及汉密尔顿侯爵詹姆斯（James Marquis of Hamilton）成为好友；此外，赫伯特与培根（Francis Bacon）也过从甚密。这样的人际关系使得忙于世俗事务的赫伯特早年生活顺风顺水，真可谓"我的每一天都充满了花儿与幸福；／每个时刻都是五月"（162，第 21~22 行）。因此，赫伯特对自己的前途抱有很大期望。"在担任剑桥大学演讲家期间，他学会了意大利语、西班牙语以及法语，希望能够接任国务大臣的职务"③；这实际上是赫伯特为其仕途所做的准备。然而，赫伯特的恩主洛德威克于 1623 年去世，侯爵詹姆斯与国王詹姆斯一世也于 1625 年相继去世。此后，继位的查理一世实施的宗教与政治政策与詹姆斯一世时期大相径庭。尽管查理一世与坎特伯雷大主教威廉·劳德（William Laud）十分欣赏赫伯特创作的虔诚宗教诗歌，但由于赫伯特在宗教和政治立场上一直站在詹姆斯一世的阵营，查理一世从

---

① See Cristina Malcolmson, *George Herbert*: *A Literary Life*, Hampshire: Macmillan Distribution Ltd., 2004, p. 22.

② See Amy M. Charles, *A Life of George Herbert*, p. 69.

③ Izaak Walton, *Walton's Lives of John Donne*, *Henry Wotton*, *Richard Hooker*, *and George Herbert*, p. 297.

未考虑过对其重用。1626 年至 1629 年可谓赫伯特一生之中最为黑暗的时期：一方面他遭受着病痛的折磨；另一方面由于他早年为仕途所做的努力全付诸流水。①因此，赫伯特时常感觉到自己的生命缺乏目的和意义。由此可见，诗篇中对仕途不济、碌碌无为的生活状态发出抱怨的说话者无疑映射了赫伯特自身的经历，是赫伯特自我关注的体现。

最终，《圣殿》中的说话者将身体病痛与无为人生归咎于上帝仁爱、恩典与救赎的缺场，并在许多诗篇中对此进行抱怨。例如，《拒绝》（"Deniall"）中的说话者开篇便抱怨其虔诚无法穿透上帝的耳朵，借此控诉上帝对说话者的忽视。随后，将自我思绪比喻成为"易碎的弓"（a brittle bow），成了碎片，四处飞散；有的思绪走向了寻欢作乐，有的则听到了战场的召唤，走向了战争。四处飞散的思绪暗指说话者因上帝的沉默和忽视失去精神信仰与支柱，结果犯下各种罪。在第 4 节中，抱怨之声再次出现：上帝既然创造了人的舌头，那么就应该聆听人的呐喊；但事实上，上帝却对人的呐喊声充耳不闻，即便"我跪着虔心祈祷"（My heart was in my knee）（288，第 19 行），却仍未得到上帝的回应，这便是上帝恩典与仁爱缺场的表现。

在诗篇《枷锁》（"The Collar"）中，说话者也强烈抱怨了恩典与救赎的缺失。标题"枷锁"实际上是双关语：它既可以指规训和惩罚人的"枷锁轭"（collar），又可以指人"愤怒的情感"（choler）。②而这两层意义在诗篇中都有呈现。说话者在开篇便对上帝发出抱怨，做出反叛的举动：他"拍打着圣餐台，大声疾呼，再也没有了"（I struck the board, and cry'd, No more）（526，第 1 行）。"拍打圣餐台"与"大声疾呼"这两个举动就好像失去理智的醉酒之人在叹息和痛苦之后的喧嚷③；"再没有了"则

---

① See Joseph H. Summers, *George Herbert: His Religion and Art*, Cambridge: Harvard University Press, 1968, pp. 41-45.

② See Herschel Baker, *The Later Renaissance in England: Nondramatic Verse and Prose* 1600-1660, Boston: HoughtonMifflin, 1975, p. 217.

③ See Dale B. J. Randall, "The Ironing of George Herbert's 'Collar'", *Studies in Philology* 81: 74 (1984): 478.

暗示说话者意欲结束对上帝履行义务的关系。这样的行为与言语表现出了说话者反抗的情绪，随后他陈述了反抗的原因：

> **释义**：难道我没有收获，唯剩荆棘
>
> 　　　让我流血，也无法复得
>
> 　因禁果失去的东西？

> Have I no harvest but a thorn
>
> To let me bloud, and not restore
>
> What I have lost with cordiall fruit?

（526，第 7~9 行）

《创世记》（3：18）记载亚当与夏娃的原罪导致地上出现荆棘和蒺藜；《约翰福音》（19：22）又记载了罗马士兵用荆棘编作冠冕，戴在基督头上。因此，"流血的荆棘"象征人的原罪与堕落，这种罪与堕落需要基督流血受难才能得以救赎。"让人康复的果实"（cordiall fruit）中的"果实"可以理解为导致原罪、使人堕落的禁果；但是，说话者用"cordiall"一词对禁果进行修饰，表明这个果实已经变成了具有康复、救赎力量的基督。因此，"流血的荆棘"以及"无法复得因禁果失去的东西"表现出说话者因为原罪而处于上帝恩典缺失的状态。在第 13~16 行中，说话者连续运用五个问句对上帝进行了质问：

> **释义**：只有我失去了这样的季节吗？
>
> 　　　我难道没有月桂为之封冠？
>
> 　没有鲜花，没有色彩鲜丽的花冠？一切都被摧毁？
>
> 　　　　一切都被废弃了吗？

> Is the yeare onely lost to me?

Have I no bayes to crown it?

No flowers, no garlands gay? all blasted?

All wasted?

(526，第 13~16 行)

　　"这样的季节"是指成长与收获的季节。"这样的季节"、"月桂"、"鲜花"与"花冠"都代表着美好的事物，象征着上帝的恩典；通过质问是否这些美好的事物都被摧毁、被废弃，说话者既表明了缺失恩典的痛苦，也表达出了不满与忧郁情绪，映射了标题所含的"愤怒的情感"之义。至此，说话者的声音都反映了"反叛上帝意志的自我意志之无秩序状态"[1]。从第 17 行开始，另一个声音通过冒号的提示出现，构成了戏剧性的对话；这一对话声音可以理解为说话者的灵魂，也可以理解为说话者抱怨的对象——上帝。如若按第二种理解，上帝对抱怨的说话者进行了安慰、开导，并以"实际上有果实"（but there is fruit）回答了说话者的疑问；此处的"果实"既可以指导致人堕落的禁果，也可指所有人都能寻求到的果实——基督。由此可见，该回答指涉了人的堕落以及基督作为果实拯救人的事件，暗示说话者的这种状态最终会因为基督的拯救而得到改变，并且进一步劝导说话者"别再冷漠争议/什么是合适的，亦不要放弃你的笼子"（…leave thy cold dispute/ Of what is fit, and not forsake thy cage）（526，第 20~21 行）。在赫伯特生活时期，笼子是一种刑具，"用来惩罚那些远离社会道德标杆之人"[2]。说话者之所以被关在笼子之中，是因为他反叛上帝。同时，笼子具有规训的作用，因此，"笼子"又指涉了标题所涵括的"枷锁轭"之义。然而说话者并未有听从劝解，继续反叛，扬言要走出笼子、摆脱束缚，并且因为这种反抗情绪变得愈发激烈狂野，近乎失去理智。就在这种冲突无法解决的时候，诗篇最后两行出现了上帝召唤的声

①　Joseph H. Summers, *George Herbert: His Religion and Art*, p.90.

②　Edwin Powers, *Crime and Punishment in Early Massachusetts* 1620-1692, Boston: Beacon Press, 1966, pp.217-218.

音："我觉得听到了一声叫喊，**孩子**：／于是我回答道，**吾主**"（Me thoughts I heard one calling, *Childe*：／And I reply'd, *My Lord*）（526，第35～36行）。"孩子"这一召唤之声既批评了说话者的怒气是十分幼稚的，又表达出了上帝对他的爱，象征了救赎。正因如此，反叛的声音在听到上帝的召唤之后便消失了，"我主"这一应答表现出驯服以及对上帝之爱的回报，上帝与说话者之间的关系也因此得以恢复。①

《公正》（"Justice"）虽然以"公正"为题，威尔科克斯却指出诗篇在很大程度上都是关于上帝明显的不公正以及说话者对上帝的不公。②诗篇运用了锁扣式结构（interlocking structure），列出了上帝矛盾的行为以及说话者对上帝行为的困惑：上帝创造了说话者，却让他受伤；上帝使说话者受伤，但又释放他；上帝释放说话者，但是说话者却死亡；上帝杀死说话者，但最终又解救了他。说话者将上帝这一系列的行为视为上帝的不公正。正是因为上帝不公，说话者相应地做出了矛盾、不公的举动：他颂扬上帝，但同时保留对上帝的颂扬；企图祈祷，但是祷告时分心；想行善，但罪却占了上风；他的灵魂热爱上帝，但是这爱却停滞。说话者矛盾的行为举止与上帝的举止对应，这是他自己也无法理解的。通过这种看似重复的叙述，上帝对人的矛盾行为以及说话者的困惑与冲突情感得以呈现。

值得注意的是，对上帝恩典与仁爱缺场的抱怨实际上反映了说话者对恩典与仁爱的渴求，这就是为什么说话者虽然在诗篇开始不断抱怨上帝，但在结尾总是以向上帝求和告终。例如，在《苦难》第一首中，虽然说话者不停抱怨与反叛，但这种情绪在诗篇最后两行完全消解："啊我亲爱的主！虽然我已经被全然忘却，／让我不要爱你，如果我不爱你的话。"（Ah my deare God! though I am clean forgot, ／ Let me not love thee, if I love thee not）（163，第65～66行）该诗行颇具张力，威尔科克斯指出它可以有五种阐释：（1）如果我现在不爱您，就不要允许我继续爱您；（2）如果我在

---

① See Gene E. Veith, *Reformation Spirituality：The Religion of George Herbert*, Eugene：Wipf and Stock Publishers, 2013, pp. 52-53.

② George Herbert, *The English Poems of George Herbert*, p. 346.

现实中不爱您，不要允许我在意志上爱您；（3）如果我不爱您的仆人，即基督的生命，就不要允许我爱您；（4）如果我不爱您，就不要允许我存活；（5）如果我不爱您就诅咒我。①根据威尔科克斯的五种注解可见，不论对最后两个诗行作如何注解，其主旨实际上是相同的，亦即，丧失了对主的爱会受到惩罚。因此尽管遭受了各种痛苦，说话者对主的爱并不会因此而改变，这就恢复了他与上帝之间的和谐关系。说话者的语调发生变化是因为在赫伯特的意识中，身体的病痛与死亡都表现了俗世之人的罪。因此，只有经历了痛苦，罪才能够被消除，灵魂才能得到救赎，人最终才可进入天堂。

沃特金斯认为"17世纪的新教徒将他们的人生视为圣经事件的历史延续，因此他们将自己视为旧约类型的原型人物"②。根据这种观点，无论是抱怨身体疾病的说话者、抱怨无为人生的说话者抑或是将身体疾病与无为人生归咎于因恩典缺失的说话者，都可以被视为基督原型式人物，反映了基督受到的不公平待遇及其抱怨情绪：他为拯救人类，道成肉身，却遭受折磨，最终被钉死在十字架之上。因此，《圣殿》诗集也出现了基督的抱怨之声。《基督的献身》第一节以斜体**"哦，你们所有的人"**（*Oh all ye*）开始。这种称呼形式与《耶利米哀歌》（1：12）相似："你们一切过路的人呢，这事你们不介意吗？你们要观看，有像这临到我的痛苦没有？就是耶和华在他发烈怒的日子使我所受的苦。"由此可见，所有的读者或者基督徒都是《基督的献身》中说话者的倾诉对象。在诗篇中，基督将自己为人谋福利，人却忘恩负义出卖他，致使他被钉死在十字架上的故事娓娓道来。第1诗节到第62诗节的结尾都以"有谁的悲伤像我的一样？"（*Was ever grief like mine?*）这一问句结尾，表现出基督对人的抱怨和质问。最后一节则以肯定句式"没有谁像我如此悲伤"（*Never was grief like mine*）（103，第252行）结束，肯定了基督所受的苦难。基督受难的故事几乎众

---

① George Herbert, *The English Poems of George Herbert*, p.168.
② A. E. Watkins, "Typology and the Self in George Herbert's 'Affliction' Poems", *George Herbert Journal* 31：1，(2007)：67

人皆知,赫伯特在此以基督的口吻复述该故事,在表层文本上关注了基督的受难,传递了虔诚的情感;在深层文本上,他已经将自己在现实生活中遭受的痛苦映射在了基督之上,基督的苦难成为赫伯特关注自我痛苦的桥梁。

现代时期的人关注个人感受、个人财富、个人成就、个人健康、个人隐私以及其他许多与个人相关之物。[①]声音则是实现这种个人关注的重要媒介,因为声音是对主体的形成与分析的基础,对声音的各种分析以主体的形成和宣告为中心。[②]通过以上分析可见,诗篇中的抱怨之声具有双重意义:基督徒因身体疾病、无为人生发出的抱怨之声以及据此对恩典缺失的抱怨之声,这些声音与基督因受难发出的抱怨之声相呼应,这种并置的多重抱怨之声实际上反映了巴罗克时期文人的写作风格:"选择审视人与上帝关系的神秘而并非直接书写赞歌以歌颂无处不在的上帝。"[③]巴罗克时期的诗歌不是对神的简单歌颂也不是对信徒的简单告诫;而是试图表达诗篇的主人公与上帝之间紧张的关系。因此,宗教诗歌在其形式上是私人的而非公众的,在语调上是亲密的而非形式化的,在结构上是戏剧式的而非对话式的。[④]诗篇中抱怨、反叛的说话者便是通过亲密的、戏剧化的形式实现与上帝的对话,展现了说话者与上帝之间紧张的关系;然而抱怨、质问、反叛的基督徒在诗篇结尾态度都发生逆转,与上帝达成了一种妥协,这表明无论基督徒承受何种痛苦,他始终宣扬对上帝的忠诚与爱,最终仍然信奉上帝,渴求上帝的救赎。在这种情形之下,说话者表述的痛苦实际上不再是痛苦,而是对上帝的一种赞美形式。[⑤]因此,通过这样的抱怨之声,赫伯特表达出了虔诚的宗教情感。

与此同时,赫伯特又将自我体验、自我关注融入以受难的基督为原型

---

① See Jonathan Sawday, "Self and Selfhood in the Seventeenth Century", in Roy Porter, ed., *Rewriting the Self: Histories from the Renaissance to the Present*, p. 49.

② See Patrick Fuery and Nick Mansfield, *Cultural Studies and Critical Theory*, p. 72.

③ Frank J. Warnke, *Versions of Baroque: European Literature in the Seventeenth Century*, p. 64.

④ Ibid., p. 131.

⑤ See Mother Maria, "George Herbert: Aspects of His Theology", in Sister Thekla ed., *George Herbert: Idea and Image*, Buckinghamshire: The Greek Orthodox Monastery of the Assumption, 1974, p. 304.

的基督徒之上，这种自我关注的方式与赫伯特所处的历史文化语境具有密切关系。在早期现代，人们将个人体验与基督遭受的痛苦联系，甚至相互融合，对基督受难的冥想已经内化为信徒个人主观体验。格林布赖特指出受难的基督形象通过"肉体模仿"（somatic imitation）展示出来；在这种"肉体模仿"中，信徒自己的身体与道成肉身的基督的身体相互映衬；信徒甚至会发现自己在寻求感受钉在十字架上的痛苦，并在文学技巧、政治慰藉或是宗教教义中将自己与基督认同。[1]修道院院长玛利亚（Mother Maria）也指出我们自己是基督超验生命中的一部分，甚至可以说基督在我们身体里面重复他的生活；通过我们的身体，他重新展现他的生活，尤其是再现他的受难与死亡。[2]除了传统基督教之外，这种将自我苦难与基督受难结合的思想在早期现代的新教教义阐释作品中也有体现。约翰·加尔文（John Calvin）指出在受苦和艰难的光景中，虽然我们将之视为逆境和有害的，我们仍能因此获得极大的安慰；神使我们与基督的苦难有份，好让我们就如基督经过各式各样的苦难才进到天堂的荣耀中，也同样经过许多的患难，至终进入同样的荣耀。当我们与基督一同受苦时，我们同时能体会他复活的大能，且当我们在死亡中效法基督时，神借此训练我们与基督荣耀的复活有份。当我们想到我们遭受患难，就越肯定我们与基督彼此的交通时，就大大减轻我们十字架一切的苦害。[3]并且在《〈诗篇〉评注》中，加尔文指出承担十字架是我们顺从的真实证明，因为通过承担十字架，我们放弃了自我感受的引导，而完全顺服于上帝，让他来管理我们，并且根据他的意志来处理我们，如此，那些对我们最为残酷、严厉的痛苦也变得甜美，因为它们源于上帝。[4]由此可见，无论是传统基督教或是新教，它们都将基督受难与信徒自身的体验结合起来。赫伯特的诗歌创作未完全摆脱

---

[1] See Mother Maria, "George Herbert: Aspects of His Theology", in Sister Thekla ed., *George Herbert: Idea and Image*, Buckinghanshire: The Greek Orthodox Monastery of the Assumption, 1974, p. 32.

[2] Ibid., p. 293.

[3] 参见〔法〕约翰·加尔文《基督教要义》，加尔文基督教要义翻译小组译，钱曜诚编辑，台北加尔文出版社，2007，第553页。

[4] See John Calvin, *Commentary on the Book of Psalms*, trans. by James Anderson, Calvin Translation Society, 1963, p. xxxix.

传统基督教或是新教的这种影响，但是在诗歌创作中，赫伯特弱化了对基督受难的呈现，而是着浓墨描述了自我宗教情感，并在此过程中将自我、自我意识以及自我经历与体验，即身体经历的病痛以及自我精神上的隐痛①融入宗教情感的表达之中，在观照虔诚宗教情感的同时，更为注重自我，使其"相信他在圣经中所发现的与自己密切相关，他在对圣经文本的研究中能够像在镜子中审视自己一样，我们在其中所读到的一切都是写的我们自己：圣经是他的镜子，是他的故事"②。

第二节　审视、忏悔

巴罗克时期的宗教诗歌通常也被称为冥想诗歌，冥想主题包括对人的痛苦、罪、死亡、审判、地狱、天堂等。圣伯纳德（St. Bernard）认为冥想具有重要的作用：

> 许多人认识很多事物，但却不认识他们自己：他们窥探别人，但遗忘自我。他们放弃内在的事物，而通过外在事物以寻求上帝，然而上帝却与内在事物更为接近。因此，我要从外在事物回归到内在事物，并且通过内在事物，我会上升到上帝那里：这样我会知道我来自何处，将去哪里；我是谁，从何时形成；这样我就能认识自我，并且有可能进一步获得认识上帝的知识。因为通过获得的知识，我进一步了解了自我，也进一步认识了上帝。③

---

① 隐痛往往表现为个人的欲望、理想严重地受挫，而这种欲望、理想又是个人所难于放弃和消除的，因此它又是一种强烈持久的痛苦体验。参见张东焱、杨立元著《文学创作与审美心理》，中国工人出版社，1994，第20页。

② Chana Bloch, *Spelling the Word: George Herbert and the Bible*, Berkeley: University of California Press, 1985, p.29.

③ Louis L. Martz, *The Poetry of Meditation: A Study in English Religious Literature of Seventeenth Century*, pp.118-119.

　　圣伯纳德对冥想的讨论实际上解释了冥想的特点：冥想是一种自我审视，通过冥想，冥想之人一方面可以认识、了解自我；另一方面也可通过对自我的了解加深对上帝的了解，更加接近上帝。因此冥想的过程实际上是从自我审视到自我认知的过程。在《圣殿》中，赫伯特通过独白或自我对话的戏剧形式，构建了自我审视的说话者。该说话者对各种罪进行了论述：他既对整个人类之罪进行了审视，又对个体基督徒之罪进行了反省。对全人类之罪的审视主要是通过对由原罪衍生而来的各种罪以及人对基督所犯之罪进行忏悔；对个体基督徒罪行进行的反省则包括轻浮善变、愚蠢、贪婪等。在这种自我否定式的审视之后，说话者表现出了对罪的忏悔，并进一步乞求得到上帝的宽恕并希望最终获得拯救。这种自我审视、忏悔的过程实际上是净化内心、走向神圣的一种方式，也是自我认知的重要手段。借由忏悔和乞求之声，赫伯特一方面表达了内在的宗教情感；另一方面将自我审视与认知过程融入了诗歌创作之中，在自我审视、认知的基础之上完成了自我矫正。

　　对罪的认知是自我审视、自我认知的重要方式。原罪可以说是与基督教文化相关的重要文学母题，它是亚当与夏娃对知识树禁果的渴望而造成的，对知识树之果的渴望衍生成为对智慧、理性、科学等的崇尚；据此，在基督教文化传统中，将智慧、理性、科学置于上帝之上的行为也演变为罪。《圣殿》中的说话者在许多诗篇中对由原罪衍生而来的各种罪行进行了忏悔，其中主要论及了对智慧、理性、科学的崇尚信奉等罪行。

　　斯特里尔将《自负》（"Vanitie"）解读为新教徒对缺失恩典之人公然做出的理性抨击。[①]海伦·温德勒（Helen Vendler）也认为这首诗批判了以人的智慧为面具的科学发现。[②]与上述学者相同，笔者也认为《自负》中的说话者对崇尚智慧、理性与科学进行了审视与忏悔。诗篇第1~3节对代表人类智慧与科学发展的天文学家、潜水者以及化学家进行了讨论：天文学

---

① See Richard Strier, *Love Known*：*Theology and Experience in George Herbert's Poetry*, Chicago and London：The University of Chicago Press, 1983, pp. 40-42.

② See Helen Vendler, *The Poetry of George Herbert*, Cambridge：Harvard University Press, 1975, p. 182.

家能够运用其智慧探索天体的奥秘；潜水者能够为了心爱之人潜入深海，找到上帝隐藏于海底的珍珠；聪明的化学家可以剥去万物的外衣，寻找到存在于其中的规律。第 3 节中的"内室"（bed-chamber）一词可参照培根的《新工具》（*The New Organon*）理解阐释：在《新工具》的序言中，培根鼓励读者要"探索得更远"，要超过"自然的外在宫廷"，"最终找到进入其内室之路"（leaving behind "the outer courts of nature" to "find a way at length into her inner chambers"）①。培根所说的"找到进入其内室之路"是指探索事物的根本。据此，诗篇《自负》中的"内室"一词可以理解为化学家在了解万物规律之后的进一步探索。在第 4 节中，说话者指出虽然世人可以探索天体的秘密，找到上帝隐藏的东西，掌握万物的规律，却忽视了上帝对人的爱与关怀，他"滋润了土地/ 用雨露与风霜，用爱与敬畏"（... mellowing the ground/ With showres and frosts, with love & aw）（308，第 24~25 行）。通过将人对智慧、理性与科学的重视与对上帝的忽视进行对比，说话者指出人错失了近在咫尺的"生"，忽视了给予"生"的上帝，并表明科学探索与发展给人带来的是死亡，借此否定、批判了人的智慧以及科学探索。《痛苦》（"The Agonie"）中的说话者首先点明"哲人"（philosophers）是其讨论对象。在 17 世纪，"哲人"是指思想家，有学识的人，尤其是指"自然哲学家"或者是科学家。他们可以运用智慧完成许多事情，包括测量山的高度、海的深度，衡量国家的维度，了解国王的内在修为，探索天体以及追溯泉水源头。其中，对山、海、天体的探索表明哲人可以了解自然世界；衡量"国家的维度"表明哲人可以了解政治世界；而了解国王修为则是指可以掌握人性。但在罗列哲人可完成的一系列事情之后，说话者在第 1 节最后一行指出，尽管哲人可以凭借其智慧完成若干事情，却无法测量出人的罪与基督对世人的爱。随后，诗篇第 2、3 节详细描述了人对基督犯下的罪以及基督对世人的爱，在赞扬基督恩典的同时，表明人的智慧及科学的力量是有限的。在《珍珠 马太福音第 13

① Francis Bacon, *The New Organon*. Shenandoah Bible Ministers, 2009, p. 8.

章》（"*The Pearl. Math. 13*"）第 1~3 节中，说话者点明了自己所知晓的事情：首先，他拥有开启各种学识之门的钥匙，包括自然世界、律法与政策、古老的发现、新的发现以及人类历史等；其次，他知晓所有通往荣誉之路；最后，他知晓所有享乐之路。但这三节都以"即便如此，我爱您"（Yet I love thee）（322，第 10 行，第 20 行；323，第 30 行）结尾。该诗行表明上帝为说话者的言说对象，即便人的理性能让人掌握世间万物，但是他敬爱的只有上帝。由此可见，说话者仍然将理性、智慧置于上帝之下，使其处于次要的地位。

斯坦指出《罪之环》（"Sinnes Round"）的诗歌形式表达了"罪具有强迫性的秩序"（compulsive order of sin），强调了罪的力量[1]。斯坦伍德（P. G. Stanwood）指出其"环形"，正如所描述的罪一样，是"自我延续的，重复和放纵的"[2]。诗篇由三个诗节构成，第 1 节的第 1 诗行与第 3 节的最后诗行均为"对不起，我主，对不起"（Sorrie I am, my God, sorrie I am）（430，第 1 行，第 18 行），这将整首诗的基调定位为一首忏悔诗。诗篇中的说话者并未言明身犯何罪，但是他将"发明"的过程形容为"他们孵化而来的鸡蛇兽"（cockatrice they hatch and bring），如同"喷射的火山"（the Sicilian hill），"新的罪恶思想"（New thoughts of sinning）。"鸡蛇兽"是神话中的一种动物，据传它是由蛇或蟾蜍从雄鸡所生的蛋中孵化而成，它拥有公鸡的头、身和腿，蛇的尾巴，身体像鸡，但周身没有羽毛，而是由蛇的鳞片覆盖，其凝视可以使人石化或丧命。"喷射的火山"是指埃特纳火山（Mount Etna），据说希腊神话中的独眼巨人（Cyclops）借助火山上的火，在山脚下发起了毁灭性的战争。[3]"新的罪恶思想"暗指发明本身便是邪恶之举，而由之产生的新的想法自然也是邪恶的。将发明描述成为"鸡蛇兽""火山"以及"新的罪恶思想"实际表明了发明的破坏性，这

---

① Arnold Stein, *George Herbert's Lyrics*, p. 145.

② P. G. Stanwood, "Time and Liturgy in Herbert's Poetry", *George Herbert Journal* 2, (1981): 24.

③ See Mary Ellen Rickey, *Utmost Art: Complexity in the Verse of George Herbert*, Lexington: Kentucky University Press, 1966, p. 51.

印证了斯特里尔的观点：赫伯特对才智与技艺的批判再次出现；他将犯罪的过程呈现为生产或是创作的过程；这种罪让赫伯特的才智与意志都受到影响，使他带着恐惧去反思与忏悔"他自己的创作活力"。[①]

《战斗教会》（"The Church Militant"）从正面说明了宗教应当位于科学、哲学之上，告诫隐含听者对智慧与理性之罪进行忏悔。在第 49～56 行中，说话者叙述了宗教在希腊产生的影响：以前在所有人心中占主导地位的艺术、学识、哲学因为宗教的来临受到威胁，柏拉图与亚里士多德也迷茫了，祈祷的声音将代表哲学的三段论变成了代表宗教的"阿门"。这都表明了宗教应当位于代表智慧与理性的艺术、学识及哲学之上。

这种对崇尚智慧、理性以及科学的批判一方面与基督徒信奉的原罪一致；另一方面也与 16～17 世纪的科学发展具有密切的关系。天文学、地理学、生理学、解剖学以及炼金术等科学在 16～17 世纪有长足发展："哥白尼日心说"（Heliocentric Theory）颠覆了长久以来占主导地位的"托勒密地心说"（Geocentric Theory）；地理大发现开阔了人的视野；生理学与解剖学的发展对上帝造人说产生了巨大的冲击，动摇了人对上帝的信仰；炼金术激发了人的探索精神。这一系列的科学发展开始撼动宗教的地位，动摇人的宗教信仰。生活在这种文化语境下的赫伯特不可能对新科学一无所知。至少，在将培根的《学问的发展》（The Advancement of Learning）部分内容译成拉丁语的过程中，赫伯特有机会了解、认识新科学。但了解、知晓并不意味着接受；"在老一代的玄学派诗人中，多恩与赫伯特对新科学表现出了沮丧以及不确定，但是最终，他们设法坚持了旧时的整体观点"[②]。赫伯特对旧时整体观点的坚持在《天道》（"Providence"）以及《人》（"Man"）中均有体现：《天道》指出天道让世间万物相生相克、相辅相成，处于和谐之中，上帝所安排的一切都无法用当时盛行的新科学来解释，这都是天道的体现；《人》着重讨论了上帝给予人在万物中的特殊地位，认为人的与众不同是上帝的安排。两首诗均体现了旧时的、整体的

---

① See Richard Strier, *Love Known: Theology and Experience in George Herbert's Poetry*, pp. 36–37.

② See Frank J. Warnke, *Versions of Baroque: European Literature in the Seventeenth Century*, pp. 152–153.

观点，反映出了赫伯特对传统观点的信奉，对新科学持怀疑态度。因此，对人的智慧、理性、才智加以否定的说话者实际上映射了赫伯特对新科学的沮丧和不确定。

除了对信奉智慧、崇尚理性与科学进行忏悔之外，说话者对人抛弃、出卖基督的罪进行了忏悔，其中较具有代表性的诗篇为《自我谴责》（"Self-condemnation"）和《圣体安置所》（"Sepulchre"）。《自我谴责》利用了《路加福音》与《马太福音》的叙述手法，讲述了人抛弃基督的故事：逾越节前夕，可根据民众的要求选定一名囚犯，予以释放，彼拉多建议宽恕基督，但民众反对，且要求释放杀人犯巴拉巴，结果彼拉多做出让步，处死基督，这便是人抛弃、背离上帝的罪。诗篇第 2 节写道：

> **释义**：世界就是一个古老的谋杀者；
>
> 她拥有成千上万的灵魂并将之摧毁
>
> 用她那让人着迷的声音。

> The world an ancient murderer is;
>
> Thousands of souls it hath and doth destroy
>
> With her enchanting voice.
>
> （585，第 10~12 行）

"世界"是指"世俗的世界"，代表世俗消遣。它被比拟为希腊神话中用美妙音乐和声音来迷惑水手，使其触礁沉船的塞壬（Siren），这就表明世俗消遣可以魅惑并摧毁人的灵魂，因此它是"古老的谋杀者"。而"古老的谋杀者"与第 1 节的巴拉巴相对应，借此表明热爱世俗享乐之人如同选择释放巴拉巴的人，他们抛弃了基督，做出了错误的选择。第 3 节指出为了由"黄金"（gold）和"虚假收获"（false gain）代表的世俗享乐而抛弃上帝的人如同出卖基督的犹大一样。在认识到人所犯罪行之后，说话者在最后一节中说道："我们等不及最终审判日，在这之前我们就审判自己"

（Thus we prevent the last great day, / And judge our selves）（585，第 19~20 行）。该诗行可参照《哥林多前书》（11：31）"如果我们可以审判自己，我们就不应当被审判"进行理解。说话者呼吁在最终审判来临之前，我们应当先"审判自己"，这种审判实际上就是一种自我审视与反省。结合第 1~3 节内容可见，从讲述民众抛弃、背离基督的故事到人因为选择世俗享乐而背离基督，说话者一直在进行自我审判，亦即自省或忏悔。第 4 节指出，如果罪与狂热被带走，那么曾经一度被模糊和窒息的光便会再次变得清晰、闪耀。此处的"光"实际上是指基督，或者说是基督代表的恩典；它会再次清晰闪耀，表明在自省与自我审判之后，基督的恩典会再次显现。

斯特里尔指出在《圣体安置所》中，上帝之爱直面人之邪恶，且出现了赫伯特最为青睐的罪的意象，即石头般的心。[1]说话者在第 1 节中以貌似天真的语气质问基督受到的待遇：

> **释义**：哦，神圣的身体！您被扔到哪里？
>
> 没有您的容身之处，除了那冰冷坚硬的石头？
>
> 世间有如此多的心，但没有一颗
>
> 接纳您？

> O blessed bodie! Whither art thou thrown?
>
> No lodging for thee, but a cold hard stone?
>
> So many hearts on earth, and yet not one
>
> Receive thee?
>
> （135，第 1~4 行）

"神圣的身体"指基督的身体；他"没有容身之处"暗示了基督不为

---

[1]　See Richard Strier, *Love Known*: *Theology and Experience in George Herbert's Poetry*, p. 12.

世人所理解、接受，而最终遇难的事。对此，说话者进行了反思："世间有如此多的心，但没有一颗／接纳您"。这一方面表明人心坚硬如石头，无法容纳基督；另一方面暗示人应当为基督提供一颗温暖、柔软的心，这与诗集的标题"圣殿"相联系，因为人心便是容纳基督的圣殿。第2～5节详细描述了人无法容纳基督之罪：第2节指出空间广阔的人心容纳了成千上万的罪与琐事，却将基督排斥在心门之外；第3节指出人的心因为容纳了太多的罪与琐事，虽然显得宽广，却不适合成为基督的居所；第4节描述了心硬如石的人捡起石头砸基督的头，并对他进行错误的控诉，这是人所犯的罪，正因如此，只有"安静的石头"（these stones in quiet），即教堂，才适合基督居住；在第5节中，说话者进一步强调人心根本不适合容纳基督。诗篇的最后一节停止了对罪的陈述，转而描述了基督对人的爱：

> **释义**：而我们始终如初，
>
> 　　　因此应当受难，但是没有什么，
>
> 　　　虽然它冰冷、坚硬、污秽，能阻止您
>
> 　　　　　　　　爱人。

> Yet do we still persist as we began,
>
> And so should perish, but that nothing can,
>
> Though it be cold, hard, foul, from loving man
>
> 　　　　　　　　Withhold thee.
>
> 　　　　　　　（136，第21～24行）

"冰冷"、"坚硬"和"污秽"都是对心的修饰描述。即便人心如此也无法阻止基督对人的爱，这便将人对待基督与基督对待人的方式进行了对比。①而总体来看，第2～5节描述的人之罪与第6节呈现的基督之人爱也形成了对

---

① See Richard Strier, *Love Known: Theology and Experience in George Herbert's Poetry*, p. 13.

照，使后者得以凸显，认识到这一点的说话者成为一个感受到了人之罪恶的"再生的基督徒"①。

舍伍德认为《告解》（"Confession"）展现了从冥想到告诫再到乞求的模式。②诗篇第1~3节可视为对自我之罪的冥想：说话者指出在告解之前，他在心中建造了"橱柜"（closets），橱柜里又有许多"箱子"（chests），箱子里有许多"盒子"（boxes），每一个盒子中有一个放钱的"抽屉"（till），这表明心已经被占据，没有多余空间。但是，"悲伤"却可以随时进入这貌似没有任何空间的心；此处"悲伤"因罪而起，所以指涉了"罪"。在第3节中，说话者将进入基督徒心中的"悲伤"比喻为"鼹鼠"（moles），它们会呼吸，四处张望，它们虽然没有打开心中橱柜的钥匙，却能够畅通无阻，"对于他们来说橱柜就是大厅；心便是通途"（Closets are halls to them；and hearts, high-wayes）（443，第18行）。通过将"橱柜"与"大厅"，"心"与"通途"对照，该诗行表明虽然心中没有空间，罪却可以毫无约束地奔走其中，暗指了基督徒心中有罪，并因此受到折磨。第4节阐述了告解的力量：

> 释义：　　只有一颗敞开的心
> 　　　　能将他们关在门外，这样他们便无法进入；
> 　　　　　或者，即使他们进入，也无法停留，
> 　　　　　而是迅速地寻找新的冒险。
> 　　　　光滑敞开的心没有支撑之处，但是虚伪
> 　　　　确实给痛苦予以柄和把手。

> Onely an open breast
> Doth shut them out, so that they cannot enter；
> Or, if they enter, cannot rest,

---

① See Richard Strier, *Love Known*: *Theology and Experience in George Herbert's Poetry*, p. 16.

② See Terry G. Sherwood, *Herbert's Prayerful Art*, Toronto：University of Toronto Press, 1989, pp. 9-10.

But quickly seek some new adventure.

Smooth open hearts no fastning have; but fiction

Doth give a hold and handle to affliction.

（443，第 19~24 行）

"敞开的心"指没有隐秘"壁橱"的虔诚之心，它因为罪的告解而变得敞亮。它能将那些畅通无阻的痛苦与罪关在门外，即便痛苦与罪进入了心中，也无立足之地。"敞开的心"与"虚伪"形成对照。"虚伪"是人的艺术、技艺和才智与逃避、说谎以及编造借口联合的结果，也是罪的体现。[1]告解之后，基督徒的心中再无罪与痛苦的容身之所。在承认了自我错误与罪的基础之上，说话者乞求上帝将赋予其身上的痛苦带走，因为他相信告解可为自己赢得上帝的谅解。并且，通过告解，他可向"最光明的日子"（the brightest day）、"最透彻的钻石"（the clearest diamond）挑战，因为与经过告诫变得清澈、敞开的心相比，"最光明的日子"与"最透彻的钻石"都显得浑浊；这一对比显示了告解的净化作用，它将内心的污秽与罪恶洗净，使人获得原谅与救赎。

诗篇《爱》第三首（"Love" Ⅲ）以间接引语的形式呈现出说话者与"爱"之间对话，它设置的场景是说话者即将参加由"爱"举办的盛宴。在第 1 节中，即将赴宴的说话者因为自我之罪退却，不愿参加盛宴，但眼尖的"爱"察觉到了他的心思，温柔地询问他是否缺少了什么东西。在第 2 节中，说话者通过与"爱"对话忏悔了自我之罪：

> **释义**：另一客人，我回答，值得在这里，
>
> 爱说，你便是那位客人，
>
> 我这个无情、忘恩负义的人？亲爱的，
>
> 我无法直视您。

---

[1] See Richard Strier, *Love Known: Theology and Experience in George Herbert's Poetry*, p. 32.

爱牵起我的手，且微笑回答，

　　　　制造双眼的不正是我吗？

是的主，但是我却已经将他们毁坏：让我的耻辱

　　　　去他们该去之处

难道你不知道，爱说，谁来承受谴责？

　　　　亲爱的，那么我来服务。

你坐下，爱说，来品尝我的肉：

　　　　因此我坐下并开动。

A guest, I answer'd, worthy to be here：

　　　　Love said, you shall be he.

I the unkinde, ungratefull? Ah my deare,

　　　　I cannot look on thee.

Love took my hand, and smiling did reply,

　　　　Who made the eyes but I?

Truth Lord, but I have marr'd them：let my shame

　　　　Go where it doth deserve.

And know you not, sayes Love, who bore the blame?

　　　　My deare, then I will serve.

You must sit down, sayes Love, and taste my meat：

　　　　So I did sit and eat.

　　　　　　　　　　　（661，第 7~18 行）

从与"爱"之间的对话可以看出，说话者认识到自己是忘恩负义的罪人，因而不值得受到"爱"的邀约；由于自我之罪，他无法直视上帝；然而"爱"进一步劝解说话者，并说道："制造双眼的不正是我吗"。在《出埃及

记》（4：11）中写有："谁造人的口呢？谁使人口哑、耳聋、目明、眼瞎呢？岂不是我耶和华吗？"由此，可以判断与说话者对话的"爱"就是上帝。在第3节中，说话者忏悔他已经"毁坏了上帝制造的眼睛"，即人所犯的罪已经使得人疏离了上帝的恩典，因此他不敢参加上帝举办的宴会。最终，在上帝的劝解下，说话者入座并吃了代表救赎的肉。

《腐朽》（"Decay"）共由四个诗节组成，第1、2诗节回顾了《旧约》记载上帝与人同在的黄金时代：第1节列举了旧约中的人物罗德（Lot）、雅各（Jacob）、基甸（Gideon）、亚伯拉罕（Abraham）和摩西（Moses）以及他们的事迹，他们都是受到上帝庇佑，并能与之会面的人。第2节通过"橡树"（fair oak）、"灌木"（bush）、"洞穴"（cave）、"井"（well）、"西奈山"（Sinai）以及"亚伦的铃声"（Aarons bell）隐射了圣经故事：基甸与耶和华同坐橡树边；上帝在灌木丛现身于摩西面前；先知以利亚进了一个洞，住在洞中，耶和华的话临到以利亚，并问他在这里做什么；亚伯拉罕的小妾夏甲以及他们的儿子以实玛利流浪在沙漠之时，上帝为他们提供井；上帝在西奈山向摩西口述摩西十诫；"铃声"象征着亚伦，他进入神圣之所，面见上帝之后，仍能活着。上述旧约中的人与事迹都表明生活在黄金时代的人可以获得上帝的恩典。然而，这种黄金时代因为人的罪与邪恶发生了变化：

> **释义**：但是现在您将自己监禁且关在
>
> 　　一颗柔弱的心的某个角落：
>
> 　　在那里罪与撒旦，您的宿敌，
>
> 　　挤压且局限着您，且用许多诡计
>
> 　　　　来获得您的遗产和小部分。

> But now thou dost thy self immure and close
>
> In some one corner of a feeble heart：
>
> Where yet both Sinne and Satan，thy old foes，

Do pinch and straiten thee, and use much art

To gain thy thirds and little part.

（357，第 11~15 行）

在基督教文化传统中，人心便是圣殿，是上帝的居所，应当毫无保留地献给上帝；但是现在，上帝的宿敌"罪"与"撒旦"将他局限在人微弱之心的某个角落，运用诡计占据了原属于上帝的空间。这就表明人心已经被罪与邪恶所占据，处于堕落与有罪的状态。正因如此，在第 4 节中，说话者将心比喻为密封的瓮；上帝之爱的热量虽然在瓮中曾一度扩展蔓延，但冷酷的罪恶步步逼近，迫使上帝之爱节节后退，这将人之罪逐渐增多、上帝占据的位置逐渐缩小的状况呈现出来。最后，说话者表明只有最终审判的大火才能摧毁罪恶。

除了从宏观角度对人类整体之罪进行审视、反省与忏悔之外，说话者也从微观角度审视了基督徒的具体罪行。《变化无常》（"Giddinesse"）指出人的反复无常与不专一也是人的罪行之一。诗篇第 1 节可谓概括性诗节，指出人是远离和平与安定的动物，不同时间会展现出"二十种不同人格"；"二十种"是概数，强调了人的轻率多变。第 2、3 节在人与罪之间建构了一个戏剧性的场面，展示了人的矛盾，并列举了人轻率善变的罪：人虽然仰仗天堂作为其宝库，即人信仰上帝的救赎，但罪恶的想法却潜入，将害怕犯罪而失去享乐的人称为懦夫；有时候人与罪恶思想进行斗争，有时候"平静地吃着面包"（Now eat his bread in peace）（446，第 10 行），"面包"暗示了圣餐，即平静地等待上帝的救赎；有时候嘲笑自己的信仰，有时候平和对待。随后，说话者将人的思想与建筑联系起来，指出人修建了房子，但是风一吹，房子就立刻坍塌，而"他的思想便是如此"（His minde is so）（446，第 16 行）。威尔科克斯认为"他的思想便是如此"是指人的思想如同吹倒建筑物的旋风。①然而，《马太福音》（7：26-27）写道："凡

---

① See George Herbert, *The English Poems of George Herbert*, p. 447.

听见我这话不去行的，好比一个无知的人，把房子盖在沙土上。雨淋，水冲，风吹，撞着那房子，房子就倒塌了，并且倒塌得很大。”据此，笔者认为该诗行也可理解为人的思想如同被旋风吹倒的建筑一样，耸立与倒塌都十分迅速，强调了人思想的变化无常，与诗篇标题呼应。第5节指出，如同根据环境改变肤色的鲑鳅一样，人的衣着会随着其思想和欲望的不同而发生改变；人如果能相互窥视内心世界，他们窥见的并非恶意，而是纷繁杂乱的轻率无常。详细阐述了人的变化无常之后，说话者在最后一节乞求上帝每日重塑人，以便在人的心中创造永恒，让人获得救赎。

《愚蠢》中的说话者阐述了世人沉溺于世俗享乐与痛苦的愚蠢行为。诗篇第1节罗列了象征俗世享乐的不同意象：“虚假奉承的愉悦”（false glozing pleasures），“高兴的空匣子”（casks of happinesse），“愚蠢的魅惑之物”（foolish night-fires），“女人与孩子的愿望”（womens and childrens wishes），“帐幕中的追逐”（chases in Arras），“镀金的空虚”（guilded emptinesse），“骑马的幻影”（shadows well mounted），“迅速跳跃的梦想”（dreams in a career）、“编织的谎言”（embroider'd lyes）以及“空洞的举止与虚荣”（nothing between two dishes）。[1]第2节描述了与世俗享乐形成对比的俗世痛苦：“忧伤”（sorrows）、“痛苦”（miseries）、“剧痛”（anguish）、“烦恼”（vexations）、“悲伤”（grief）、“灾难”（calamities）以及“抗议”（demonstrations）等名词将俗世的悲伤与痛苦淋漓尽致地表现出来。马克·泰勒（Mark Taylor）指出俗世喜悦与俗世悲伤都是说话者最终谴责的，追逐俗世的享乐或是沉溺于俗世的悲伤都是愚蠢之举。[2]因此，在第3节中，说话者指出人若追寻俗世喜悦或沉溺于俗世悲伤便如同愚蠢的野兽一般，并告诫人们应当向往天堂的喜悦，因为那里的喜悦比俗世的喜悦与

---

① “night-fire”字面意思是鬼火，而鬼火的特点是引人注意，但时隐时现，难以捉摸；“dreams in a career”中的“in a career”是指快速跳跃的；而“nothing between two dishes”源于沃尔顿所写《乔治·赫伯特先生的生平》，原文为：Mr. Farrer having seen the manners and vanities of the World, and found them to be, as Mr. Herbert says, “A nothing between two Dishes”，因此是指世俗的举止与虚荣，See Izaak Walton, *Walton's Lives of John Donne*, *Henry Wotton*, *Richard Hooker*, *George Herbert*, *and Robert Sanderson*, London: Henry Washbourne and Co., 1857, p. 334。

② See Mark Taylor, *The Soul in Paraphrase*: *George Herbert's Poetics*, The Hague: Mouton, 1974, p. 49.

悲伤更为真实。

《贪婪》（"Avarice"）中的说话者直接以金钱为言说对象，阐明对金钱的贪婪导致了人类道德的败坏。诗篇第 1 节揭示了金钱的本质：表面鲜亮无比的金钱实际上是肮脏的，它毁灭幸福，是痛苦的根源；第 2、3 节描述了人如何将黄金从黑暗的洞穴中挖出，并将其铸造、印上君主的头像。在这个过程中，人使黄金变得光鲜亮丽，但自己却变成了金钱的俘虏；诗篇最后一节包含了对偶句："人称你为他的财富，让你富有；／但当他挖掘你时，却跌入阴沟"（Man calleth thee his wealth, who made thee rich;／And while he digs out thee, falls in the ditch）（276，第 13~14 行），这表明人因对金钱贪婪而堕落，这可以与《新约》中为了 30 个银币而出卖基督的犹大联系起来，因此导致人堕落的贪婪也是一种罪。这种对金钱的渴望在赫伯特身上也有体现：赫伯特虽然出生于乡绅家庭，但作为幼子，他既没有继承土地，也没有继承封号，所以只能自己谋生以求在社会上立足。[1]实际上，赫伯特每一年从长兄爱德华·赫伯特（Edward Herbert）那里只能拿到 30 英镑的年金，而这 30 英镑的年金有时也因为爱德华外出而无法准时兑现，这让当时还是大学生的赫伯特感到颇为拮据。[2]这也许是赫伯特早年追逐名利的原因之一。因此，对金钱贪婪的反省与忏悔可以说与赫伯特的经历密切相关。

通过对各种罪行进行反省，说话者实现了自我认知，并在此基础上表达了对上帝宽恕与救赎的渴望。《抱怨》（"Complaining"）虽然以抱怨为题，但说话者发出的却是乞求之声。在第 1~3 节中，说话者将上帝与自我进行对照，指出上帝是力量与智慧的赋予者，是正义的化身，而自己则是"泥"（clay）、"尘土"（dust）及"愚蠢的飞虻"（a silly flie），这样的对比将上帝的权威前景化。在承认上帝的权威之后，说话者在第 4 节中运用乞求的语气，恳请上帝不要让其承受痛苦，并恳求上帝缩短说话者在俗世的时日，使其灵魂早日得到解脱，这样他就可以进入天堂。《教堂锁与钥

[1] See Cristina Malcolmson, *George Herbert: A Literary Life*, p. ix.

[2] Ibid., p. ix.

匙》（"Church-lock and key"）由三个诗节组成，说话者在第 1 节中忏悔自我之罪，并指出他所犯之罪封住了上帝的耳朵，束缚了上帝的双手。在此，"封住你的耳朵"（locks thine eares）、"束缚你的双手"（bindes thy hands）指说话者的罪致使上帝无法听到其呐喊与哭泣，亦无法施以援手。面对这种情况，说话者将希望寄托于上帝的意志，即依赖上帝的拯救。最后，说话者表明拯救他的是在十字架上流血的基督，忏悔与乞求的声音转为对基督的赞美之声。

乞求之声在《悔罪》（"Repentance"）中表现得亦尤为明显。说话者在开篇说道："主，我承认我的罪深重；／深重啊我的罪"（Lord, I confesse my sinne is great; ／ Great is my sinne）（169，第 1~2 行），这表明他认识到自身罪孽深重，并为之忏悔。随后，他将自己比喻为瞬间绽放，但正在凋零、走向死亡的花朵；该比喻表明无论人的一生多么灿烂，都会像花一样凋零、死亡，最终走向坟墓。据此，说话者将罪与死亡关联。在基督教文化传统中，罪与死亡密切相关：在亚当、夏娃偷吃禁果之前，人是永生的，不会经历疾病与死亡，正是亚当夏娃违背禁令偷吃禁果而导致了死亡；在《失乐园》中，撒旦因为对基督的嫉妒而生邪念，从其脑中蹦出了罪，而罪与撒旦的乱伦导致死亡的产生。因此，《悔罪》中的说话者反思死亡时实际上也是在反省、忏悔自我之罪。斯蒂芬妮·耶伍德（Stephanie Yearwood）指出："这首诗以'个人的忏悔'开始，但很快就变成关于集体的忏悔了。"①诗篇从描述自我之罪出发，在第 2 节讨论了所有人的情况：首先，说话者指出人的生命短暂，若是在享乐中度过，生命便会转瞬即逝；随后将人的享乐与人的悲伤对照：人的享乐是一瞬即逝的，而人的悲伤却像亚当一样古老长久。据此，说话者将人的悲伤与原罪结合起来，实现了从自我之罪向原罪过渡。在自我忏悔与集体忏悔之后，说话者从第 3 节开始乞求上帝，恳请他能原谅自我以及人类之罪，并希望上帝能给予人同情、接受人的忏悔、拯救罪恶之人，使他们最终升天。在第 4 节中，说话者指出上帝的拯救能将"苦涩

①　Stephanie Yearwood, "The Rhetoric of Form in *The Temple*", *SEL* 23 (1983): 138.

的碗变得甜蜜"（sweeten at length this bitter bowl），能"将苦恼变成健康"（thy wormwood turn to health）以及"将风变成晴天"（winds to fair weather），这都表明了上帝恩典对罪人的救赎作用。第5节与第4节形成鲜明对比：如若上帝谴责人，人会陷入痛苦之中，人心也会逐渐消瘦、憔悴，直至腐朽，最终导致身体其他部分随之消亡。由此，说话者道明了因罪而承受的痛苦与忧伤。在第7节中，说话者表明自己不会因为这样的痛苦与忧伤感到绝望，而是转而赞美上帝，相信上帝会让这些罪与悲伤消失，使之获得拯救，进入天堂。

《叹息与呻吟》（"Sighs and Grones"）中的说话者详细叙述了自我之罪并为之忏悔。该诗篇共有五个诗节，每个诗节的第一行与最后一行都是对上帝的乞求。在第1节中，说话者以"不要惩罚我"（O do no use me）（297，第1行）开始，以"不要让我受伤"（O do not bruise me）（297，第6行）结尾，乞求上帝不要因为所犯之罪惩罚自己，希望获得救赎。在第2节中，说话者将自我之罪娓娓道来：他滥用上帝的"财富"（stock），毁坏了其"树林"（woods），榨干了其宝库。其中"stock"一词可以理解为财富，也可理解为后代，即被钉在十字架上的人子基督；"树林"则暗指亚当与夏娃偷吃禁果而破坏了伊甸园的完整性，导致了原罪。认识到自我之罪的说话者恳求上帝"不要鞭笞我！"（O do not scourge me！）（297，第12行）第3节继续描述自我之罪："……因为我的欲望/已经缝制了无花果树叶所做的裙子以遮挡您的光"（...because my lust/ Hath still sow'd fig-leaves to exclude thy light）（298，第16~17行）。"无花果树叶所做的裙子"是指在偷吃禁果之后，亚当、夏娃忽然意识到自己赤身裸体而备感羞耻，于是用无花果树叶做成裙子以遮羞，因此无花果树叶做成的裙子也可以说是原罪的标志。说话者却将本来未缝制的无花果树叶缝制好，让其更为遮光。在基督教文化传统中，光通常与圣灵或基督的恩典联系起来，说话者将无花果树叶制成的裙子缝得密不透光，则是表示自我欲望已经阻挡了上帝的恩典，进一步强调了罪。因此，说话者恳求上帝"不要碾碎我！"（O do not grinde me！）（298，第18行）在第4节中，说话者恳求上帝不要给予那盛满怒气的瓶子，即不要因罪对之发怒，而是乞求上帝施与盛满具有救赎功能之血的瓶子，将之救赎，并在最后恳求"不要将我杀死！"（O do not kill me！）（298，第24行）在第5节中，说话者进一步乞求上帝的拯救：

> 释义：　　　但是，解救我吧！
>
> 因为您掌握着**生**与**死**；
>
> 您既是**审判者**又是**拯救者**，是**盛宴**亦是**刑法**；
>
> 是**甘甜美酒**也是**腐朽之泉**；不要将您的手
>
> 放入苦涩的盒子里；哦，我主啊，
>
> 我主，救赎我吧！

> But O reprieve me！
>
> For thou hast *life* and *death* at thy command；
>
> Thou art both *Judge* and *Saviour*，*feast* and *rod*，
>
> *Cordiall* and *Corrosive*：put not thy hand
>
> Into the bitter box；but O my God，
>
> My God，relieve me！
>
> （298，第25~30行）

诗节中四对斜体词强调了基督的双重身份：他掌握着生与死，既是审判者又是拯救者，既是庆祝的盛宴又是惩罚人之刑法，既是赋予生命的甘甜美酒也是赐予死的腐朽之泉。面对拥有双重身份的基督，说话者恳请他不要将手放入盛有"死"、"审判"、"刑法"与"腐朽之泉"的"苦涩的盒子"中，乞求他施予由"生"、"拯救"、"盛宴"与"甘甜美酒"代表的恩典与救赎。

《圣殿》诗集总共收录了十五首十四行诗，《罪人》（"The Sinner"）则是其中的第一首。黛安娜·贝内（Diana Benet）指出诗篇中的说话者

"赋予自我探索者、勘探者、制图者和炼金术士的角色"[1]。这几种角色都是说话者自我内心的探析，是"一个罪人对其自画像的反省"[2]。与《十字架》相似，《罪人》中的说话者将身体症疾与心灵之罪联系，其自省以对身体疾病描述为开端，并在第5~11行详述了自身罪恶：他认识到了自我心中充斥的自负与虚荣；自负使其内心只剩下"少量的神圣"（shreds of holinesse），即他并未有全心全意热爱上帝，这是与基督教教义相悖的，因为在《马太福音》（22：37）中写有："你要尽心，尽性，尽意爱主你的神。"诗行"那里圆周是俗世，天堂是中心／如此之多的渣滓中精华极少"（There the circumference earth is, heav'n the centre. / In so much dregs the quintessence is small）（123，第8~9行）表明说话者的心灵大部分由俗世占据，天堂仅仅占据了一小部分，这再次形象地呈现了罪恶的内心世界。认识到了自我之罪的说话者在诗篇最后3行向上帝发出了乞求：

> 释义：主啊，重现您的意象，听听我的呼唤：
>
> 虽然我那坚硬的心无法向您呻吟，
>
> 但要记住您曾一度在石头上书写。

> Yet Lord restore thine image, heare my call：
>
> And though my hard heart scarce to thee can grone,
>
> Remember that thou once didst write in stone.

（123，第12~14行）

呼唤主重现意象是因为上帝最初按照自己的意象造人，但因为罪已经毁坏了人的容貌，只有通过基督救赎之爱才能够恢复。加尔文在《基督教

---

[1] Diana Benet, *Secretary of Praise：The Poetic Vocation of George Herbert*, Columbia：University of Missouri Press, 1984, p.49.

[2] George Ryley, *Mr. Herbert's Temple and Church Militant Explained and Improved*, ed. Maureen Boyd and Cedric C. Brown, New York：Garland Publishing, Inc., 1987, p.29.

要义》中写道："毫无疑问，当亚当从他起初的光景堕落后，他的背叛使他与神隔绝。所以，虽然我们承认在人堕落之后，神的形象没有完全被毁灭，但这形象已败坏到所存留的部分也是可怕的残缺。因此，我们得救的开端是在基督那里重新获得神的形象。"①由此可见，呼唤"重现上帝的意象"其实是在呼唤基督的救赎之爱，表明了对救赎的渴求。在最后两个诗行中，说话者表明虽然自己坚硬如石的心无法向上帝呻吟，却提醒上帝曾经在石头上写下摩西十诫的内容，这暗示了说话者希望与上帝签下新的约定，这样的约定会软化、改变其心意；且新的约定不再刻在石头上，而是刻在心上，如此他就会牢记、遵守与上帝的约定。这实际上反映出了认识到自我之罪的说话者改过自新的愿望，亦反映了对恩典与救赎的渴求。

自我分析与自我审视总共有四个武器，分别是对自我不信任、坚信上帝、"练习"，即通过对感官以及灵魂的各种能力消除罪恶、植入美德，以及祷告，这包括乞求和冥想。②《圣殿》中说话者对人类以及个体基督徒之罪的审视、忏悔与乞求就是运用了马茨所说的自我分析与自我审视之武器。借由自我审视、发出忏悔与乞求之声的说话者，赫伯特一方面审视了人神关系。圣伯纳德在《谦卑与骄傲的程度》（*The Degrees of Humility and Pride*）中说道："我们在我们自己、在我们邻居，在本质上寻求真理。通过严厉的自我审视，对邻里同情宽容，我们发现了真理，并且最终通过属于纯净的心的审视，我们发现真理的本质。"③自我审视对认识自我以及寻求真理十分重要，而圣伯纳德所说的真理实际上就是对被视为逻各斯的上帝的认知。这样的自我分析、自我审视与认知"变成了守护上帝的一种方式，也是对上帝的基本职责，必须运用个人所掌握的所有毅力和敏锐来执行"。④在重新审视人神关系、增加对上帝认知的情况之下，这种自省与忏

① 〔法〕约翰·加尔文：《基督教要义》，第195页。
② Louis L. Martz. *The Poetry of Meditation: A Study in English Religious Literature of Seventeenth Century*, p. 127.
③ Louis L. Martz. *The Poetry of Meditation: A Study in English Religious Literature of Seventeenth Century*, p. 118.
④ Louis L. Martz. *The Poetry of Meditation: A Study in English Religious Literature of Seventeenth Century*, p. 127.

悔还可以起到让自省者、忏悔者自我塑形、自我救赎的作用。另一方面，马茨认为，"冥想的中心活动由内心戏剧组成，在这个内心戏剧中，个人将自我投射于精神舞台之上，并且借着神的在场来了解自我"。①在冥想的过程之中，赫伯特将处于不同情况中的自我刻画为进行自我审视、发出忏悔与乞求之声的"故事中的第三人称"，他实际上就是赫伯特"曾经斗争过的人"。赫伯特通过这样的戏剧化人物实现了自我认知，实现了自我书写。赫伯特虽然并非犯过前文分析的种种罪行，但对罪的反省与忏悔反映了赫伯特在诗歌创作过程中实现的自我认知：早年的赫伯特一直专注于追求自己的"宫廷梦想"（court hopes）；与对金钱的渴望相比，他更为注重的是世俗的权利与名誉；这在他给约翰·丹弗斯的信件中便可窥见，他在信中写道："演讲家的职务是大学里最好的，虽然报酬不是最丰厚的；虽然每年只有30磅，但是给予的发展空间远远大于收入；因为演讲家负责撰写大学里的所有信件，无论是国王，还是王子来到学校时，都要做演讲。"②由此可见，赫伯特将大学里演讲家的职务视为实现自我晋升、走上仕途的跳板，希望可以向潜在的恩主展示自己的才能，获得恩主的眷顾。赫伯特在其创作的许多拉丁语诗篇中都表现出了对潜在之恩主的迎合。例如在拉丁诗集中对以安德鲁·梅尔维尔（Andrew Melville）为代表的清教徒的反击，对亨利王子、安妮女王去世的哀悼诗都迎合了詹姆斯一世，这也的确让赫伯特赢得了詹姆斯一世的欢心。赫伯特的上述举动实际上反映了他对世俗权力的追求。然而，努力争取却未有收获的赫伯特后来谴责了自己曾经追求的东西：

　　回想我那有抱负的想法，我觉得现在的我比得到那些梦寐以求渴望的东西时还高兴。现在我可以公正地审视宫廷，并且能够将之看清楚，它是由欺诈、头衔、阿谀奉承以及其他许多空洞的、虚构的享乐

① Ibid., p. xxxi.
② George Herbert, *The Works of George Herbert*, p. 369.

构成；这些享乐如此空洞，即便你正享用它们，也无法让你满足。①

　　赫伯特对早年追逐世俗权力与享乐的行为忏悔，并认识到唯有为上帝服务，唯有在上帝那里才能充满喜悦、快乐和满足。忏悔后的赫伯特将其高贵出身以及授予的官衔和荣誉与在主的祭坛服务的牧师头衔相比较，看重后者，蔑视前者。②这就表明赫伯特通过自我审视与忏悔认识到了自己的罪，并且认为能够洗涤罪的方式就是虔心担任牧师之职，为上帝服务，这反映了他思想道德发展的过程。道德发展或是道德方向的信号、理想行为的标准以及对自负或是世俗性等罪行的反思与早期现代的"镜子"相关联。③这样的自我审视、自我认知就如同在赫伯特面前树立了一面镜子，通过如同镜子般的自我审视、自我认知，通过借鉴、参照这面镜子，赫伯特书写了内在自我意识。

第三节　平复、皈依

　　巴鲁赫·德·斯宾诺莎（Baruch de Spinoza）指出自我意识包括"对自我的认知以及对自我精神状态的认知"④。发出抱怨与反叛，继而进行忏悔、发出乞求之声的说话者反映了赫伯特对自我精神状态的认知，其"思想气候就如同英国气候一样多变且不稳定。冰霜、阳光、露珠、干旱以及使人精神焕发的雨水以惊人的速度一个接着一个到来。赫伯特是描写内在心情的诗人"⑤。然而，通过在诗集中建构的赞美之声，思想多变且不稳定

---

① Izzak Walton, *Walton's Lives of John Donne, Henry Wotton, Richard Hooker, George Herbert, and Roberts Sanderson*, p. 313.

② Ibid., p. 313.

③ See Ronald Bedford, et al., *Early Modern English Lives: Autobiography and Self-Representation 1500-1660*, p. 98.

④ Udo Thiel, *The Early Modern Subject: Self-consciousness and Personal Identity from Descartes to Hume*, p. 67.

⑤ George Herbert, *The Works of George Herbert*, p. lxix.

的赫伯特展示了转向平静的内心世界。具体而言，《圣殿》中赞美上帝的声音包括作为个体的基督徒发出的声音、基督徒与天使对话的声音、基督徒与上帝对话之声以及基督徒与死亡对话之声等。有的声音对上帝进行了直抒胸臆的赞美，或赞美上帝的恩典与救赎，或赞美上帝创造的自然秩序。一般而言，赞美诗并不是用来表达歌唱者的个人境遇或个人热诚；通常情况下，它是表达全体教徒共同理想的基督教情感和情操。然而，赫伯特在《圣殿》中通过基督徒传递的赞美之声一方面传达出了全体教徒共同的基督教情感；另一方面也表现了赫伯特经历了让内心充满冲突的各种世事之后，最终放弃对世俗名利的追求，转而接受神职，全心全意为上帝服务的心境。这种转变也是赫伯特自我认知的结果，他最终将自己认同为上帝恩典与仁爱的歌颂者，这便是作为基督徒的赫伯特之自我定位。

《新牛津英语词典》将"启应轮流吟唱"定义为"一个以散文或诗歌形式组成的一种曲子，其中的诗行或段落由两个唱诗班在祈祷时轮流吟唱"[①]。赫伯特的两首《启应轮流吟唱》都以这种模式为基础，杂糅了赞美上帝的不同声音。帕克·约翰逊指出《启应轮流吟唱》第一首是一篇纯粹的赞美诗篇。[②]诗篇由五个诗节组成，第 1、3、5 节为合唱；这三个诗节内容相同："**合唱**：让世界的每一个角落歌颂/ **吾主吾王**"（*Cho. Let all the world in ev'ry corner sing*，/ *My God and King*），直接表达了对上帝的歌颂；第 2、4 节则是牧师领唱的短诗（versicle）。在第 2 节中，说话者指出天堂并不太高，人的赞美之声可以飞向天堂；大地并不低，人的赞美之声可在大地生长；在第 4 节，说话者指出任何人都无法阻挡教会的赞歌，而"心/必须吟唱最长的部分"（... *the heart*，/ *Must bear the longest part*）（187，第 11~12 行），即心将吟唱赞歌中最长的部分。该诗行可与第 1、3、5 节的"**合唱**：让世界的每一个角落歌颂/ **吾主吾王**"对应解读，表明对上帝进行歌颂的最佳场所便是人心，这与《圣殿》的标题呼应。

---

① 〔英〕皮尔素编《新牛津英语词典》，第 72 页。
② See Parker H. Johnson, "The Economy of Praise in George Herbert's 'The Church,'" *George Herbert Journal* 5 (1981/2)：45.

查纳·布洛克（Chana Bloch）认为《启应轮流吟唱》第二首在形式上模仿《诗篇》，在内容上主要追随《新约》的内容，列举了历史上的上帝拯救之举，强调通过上帝之爱获得拯救。①诗篇的每一节都出现了人的声音、天使的声音以及两者的合唱之声；这三种声音就如同相互配合、彼此形成和声关系的多音部或复调音乐，构成了赞美上帝最为悦耳的声音。第1节中的三种声音构成的复调之声赞美了仁爱的主，他将仁慈施与朋友，也施与出卖基督的敌人；第2节中合唱之声仍然赞美上帝或是基督的恩典与荣光，天使的声音歌颂主能照料人直至永恒，但人的声音却讲述基督被人出卖的历史；第3节通过合唱、天使和人的声音共同叙述了基督被出卖，但仍以仁爱待人、助人消灭敌人的事迹；在第4节中，赞美之声再次响起：

> 释义：合唱：主，对您的赞美应更多。
>
> 　　　　人：我们没有了，
>
> 　　　天使：我们没储存。
>
> 　　合唱：赞美仅属于上帝，
>
> 　　　　　他将两部分合一。

> *Cho.* Lord, thy praises should be more.
>
> 　　*Men.* We have none,
>
> 　　*Ang.* And we no store.
>
> *Cho.* Praised be the God alone,
>
> 　　Who hath made of two folds one.
>
> 　　　　　　　　　（337，第19～23行）

第一个合唱之声、人与天使的声音表明对上帝的赞美是永无止境的，第二个合唱之声重申赞美只能属于上帝。"他将两部分合一"可有以下两

---

① See Chana Bloch, *Spelling the Word: George Herbert and the Bible*, pp. 246-249.

种阐释：第一，他将人与天使的赞美之声合一；第二，人与天使分别代表了俗世与天堂，神圣的音乐可以让人的声音与天堂合唱的声音相结合。①无论作何解，诗篇中合唱之声、人与天使的声音组成的复调共同谱写出了对上帝的赞美。

《一首真正的赞美诗》（"A True Hymne"）设置的情景是说话者绞尽脑汁地思索对上帝的赞誉之词，但是萦绕于心的只有"我的喜悦，我的生命，我的王冠！"（My joy, my life, my crown!）（576，第 1 行）"喜悦"、"生命"与"王冠"都是对上帝的称呼与颂扬。在第 2 节中，说话者对这几个词进行了进一步阐述，指出这几个词虽然不是华美之词，却是最为真诚的；此外，他还认为最完美的赞美是灵魂与诗行的统一，而"我的喜悦，我的生命，我的王冠"便是灵魂与诗行统一的结果，因此可算是最好的艺术形式。《赞美》第二首（"Praise"Ⅱ）的内容源于《诗篇》（116：1-2）："我爱耶和华，因为他听了我的声音和我的恳求，他既向我侧耳，我一生要求告他。"在第 1 节中，说话者将上帝称为"荣耀之王，和平之王"（King of Glorie, King of Peace）（506，第 1 行），并且通过诗节第 2、4 行中"我会爱你"（I will love thee）以及"我会感动你"（I will move thee）中表示意志的情态动词"会"（will），表明赞美上帝的决心。诗篇第 2 节详列了上帝为人所做之事：上帝满足了人的请求，听见了人的声音，注意到了人内心的祷告，并且饶恕他。在第 3 节中，说话者再次表明了歌颂上帝的决心以及颂扬的方式：用其"最为精湛的技艺"（utmost art）与"内心的精髓"（the cream of all my heart）赞美上帝。"最为精湛的技艺"既可以指诗歌也可以指音乐，而用"内心的精髓"则是指用灵魂赞美上帝。在第 4 节中，说话者指出上帝清除了他的罪，让他变得洁净，当罪指控说话者时，上帝也能听到他的呐喊，这表现出了上帝的宽容与仁爱。因此，在第 5 节中，说话者进一步表明了歌颂上帝的决心：他要用每周的七天歌颂上帝，在心中赞美上帝；如此，上帝会因为其赞美而施以怜悯、变得温

---

① See Martin Elsky, "Polyphonic Psalm Settings, and the Voice of George Herbert's *The Temple*," *MLQ* 42 (1981): 233.

柔，甚至流下眼泪，同时也会消除最终审判之日正义审判给人带来的恐惧。在此，说话者实际上歌颂了上帝在最终审判之日对人的恩典与救赎，这是由于其赞美之词所带来的感动力量。在最后一节中，说话者笔锋一转，认为自己简朴的诗篇不足以赞美上帝，"甚至永恒也太过短暂/赞美你"（Ev'n eternitie is too short/To extoll thee）（507，第27~28行）。这一悖论看似表明说话者不具备赞美上帝的能力，但实际上是通过以退为进的方式，升华对上帝的赞美。

《赞美》（"Praise"（Ⅲ））第三首延续了前两首的基调，继承了《旧约》歌颂上帝的传统以及"忏悔文学"（literature of tears）的传统。在第1节中，说话者直白地表明他只会歌颂上帝；第3~6行讲述了歌颂上帝的方式与决心：他那忙碌的心会整日地编织出赞誉。"spin"一词既可以指编织，又可以表示撰写。若将之理解为"撰写"，则是指通过诗歌颂扬上帝。说话者表明赞美之声不会因为储存的诗歌不足而停止，因为他会继续用自己的叹息与呻吟赞美上帝，让他得到更多的赞誉之声；诗篇第7节与第1节相呼应，说话者指出不仅自己会颂扬上帝，并且还会感化他人之心，让他们与之一起颂扬上帝。

威尔科克斯在《花环》（"A Wreath"）的注释中指出："从传统角度来看，花环与赞美或是荣誉关联，就如同胜利者的桂冠或是葬礼的花圈。"[1]因此诗篇的标题"花环"与其内容相吻合——这是赠予上帝的花环，表达对上帝的赞美。实际上，《花环》是一首内容与形式完全契合的诗篇：赫伯特运用了联珠法（anadiplosis），每一行句末的词出现在第二行句首，分别为："赞美"（praise）、"赠予你"（give to thee）、"道路"（wayes）、"就那样"（wherein）、"直"（straight）、"通向你"（To thee）、"耍诡诈"（deceit）、"简单"（simplicitie）、"生活"（live）、"知晓"（know）、"给予"（give）和"颂扬"（praise）。联珠法的运用使整首诗在形式上构成了一个环状，而这个环状意象与诗篇的标题呼应，形成了颂扬上帝的花环。

---

① George Herberty, *The English Poems of George Herbert*, p. 645.

在内容上，说话者也实现了对上帝的赞美：

> **释义**：一个编成的花环值得赞美
>
> 值得赞美，我赠予你，
>
> 我赠予你，那位知晓我所有道路之人，
>
> 我弯曲的道路，就这样我生存，
>
> 就这样我死亡，并非生存：因为生命是笔直的，
>
> 笔直如线，直通向你，
>
> 通向你，你的技能远高出诡诈，
>
> 诡诈似乎高出简单。
>
> 给我简单，这样我可以生存，
>
> 如此生存，这样我可以知晓你的道路，
>
> 知晓并实践你的道路：那么我将赠予的
>
> 并非这卑微的花环，而赠予你赞誉的皇冠。

A wreathed garland of deserved praise,

Of praise deserved, unto thee I give,

I give to thee, who knowest all my wayes,

My crooked winding wayes, wherein I live,

Wherein I die, not live: for life is straight,

Straight as a line, and ever tends to thee,

To thee, who art more farre above deceit,

Then deceit seems above simplicitie.

Give me simplicitie, that I may live,

So live and like, that I may know thy wayes,

Know them and practise them: then shall I give

For this poore wreath, give thee a crown of praise.

（第 645 页，第 1~12 行）

说话者在第 1、2 行直接表明要将"赞美"的花冠赠予上帝；从第 3 行开始，说话者指出上帝深知自己所行，这表现出了说话者对罪的认知，这通过"弯曲的道路"得以体现。《箴言》（2：14-15）写道："欢喜作恶、喜爱恶人的乖僻，在他们的道中弯曲、在他们的路上偏僻"；由此可见，"弯曲的道路"实际上是指偏离了正义的、远离上帝的邪恶之路；第 5 行中"生命是笔直的"与"弯曲的"形成对照，表明生活应当是正义、真诚的，这才是通往上帝之路，因为上帝不会欺骗；意识到这一点之后，说话者在第 9 行向上帝表述出自己的愿望，希望能够摆脱罪恶，正直、真诚地生活，这样他便可以更加了解上帝的道路，并模仿他。"上帝的道路"与说话者行为形成对比，在此隐射了上帝真诚，对人类施予仁爱及拯救之举；因此，说话者指出他所创作的诗歌——"卑微的花环"，已然不足以歌颂上帝，而扬言要用赞誉的皇冠对之进行歌颂。

在众多赞美之声中，最为典型的是对上帝仁爱、恩典与救赎的赞美之声，这也是整部诗集的基调。莱瓦斯基认为赫伯特的《复活节》（"Easter"）是对《诗篇》第五十七章第 8~11 节的改写，并将该诗篇视为"简单、精致的赞美诗"[1]。《复活节》内容与标题呼应，以基督复活为主题。在第 1 节中，说话者以祈使句为开端，呼唤着"上升吧，心"（Rise heart），因为主已经升天。这样的呼喊之声既对应了圣餐祷告的序言（sursum corda），又应和了《公祷书》的内容"高举你的心，/ 我们将它们提升至吾主"[2]。因此呼唤心上升表明他将用心赞美上帝。紧接着说话者呼吁不要迟疑，而要赞美上帝，因为基督可能会牵着你的手，带着你一起升天，即基督将实现对人的救赎。该节第 5、6 行详述了基督如何救赎人："正如他的死能够将你煅烧成尘土，/ 他的生能让你变成黄金，更为纯净"（That, as his death calcined thee to dust, / His life may make thee gold, and much more just）（139，第 5~6 行）。"煅烧"以及"变成黄金"均是炼金术语；在 16~17 世纪，黄金通常被人们认为是至纯之物，因此基督能将人

---

① Barbara Kiefer Lewalski, *Protestant Poetics and the Seventeenth-Century Religious Lyric*, pp. 246-247.
② *The Book of Common Prayer*, Baltimore：E. J. Coale & Co. 1822, p. 260.

变成黄金表明了基督对人的救赎与净化。在第 2 节中，说话者运用了乐器的意象：他试图唤醒心中的鲁特琴，并呼唤它运用所有的技艺去歌颂基督，因为基督用"他延伸的肌腱教会所有琴弦，什么样的调子／最适合庆祝这最神圣的一天"（His stretched sinews taught all strings, what key/ Is best to celebrate this most high day）（139，第 11~12 行）。该诗行运用了奇喻，将鲁特琴与基督以及所有人相关联。"延伸的肌腱"象征了基督被钉在十字架的场景；而"所有琴弦"则指所有人；"延伸的肌腱教会所有琴弦"则指基督为人献身、受难。因此，鲁特琴歌颂的是基督的仁爱。第 3 节沿用了乐器的意象，呼吁让心和鲁特琴一致，交织出悠长、悦耳的歌曲以歌颂基督。

威尔科克斯指出《第二十三首赞美诗》（"The 23 Psalme"）是对《诗篇》第 23 首的释义。① 布洛克认为赫伯特选择这一首赞美诗是因为诗篇体现了对他来说最为重要的主题：上帝作为主人的慷慨，以及人永久的感恩。② 埃里克·史密斯（Eric R. Smith）则肯定约翰福音对该诗篇的影响，声称赫伯特"以约翰对爱以及基督献身的概念来塑造他对该赞美诗的释义"③。虽然评论家们的分析角度不同，各种评论均表明这首诗是对上帝以及基督的赞美。在第 1 节中，说话者将仁爱的主比喻为牧羊人，将自己比喻为由牧羊人带领、饲养的羊；此处描述的说话者与主的从属关系对应了《雅歌》（2：16）中的"良人属我，我也属他"，因此他什么都不缺。第 2、3 节沿用了第 1 节的比喻：牧羊人带领他到鲜嫩的草地，到潺潺的溪边，即便迷失，牧羊人也会将之带回。此处的"迷失"指基督徒因犯错或因罪偏离了上帝的道路，而牧羊人将之带回则指基督对犯错、有罪之人的救赎。在第 3 节中，说话者进一步指出并非因为他值得救赎，而仅仅是因为上帝的仁爱。第 4 节继续歌颂上帝，指出正因上帝的仁爱，他可以毫无

---

① See George Herbert, *The English Poems of George Herbert*, p. 592.
② See Chana Bloch, *Spelling the Word*: *George Herbert and the Bible*, pp. 191-192.
③ Eric R. Smith, "Herbert's 'The 23d Psalme' and William Barton's *The Book of Psalms* in Metre," *George Herbert Journal* 82 (1985): 36-37.

畏惧地走过死亡的阴影。诗篇第 5 节运用了圣餐的意象：

> **释义**：现在，你让我坐下进餐，
>
> 甚至在我的敌人目光之下：
>
> 我的头上涂了膏油，我杯中的酒
>
> 日夜流溢不停。

> Nay, thou dost make me sit and dine,
>
> Ev'n in my enemies sight：
>
> My head with oyl, my cup with wine
>
> Runnes over day and night.

> （594，第 17~20 行）

　　基督"让我坐下进餐"隐射了圣餐；在圣经文化传统中，在头上涂膏油表示上帝的赐福，"杯中的酒"则象征了圣餐中由基督的血液而来、具有救赎意义的酒；"膏油"与"酒"都是与圣餐相关的意象，代表了基督的恩典与救赎。通过圣餐意象，说话者再次强调了基督对人的恩典与仁爱是永无止境的。正因如此，说话者在最后一节中表明他对基督的歌颂也会如同基督的爱一样，永不停息。

　　《圣餐》（"The H. Communion"）也赞美了上帝的恩典与救赎。该诗篇采用了第一人称叙述的形式，说话者的言说对象是"你"，也就是基督。诗篇第 1 节讲述了基督被人出卖，却为世人赎罪的故事。第 2 节讲述了基督救赎人的方式：他以"营养与力量"（nourishment and strength）的形式进入人的心中，并从心扩散到身体的每一个部分，与身体中的罪相遇；"营养与力量"是指与圣餐相关的面包与酒，即基督的恩典以食物的形式进入人的身体，对人产生影响。第 3、4 节详述了以食物形式进入身体的基督所产生的影响：这样的营养和力量不能到达人的灵魂，但是它们却可以控制人反叛的肉身，借由基督之名让罪与羞耻感到害怕；真正能够影响灵

魂的乃是通过食物所表达的恩典，他拥有灵魂的钥匙，可以开启灵魂之门。在第 5~7 节中，说话者呼吁基督拯救困在肉体的灵魂，或者提升他的肉体，这其实在呼吁基督的救赎，这样肉体与灵魂才能够真正合一，人才能进入天堂。诗篇最后一节再次将基督的恩典与食物联系起来：基督通过其神圣的血液使人能够接触到天堂，而圣餐则是基督传递恩典、让人到达天堂的方式。

丹尼斯·博登（Dennis H. Burden）指出《赎罪》是一首关于通过基督献身获得恩典的十四行诗，表明新约的恩典胜过旧约的律法。[①]首先，说话者将自我与上帝之间的关系比喻为佃户与地主之间的关系，并向他请求，要"解除旧的租约"（cancel th' old），建立"一个新的租约"（a new small-rented lease）。之所以要解除旧的租约是因为在旧约中，人一直担负着原罪，签订新的租约是人摆脱原罪的一个方式。第 2 节讲述了说话者到天堂寻找上帝，但"在那里他们告诉我，他最近去了/某片土地"（They told me there, that he was lately gone / About some land）（132，第 6~7 行）。从字面意义理解，"某片土地"与第 1 节拥有土地的地主相关；此外，它包含了两层寓意：一是旧约中受到上帝庇护，却因为堕落而需要新约救赎的以色列人和犹太人；二是由世俗尘埃构成的有罪之人的灵魂。而上帝"将之占有"则暗示了替有罪之人赎罪。在第 3 节中，说话者在代表世间各种名利享乐的"城市、剧院、花园、公园及宫廷"（cities, theatres, gardens, parks, and courts）寻找基督，最终"我听到小偷与谋杀犯/ 刺耳声音与笑声：在那里我发现了他"（At length I heard a ragged noise and mirth/ Of theeves and murderers：there I him espied）（132，第 12~13）。发现基督的地方是将基督钉死于十字架的骷髅地（Calvary），暗示了基督的献身。在诗篇结尾的对句中，基督的话语通过斜体形式插入："**你的要求被许可了**"（*Your suit is granted*）。其字面意思是指说话者解除旧约、签订新约的要求被满足了；深层意义则指通过基督的死亡，代表恩典的新约取

---

① See Dennis H. Burden, "George Herbert's 'Redemption'," *The Review of English Studies New Series* 34：136 (1983)：446.

代了代表律法的旧约，同时人的原罪也消除。

在诗篇《人子》（"The Sonne"）中，"人子"（the son）与太阳（the sun）同音，构成双关语；该双关语将基督比喻成为能够驱走黑暗、给人光明的太阳，这就是对基督道成肉身，替人受难、赎罪之举的颂扬。《对话——赞美诗 基督徒 死亡》（"A Dialogue-Antheme *Christian. Death*"）由基督徒和死亡的对话之声构成，其中"死亡"的话语以斜体表示，与"基督徒"的话语得以区分。基督徒在开篇便质问死亡："啊，可怜的死亡，你的荣光何在？／你那著名的力量，那古老的毒钩何在？"（Alas, poore Death, where is thy golrie？／Where is thy famous force, thy ancient sting？）（581，第1~2行）在此，死亡被描述成"可怜的"，与上帝的"荣光"和"力量"形成了对照，既包含嘲讽的语气，也质疑了死亡的力量。对此，死亡回答道：**"啊，可怜的人，忘却了历史，／杀死了你们的王。"**（*Alas poore mortall*，*void of storie*，／ *Go spell and reade how I have kill'd thy King.*）（581，第3~4行）死亡的回答隐射了基督被钉在十字架上的事件，并借基督受难炫耀自己的力量。针对死亡的回答，基督徒又提出了问题："可怜的死亡！谁因此受伤呢？／你施与他诅咒，但受诅咒的却是你。"（Poore death！and who was hurt thereby？／Thy curse being laid on him，makes thee accurst.）（581，第5~6行）基督徒以此回答死亡的疑问，隐射了亚当、夏娃在堕落之后，曾一度永生之人必须经历死亡，但死亡自身也同样受诅咒影响。听到基督徒的回答之后，死亡进一步表明自己的武器会摧毁基督徒。对此基督徒回答道：

释义： ……基督徒：不要留情，发挥你的极致，
有一天我会更胜从前：
而你将更加可鄙，你将不复存在。

…Chr. Spare not，do thy worst.
I shall be one day better then before：

Thou so much worse, that thou shalt be no more.

（581，第 8~10 行）

    基督徒的回答实际上是向死亡发出的挑战：让死亡尽其所能地摧毁人，但是人却不会因此被打倒，反而会更胜从前。"更胜从前"指人经历死亡之后，灵魂摆脱了世俗罪恶，经过圣化，得到救赎；最后一行"而你将更加可鄙，你将不复存在"与多恩在《死神莫骄傲》（"Death Be not Proud"）中表达的观点一致："死亡将不复存在，死亡你也将消逝。"（And death shall be no more, death, thou shalt die）① "死亡不复存在"指人在经历死亡之后最终会获得上帝的救赎。所以，在描述死亡主题的过程中，基督徒与死亡的对话凸显了基督的救赎力量。

    马里恩·W. 辛格尔顿（Marion White Singleton）指出《天道》代表了某一时刻的"正确感知"，认可了上帝在宇宙中对万物的设计。② 这种"赞美自然秩序的美也是对上帝的歌颂"③。在第 1 节中，说话者通过"哦神圣的天道"（O sacred Providence）直接向天道发出呼吁之声。该节结尾的问句"难道他们不能公平对待您？"（Shall they not do thee right?）可以有两种理解：其一，"do thee right"，表示对某人公正，即歌颂天道是公正之举；第二种理解则是将"right"一词视为"写作"（write）的双关语，表明说话者质疑自己的手是否能够书写出对天道的赞美。两种解释均能表达出赞美天道的意愿。第 2~7 节将上帝所造万物与人对比，表明与世间万物相比，人最适合歌颂天道：首先，说话者将人与海洋及陆地上的生物对比，指出在万物当中只有人知晓天道，也只有人能够执笔，书写歌颂天道的颂词；随后将人与兽、鸟、树进行比较，指出尽管兽乐意歌唱，鸟儿有优美的音乐，树在风中发出的声音也如同调适后的

---

① John Donne, *John Donne's Poetry: Authoritative Texts Criticism*, ed. Authur L. Clements, New York and London: W. W. Norton & Company, 1966, p. 114.

② See Marion White Singleton, *God's Courtier: Configuring a Different Grace in George Herbert's Temple*, Cambridge: Cambridge University Press, 1987, p. 185.

③ Arnold Stein, *George Herbert's Lyrics*, p. 102.

鲁特琴一般对天道进行歌颂，但它们是有局限的，会有沉寂之时，唯有人同时拥有手与歌喉，可以无时无刻地歌颂天道。说话者继而强调了人在存在巨链（Great Chain of Being）中的地位以及重要作用，并指出人在万物之中最擅长赞美天道，这在第 5 节最后两行"人夺去了数千想赞美上帝之物，这一罪胜过数罪"（But robs a thousand who would praise thee fain, /And doth commit a world of sinne in one）（417，第 19~20 行）得以体现。此处，"罪"并非真的是指人所犯的罪，而是指人夺去了世间万物赞美天道的权力。在第 7 节中，诗行"因此，最为神圣的灵，我在这里呈献/ 我以及我的同伴对您的赞美"（Wherefore, most sacred Spirit, I here present/ For me and all my fellows praise to thee）（417，第 25~26 行）表明人将与世间其他万物一起对上帝进行赞美。诗篇的其余部分便是对上帝的赞美：第 8 至 12 节歌颂了上帝的力量与爱，表明世间万物都处于上帝的管辖之内，顺服上帝，同时也指出上帝的右手代表仁爱，左手代表惩罚，这是世间的任何事物都摆脱不了，这既彰显了上帝的力量，也体现了天道。第 13 节至 35 节歌颂了上帝对世间万物的巧妙安排：在第 13 节至 15 节中，说话者指出上帝创造了生物链，让"大的生物以小的生物为食，小的以草为食"（The great prey on the lesse, they on some weed）（418，第 52 行），并根据生物的特性安排某些生物在冬天也可以果腹，而有些生物则会冬眠，这就使自然界各个层次的物种得以生存。此外，他让四季和白昼交替分明。第 16 节至第 18 节指出上帝赋予了世间万物智慧，例如，鸽子哺育幼鸽，蜜蜂采蜜却不伤害花朵，羊吃草，但同时其粪便又给草提供营养、落叶归根为树提供肥料、泉水喷出但又可以通过云成为雨而再次降落，这一切都是造物主赋予世间万物的。第 19 节至第 23 节转而歌颂造物主创造的万物用途颇多、多种事物相生相克：玫瑰不仅美丽且具有药效，世间有和平亦有战争，造物主创造并埋藏了矿藏、但也让人可以将之发现、挖掘，造物主创造了毒药但同时也创造了解药，大海阻碍船只行进但又可让它全速前行，这一切皆体现了天道。第 24 节至第 28 节称赞了造物主精湛的造物技能，指出其按照人的需求创造万物：根据各地不同气候，造物主将冰凉的大理石放置在炎热的南方，将可以用于保暖的皮毛与挡风的树林安置在北方；世间万物，不论是稀有罕见之物或是普通之物，无论是冷或是暖，均是造物主运用其技能为人所创造；此外，造物主还创造了玻璃、皮毛、树荫、马、鹰、衣物、火等供人所使用。第 29 节至第 35 节歌颂上帝创造的万物各具特色：当大地干燥时，造物主会安排降雨，但是雨水却不会损害世间的花朵；万物中的荆棘对梨来说过于尖利，却可以用作篱笆，不须修葺；与木桩或是石头相较，丝绸甚为丝滑，但它却不能像木桩或石头那样用作地基。在另一些事物之上，造物主又让各种用处聚集某物于一身。例如，椰肉可以食用，椰汁可以饮用，而椰子外壳，外壳上的纤维等对人均有用处，可用作缆绳，用于航海，还可以做针等；世间的草药可以帮助人调和身体内的四种体液，冰冷的水果可以保护其内在的果仁，柠檬汁与果皮相互中和。此外，造物主还创造了一些奇特的、各具特点的生物，例如青蛙、蝙蝠、海绵、矿藏、鳄鱼以及大象。在歌颂造物主的奇迹之后，通过模仿《诗篇》（106：2）的"谁能传说耶和华的大能？谁能表明他一切的美德"，说话者在第 36 节第一行中提出问题"谁能有足够的赞美？现在谁有呢？"（But who hath praise enough? nay who hath any?）（420，第 141 行）并在该节第 2~4 行给出回答：只有创造、了解并拥有世间万物的造物主自己才能够好好地赞美。即便认识到这一点，说话者在诗篇末尾指出其本人和世间的万物都将对造物主进行歌颂：虽然世间万物各不相同，但他们因为一个共同的目的联合起来，那就是用各自的方式赞美上帝；并且虽然说话者已经在所有诗篇中都直接赞美了上帝，但《天道》的赞美方式别具一格，它包含了双重赞美之声——诗篇本身的溢美之词以及作为万物灵长的说话者对上帝的赞美，进而增加了赞美造物主的方式。

马茨则从冥想诗歌的角度分析了诗篇《人》，指出该诗篇将人与宇宙中其他事物进行比较，进而歌颂了人的奇妙之处。[1]布洛克也认为《人》表

---

[1] See Louis L. Martz, *The Poetry of Meditation: A Study in English Religious Literature of the Seventeenth Century*, p. 60.

观了一种正式的、仪式般的赞美。① 笔者亦认为通过描述造物主创造的和谐之人，该诗篇实现了对造物主的赞美与歌颂。《诗篇》（8：4-6）中写有："人算什么，你竟顾念他？世人算什么，你竟眷顾他？你叫他比天使微小一点，并赐他荣耀尊贵为冠冕。你派他管理你手所创造的，使一切的牛羊，田野的兽，空中的鸟，海里的鱼，凡经行海道的都伏在他的脚下。"《人》中的说话者发出了与《诗篇》相同的声音，通过描写人的特点、突出人的与众不同，歌颂了造物主创造人之壮举。诗篇第 1 节将人比喻为由上帝创造的宏伟壮观的建筑，世间其他事物与之相比都是腐朽不堪的。这强调了人在存在巨链上的位置，人虽然次于天使，但其位置却高于其他一切事物。第 2 节将人与其他事物进行了对比，指出人兼具植物与动物的特点，却拥有独一无二的理性与言语能力，强调了人所处的优越地位。这种优越性在《人的混合》（"Mans Medley"）中也有体现：人将世俗生活与天堂生活合二为一；"一手触摸天堂，一手触摸大地"（With th' one hand touching heav' n, with th' other earth）（459，第 12 行）表明人将天使的智慧与兽的本性结合起来，亦凸显了"人在万物中具有优越地位"的观点。②在第 3、4 节中，说话者称赞人是对称和谐的，四肢成比例，向四周伸展，头与脚密切联系在一起，人的双眼可以与星星媲美，甚至有过之而无不及。对人的赞美实际上反映了 16～17 世纪盛行的宇宙论身体观：人被视为大宇宙的缩影，其结构与宇宙秩序对应，其内涵是有序、和谐与完美。③与由土、水、气、火构成的大宇宙相对应，人的身体由黑胆汁、黏液、血液以及黄胆汁构成。④人体的各个部位还经常被类比为宇宙万物：人的双眼与太阳和月亮类比，肉体、骨骼和指甲、毛发分别与土、石头和草

---

① See Chana Bloch, *Spelling the Word*: *George Herbert and the Bible*, p. 259.
② 人为万物的灵长，具有优越地位的这一观点在文艺复兴时期十分盛行。罗利爵士（Sir Walter Raleigh）在《世界史》（*History of the World*）中也表达了同样的观点："上帝给予人，天使的智慧，兽类的灵敏，以及属于人的理智；因此，……人是将两者的本性联系在一起的绳索与链子。"See Walter Raleigh, *History of the World*, 1614, p. 30。
③ See E. M. W. Tillyard, *The Elizabethan World Picture*, London: Chatto & Windus, 1943, p. 62.
④ See S. K. Heninger, Jr., *Touches of Sweet Harmony*: *Pythagorean Cosmology and Renaissance Poetics*, California: Library of Congress, 1974, p. 168.

对应。该宇宙论身体观不仅认为人的身体是宇宙的缩影，还肯定了人在宇宙中的位置，突出以神为中心的思想，肯定人的理性，人的灵魂与肉体之间的和谐，侧重精神因素，强调人的崇高，表达了对人完美形象的追求，对社会和谐理想的憧憬，对美好生活的向往。[1]上帝便是和谐、美好之人的创造者，因此对人的歌颂实际上就是对上帝的歌颂。第 5 节至第 8 节继续歌颂人在宇宙中的位置，并指出造物主安排世间其他事物为人服务：造物主让吹起的风、静止的地球[2]、转动的天宇以及流动的水为人服务；日月星辰的升起与降落以及天体音乐和光均是造物主为人设计的；世间万物都服务于人，各司其职；因为上帝对人的眷顾，说话者呼唤上帝入住由他所建造的宫殿，也就是人的身体。那么，人也可以像为其服务的世间万物一样，为上帝服务。在此，作为人类代言者的说话者向造物主表达了感激之情以及对上帝的渴望，同时也与诗集的标题"圣殿"呼应。这种赞美一方面体现了对造物主的赞美；另一方面也与当时关注人和人的自我意识的哲学思想密切相关。笛卡尔的二元论表明人在万物中独一无二的，任何其他的事物，包括所有其他动物，都只是"外延"，也就是说它们全都受到机械或是数学的盲目控制，唯独人，居于上帝之下，具有意识，能够认识自我并且理解万物之意义。所以在借着赞美人以实现对造物主的赞扬的同时，赫伯特也实现了自我意识的描述。[3]他不再将自己视为上帝面前卑微的罪人，而是以作为人、作为万物之首、作为大自然的主人、作为世界的奇迹等多重身份为乐，体现了赫伯特对自我的认知。

诗集中的说话者经历了反叛、抱怨情绪，通过忏悔、反省实现自我认知，继而对上帝乞求，并最终转向了对上帝的歌颂与赞美，这样的情感衍

---

① 参见胡家峦《历史的星空：英国文艺复兴时期诗歌与西方传统宇宙论》，北京大学出版社，2001，第 9 页。

② "地球中心说"是古希腊哲学家亚里士多德提出来的，公元 2 世纪罗马天文学家托勒密（Ptolemy）又加以推演论证，使之进一步系统化。"地球中心说"认为地球静止不动地居于有限的宇宙中心，日月星辰都围绕地球运转。教会借助这种理论，说上帝创造了地球，并让它居于宇宙中心，日月星辰都是由上帝创造出来用于点缀宇宙的装饰品。当时虽然已经出现了"哥白尼日心说"，但是赫伯特对于新科学仍有所保留，因此在诗篇中仍然沿用了"地球中心说"。

③ See Roy Porter, *Rewriting the Self: Histories from the Renaissance to the Present*, p. 4.

变过程投射出了赫伯特个人复杂的宗教情感经历：在 1626~1629 年，赫伯特不断地遭受病痛的折磨，同时也因为早年为仕途所做的努力付诸流水而觉得生活毫无目的和意义，并因此备受折磨。如此境遇之下的赫伯特选择了完全臣服于上帝以消解心中的苦闷、折磨。因此，赫伯特最终选择放弃了对世俗权力的追逐，接受了比麦顿的神职，在生命的最后三年中，他全心全意地投入其中。①临终之前，赫伯特对友人邓肯说道：

> 先生，请你将我现在每况愈下的身体状况告知费拉尔，并且告诉他，我恳请他每日为我祷告；告诉他我知道上帝便是唯一；并且因为上帝的恩典，我已经以上帝所喜而喜；告诉他，我并未有埋怨，我对自己羸弱的身体很满足；告诉他，我的心定在了那真正的喜悦所在之处；我渴望去那里，并且会用我的希望与耐心等待那属于我的位置。②

赫伯特的临终遗言表明他的情绪已经转向了虔诚与平静；因此对上帝的全心全意的赞美之声便是经历了复杂情感最终得以平复的赫伯特的写照，这也是赫伯特对自我精神状态的认知。

舍伍德在《早期现代文学中的自我》中对自我进行阐述时指出，早期现代的自我是稳定的、连贯的、持续的，但是体验的"内在"维度与"外在"维度会破坏统一的自我。③黛博拉·K.舒格（Debora Kuller Shuger）认为自我的内在维度在宗教文化占主导地位的英国具有十分重要的作用，并且她认为在宗教占主导地位的文化中，自我并非去中心的、碎片化的，而是由精神与社会、内在与外在形成的两个不相关联的部分组成。④舍伍德将自我理解为独立于"内在"与"外在"维度而存在的自足体，舒格则将

---

① See Joseph H. Summers, *George Herbert: His Religion and Art*, pp. 44-45.

② Izzak Walton, *Walton's Lives of John Donne, Henry Wotton, Richard Hooker, George Herbert, and Roberts Sanderson*, p. 340.

③ See Terry G. Sherwood, *The Self in Early Modern Literature: for the Common Good*, Pennsylvania: Duquesne University Press, 2007, p. 43.

④ See Terry G. Sherwood, *The Self in Early Modern Literature: for the Common Good*, Pennsylvania: Duquesne University Press, 2007, p. 43.

自我视为由互不相关的"内在"与"外在"构成的个体。两种观点都表明了自我具有一定的封闭性，但冥想与祷告却可打破这种封闭的状态，让内在与外在体验之间的界限相互渗透，增加自我感知，因此冥想在认识自我的过程中具有重要作用。①冥想由一系列智力行为构成，将记忆、理解正确排序视为其目的，并且会因此实现宗教虔诚的成功体验。②在一次成功的冥想中，"意志会渐渐地燃起，适当的情感也会被激发"③。当情感被激发出来，冥想者便处在一个让意志或是灵魂的第三种能力参与到戏剧之中进行对话的位置，或者是在感情上可以与上帝或是自己的一部分进行交流。④这种交流便是冥想者自我投射、戏剧化的部分与冥想者之间的交流。"悲伤、愉悦、后悔、希望以及顺从等情绪在每一天的日常生活中反复出现。我们大部分人不会去追究这些情感，但是诗人却会抓住它们，运用真诚与想象的技艺——这是一种有趣却又十分费劲的结合——把它们融合到艺术作品之中。"⑤赫伯特通过运用人物的不同声音以及不同声音之间形成的对话这样的戏剧因素，建构了一个基督徒人物形象：经历了抱怨、叛逆情绪的基督徒，通过忏悔、自省进行自我分析，实现自我认知，最终复杂情绪得以纾解，情绪平复的说话者又发出了歌颂之声。发出不同声音的基督徒便是赫伯特在冥想过程中建构的戏剧化人物，这样的人物实际上是以冥想者赫伯特为原型的，诗集中基督徒的复杂情感经历实际上呈现了赫伯特本人宗教情感经历，是赫伯特内在自我衍变过程的真实写照。赫伯特经历的复杂情感与丹尼尔·W. 多尔科森（Daniel W. Doerksen）描述的包括三个步骤的重要模式是一致的：（1）对"分散情感"以及信仰不坚定的反思以及刻意的分析，这样的反思与分析会引导人去寻求上帝；（2）精神上的祷告与

① See Terry G. Sherwood, *Fulfilling the Circle：A Study of John Donne's Thought*, Toronto：University of Toronto Press, 1984, pp. 181-190.
② See Louis L. Martz, *The Poetry of Meditation：A Study in English Religious Literature of Seventeenth Century*, pp. 25-75.
③ See Louis L. Martz, *The Meditative Poem*, Garden City：Anchor Books, 1963, p. xxii.
④ See Frank J. Warnke, *Versions of Baroque：European Literature in the Seventeenth Century*, 1972, p. 140.
⑤ John Drury, *Music at Midnight：The Life and Poetry of George Herbert*, London：Penguin Books, 2013, p. xvii.

告解，目的在于教化信徒；（3）对具体的解救以及上帝在教会、创世等方面的作为进行的赞扬。[①]在《圣殿》诗集中，这一模式则是通过诗集中建构的不同声音得以实现。传统宗教诗歌几乎无一例外的是对基督的展示，或是基督的"自我展示"（self-demonstration），向路人展示他的伤口或是钉在十字架上的伤疤，之后便是展示基督的意象。但是，赫伯特在宗教诗歌创作的过程中似乎找到了新的重点：他将个人对现象世界的重要体验融入其中，并对自我体验进行了密切的审视。[②]"在他的诗歌中，我们可以发现他的精神冲突、自我审视以及自我批评的充分证据，通过这种精神冲突、自我审视与自我批评，赫伯特获得了虔诚……我们能够确信的就是诗集中的每一首诗都是诗人经历的真实写照。"[③]换言之，赫伯特将其个人的复杂经历融入了诗歌创作之中，这一观点是有理有据的，因为赫伯特在临终之时委托邓肯将诗集《圣殿》转交给费拉尔，如此说道："先生，请将这诗集交给我亲爱的朋友费拉尔，并且告诉他，他会在这诗集中发现一幅展示上帝与我的灵魂之间的许多精神冲突的图画，这都是在我将自己的意志服从于基督之前出现的，而现在我因为为基督服务而找到了真正的自由。"[④]由此可见，赫伯特经历了抱怨与反叛、忏悔与乞求，并最终表示出感恩，这一情感变化过程便是赫伯特自我认知过程，他将自我认知过程以及内在自我衍变过程呈现在诗歌创作中，实现了内在自我的书写。

[①] See Daniel W. Doerksen, *Picturing Religious Experience*: *George Herbert*, *Calvin*, *and the Scriptures*, University of Delaware Press, 2013, pp. 70–71.

[②] See Jonathan Sawday, "Self and Selfhood in the Seventeenth Century", in Roy Porter, ed., *Rewriting the Self*: *Histories from the Renaissance to the Present*, p. 35.

[③] T. S. Eliot, *George Herbert*, p. 25.

[④] Izzak Walton, *Walton's Lives of John Donne*, *Henry Wotton*, *Richard Hooker*, *George Herbert*, *and Roberts Sanderson*, p. 340.

第二章　现代性自我的外在身份建构

　　马丁认为自我并非一个有形的场所，也并非我们的核心，自我可通过审视被人们描述成为内在维度与外在维度之间的关系得以理解和辨别。所谓的内在维度包括个人意识与无意识思想、感受、信仰、感情与欲望等；而外在维度则包括个人的言说、写作、爱憎等与外在环境相关的品质。[①]马丁对自我的阐释则表明其对自我的关注不仅仅包含了对自我内在感受、信仰的关注，也包含了社会语境之下对个人的社会地位与责任的关注，这种对内在与外在自我的关注均为探究自我主体性的重要方式。西方的宗教文化语境也对自我的关注有重大影响。罗马天主教倾向于重申个人身份从属于教会或国家等集体，然而一些新教团体更为重视作为一个道德代言人的自我，重视个人堕落与上帝无所不在的意志之间的直接联系，换言之，在自然法则、在上帝的安排之下，新教重视上帝意志与个人权利与义务之间的和谐或是冲突。因此，个人对日常行为、日常事务、普通的事物以及对自我的具体事物等都给予关注。[②]加尔文主义信徒威廉·珀金斯（William Perkins）将早期现代自我概念化为一个"双重人"，他说道：

　　　　每一个人都是一个双重人，处于两种管辖之下。第一，我是属于自我的一个人，在基督之下……因此必须谦逊，放弃并且否定自

① See John Jeffries Martin, *Myths of Renaissance Individualism*, Hampshire: Palgrave Macmillion, 2004, p. 31.

② See Roger Smith, "Self-Reflection and the Self", in Roy Porter, ed., *Rewriting the Self: Histories from the Renaissance to the Present*, pp. 54–56.

我。……但是从另一个层面来说，自我是与他人相关的一个人。你是丈夫、父亲……妻子、主人、臣民，并且你要根据你的职责来行事。①

珀金斯的论述表明自我关注和自我意识不仅与个人的内心世界相关，还与个人在社会中所发挥的作用具有密切关系。通过发出抱怨与反叛、忏悔与乞求以及赞美之声的基督徒人物，赫伯特在表达虔诚宗教情感的同时展现了叛逆与回归顺从的双重自我，描述了矛盾的内心世界，呈现了个人的内在衍变，实现了对自我内在意识、自我价值的关注，这也是珀金斯阐述的自我的第一重意义。除此之外，赫伯特还通过诗集中不同社会角色人物实现了现代性自我的外在身份建构。首先，通过戏剧独白与教理问答，发出告诫、说教之声的说话者对基督教许多教义教条进行了阐释，其内容主要包括基督教基本道德标准、教会权威、牧师地位、关于祷告、斋戒等苦修行为的描述以及对圣经重要性的教诲。借此，赫伯特在《圣殿》中建构了一位尽职的新教神职人员形象。结合赫伯特本人担任牧师的经历可以发现，诗篇中建构的神职人员形象也是作为牧师的赫伯特本人之写照。除了对基督教的基本教理教义进行阐释之外，《圣殿》中的说话者还对基督教崇拜礼仪，尤其是对圣餐礼仪进行了详尽讨论，这种讨论反映了当时教义的分歧与争议。结合赫伯特自身的宗教经历可以发现，诗集中人物角色的宗教立场再现了处于宗教冲突剧烈的文化语境之下赫伯特本人的宗教立场，揭示了他作为伊丽莎白一世与詹姆斯一世实施的"折中"宗教原则的忠实拥护者身份。此外，在16~17世纪，宗教与政治之间具有密不可分的关系，与政治密切相关的教会也因为当时的政治局势暴露出许多弊端。《圣殿》中的人物角色也关注到了当时的教会，尤其是英格兰国教会中所存在的问题，所以诗集中也出现了对教会腐朽的讨论之声，并在此基础上对教会与民族发展问题进行了探讨。这种讨论之声既体现了赫伯特的宗教忧虑，又体现出了他的民族忧患意识。这种对英格兰国教以及民族的忧虑

---

① William Perkins, "A Dialogue of the State of a Christian Man", in Ian Breward, ed., *The Work of William Perkins*, Appleford: The Courtenay Library of Reformation Classics, 1970, p. 382.

使赫伯特具有"英国性"的英格兰民族维护者的身份得以呈现。上述不同声音建构的人物反映了赫伯特对自我社会角色的意识，亦是赫伯特实现自我外在身份建构的方式。

第一节　新教牧师身份

多恩在《布道词》（"A Sermon upon the XX. Verse of the V. Chapter of the Book of Judges"）中写道：人必须根据所在场所，通过履行自己的职责来驱使自己、扩张自己、延伸自己、宣传自己，并且有责任使自己成为一个模范；作为重要的人，或是要像一个重要的人一样，需要在神职或其他职业上树立很好的榜样以供人模仿。①多恩对人的论述也表明人是由内在自我与外在自我组成；内在自我是最基本的部分，而外在自我是内在自我的衍生，强调了人在社会中的角色与作用。而在 17 世纪，神职是最为重要的一种社会角色，因为它对所有教众会产生重大的影响。正因为认识到了神职人员的重要性，赫伯特在《圣殿》建构了发出说教、告诫之声的新教牧师这一角色；该牧师对圣经包含的戒律与箴言、对圣经、祷告、牧师以及基督的地位等进行了论述与说教，阐明了新教信奉的基督教教义与主张。结合赫伯特本人担任牧师的经历可见，诗集中发出说教、告诫之声的牧师实际上反映了神职人员赫伯特的社会责任意识，是赫伯特关注自我外在身份的一种形式。

教理问答是牧师常用的说教形式，它通过问答形式向皈依基督教的儿童或成人进行教育并申明教义。在宗教改革之前，教理问答涉及对基督教基本教义、使徒信经、主祷文以及与圣礼相关等基本知识的传授；在宗教改革运动与印刷术发明之后，教理问答更加受到重视，通过教理问答传授的内容也有所增加，例如，马丁·路德（Martin Luther）在《小教理问答》

---

① See John Donne, *A Sermon upon the XX. Verse of the V. Chapter of the Book of Judges*, Sept. 15th, 1622.

（*Lesser Catechism*）中增加了有关洗礼和圣餐的讨论。自此，教理问答被新教广泛运用。教理问答者传授教义的形式便是问答形式，教理问答者是"老师，在古时候被称为教理问答者：他们的职责是为教义定下某种形式或是秩序，并传授某些基本的教义"①。然而，与传统意义上的教理问答不同，《圣殿》中的教理问答主要是通过独白或是对话体形式进行，说话者的言说对象有时是基督徒，有时是上帝。不论言说的对象是谁，说话者发出的大多为说教、告诫之声，目的是向读者或是隐含听众传递圣经的戒律与箴言：其中包括对十诫、七宗罪的告诫、对美德重要性的告诫、对教会、牧师地位的告诫、对祷告意义的告诫、对基督恩典的告诫以及对圣经重要性的阐述。在此过程之中，说话者扮演了进行说教的牧师角色。

首先，诗集中的说话者对圣经的戒律、箴言以及人应当拥有的品德进行了告诫。伊丽莎白·麦克劳林（Elizabeth McLaughlin）和盖尔·托马斯（Gail Thomas）指出，构成《圣殿》的三部分联系十分紧密，分别代表了圣经记载的不同历史阶段：《教堂廊柱》强调世俗的生活与律法，与旧约最为接近；《教堂》转而讨论四福音书中的圣礼；《战斗教会》讨论了新约启示录的思想。②谢里丹·D.布劳（Sheridan D. Blau）将《教堂廊柱》视为"一种为了让听众为'教会祷告'做好准备、基于实践感受的神性和良心学而进行的一种布道"③。布鲁斯特·福特（Brewster Ford）认为《教堂廊柱》引出了进入教会最初的时间与空间。④不论是从时间维度或是空间结构来看，教堂廊柱都可被视为初入教会者或是所有基督徒必经之所，象征着从世俗向神圣国度的过渡。通过反复提及教堂廊柱里可能发生的事件，赫伯特将其诗篇内容与教堂廊柱联系起来；这一系列的事件将道德与精神意义囊括在堂区居民的生活中，他们必须确定宗教责任，或是对有益于社

① Neil Hemmingsen, *The Epistle of the Blessed Apostle*, 1580, p.138.
② See Elizabeth McLaughlin and Gail Thomas, "Communion in *The Temple*," *SEL* 14, (1974): 111.
③ Sheridan D. Blau, "The Poet as Casuist," *Genre* 4 (1971): 143.
④ See Brewster Ford, "George Herbert and the Liturgies of Time and Space," *SoAR* 49: 4 (1984): 19.

会的美德，如仁爱、节俭以及诚实等进行灌输或监督。① 正是为了达到这种目的，《教堂廊柱》中的牧师对听者进行了说教。诗篇第 1 节以祈使句点明"你"就是诗篇的隐含听者；同时指出这个隐含听者是一个年轻人，是"有智慧、理性且足够老练之人，可从诗歌中获得愉悦"②；他可能是刚入教会的信徒，也可能是到教区居民，还可能是像赫伯特一样的贵族。③对诗篇听者身份的多种阐释表明听者的身份具有多种可能性，换言之，任何人都有可能是牧师的听众，是他的言说对象。说话者在诗篇主体部分传授了基督教戒律。摩西十诫是上帝在西奈山顶亲自传给摩西，以告诫以色列人的戒律，第 1、2、3 条戒律告诫信徒只能敬奉耶和华，不可亵渎耶和华之名；第 4 条告诫要纪念安息日；第 5~10 条则是对基督徒的道德约束，包括孝敬父母、不可杀人、不可奸淫、不可偷盗、不可做假见证陷害人、不可贪恋他人的房屋、妻子、仆婢、牛驴，并他一切所有。七宗罪的内容是在圣经《歌罗西书》第二章第 18~23 节提出，分别为贪婪、色欲、贪食、嫉妒、懒惰、傲慢以及暴怒。摩西十诫可谓对人的道德进行告诫，而七宗罪则阐明了何为罪，两者均为基督教基本教义。对十诫与七宗罪部分内容的告诫在《教堂廊柱》中通过牧师的说教之声得以传达。在诗篇第 2~4 节中，牧师首先告诫听者要警惕淫欲。面对性欲时，要么选择自我克制，要么选择结婚，并且婚后行为或欲望都要受到婚姻制约。克制淫欲的教义频繁地出现在圣经中，它与摩西十诫所告诫的"不可奸淫"内容一致，也反映了《箴言》（6：32-33）的内容："与妇人行淫的，便是无知，行这事的，必丧掉生命，他必受损。"在第 5 节至第 10 节中，牧师告诫听者切勿酗酒：饮酒切勿超过三杯，因为醉酒之人可能弑母或是奸淫姐妹，并且酗酒之人会丧失理智，变得大胆，成为不法之徒，这一切便会让酗酒者犯罪，与上帝冲突。这也对应了《箴言》（20：1）所写："酒能使人亵

① See Anne M. Myers, "Restoring 'The Church-porch': George Herbert's Architectural Style," *English Literary Renaissance* 40：3 (2010)：438.
② Darci N. Hill, "'Rym［ing］thee to good': Didacticism and Delight in Herbert's 'The Church Porch'," *LOGOS* 15：4, (2012)：185.
③ Joseph H. Summers, *George Herbert: His Religion and Art*, p. 104.

慢，浓酒使人喧嚷。"对酗酒的告诫向隐含听者传递了自我控制的重要性。随后说话者分别在第 12 节、第 13 节、第 14 节和第 16 节中告诫听者不可骄傲、不可说谎、不可游手好闲，这些均为七宗罪的内容。

在第 22、23 节中，牧师强调在饮食上要节制，因为放纵食欲会使人堕落。牧师首先说道："警惕你的嘴，疾病从那里进入"（Look to thy mouth；diseases enter there）（53，第 127 行），该诗行强调了暴饮暴食（gluttony）的危害，这种告诫与《箴言》（18：7）一致，其中写道："愚昧人的口，自取败坏；他的嘴，是他生命的罗网。"第 128～132 行讲述了节制饮食的具体做法：如果想吃两个烤饼，那么就要通过与人分享食物或是与人聊天的方式来减少对食物的渴求，这对分享食物之人或是参与聊天之人均有好处；欲食肉之时要想到肉是污秽的，这样自然吃得也少了。第 23 节进一步阐述了节制的好处，并且告诫听者要有规则的生活：牧师指出建造房屋、构建社会都必须按照规则进行，天空中的太阳也是按照其轨道运转，所以"你要有规则的生活"（Thou liv'st by rule），这样才能够找到好的伴侣。这里的"有规则的生活"字面意思是严格遵守律法生活，在诗篇中则是指在饮食上节制。控制饮食的美德是基督教教义所倡导的：亚当、夏娃的故事已告诫世人对食物的渴望会滋生反抗情绪，正是贪图口腹之欲导致了人类的堕落。对口腹之欲的告诫实际上正是赫伯特本人在生活实践中的感悟。赫伯特自幼患有肺痨，很容易感冒、发烧以及消化不良。[①]因此，尽管他的作品中充满了食物的意象，但他对食物的诱惑还是有一丝恐惧。为了避免因消化不良带来的痛苦，赫伯特对节食进行了研究，并翻译了威尼斯贵族科纳诺关于节食的论文。在《乡村牧师》第二十六章《牧师的眼睛》（"The Parson's Eye"）中，赫伯特指出暴饮暴食是一种隐晦的罪，并对暴饮暴食进行了诠释，随后给出三个原则以检查自我是否暴饮暴食，并在结尾指出节制是一种美德；在第九章《牧师的生活状态》（"The Parson's State of Life"）中还指出"节食可以让身体驯服，健

---

① See George Herbert, *The English Works of George Herbert: Newly Arranged and Annotated and Considered in Relation to His Life*, Volume 1, p. 54.

康，可以让灵魂像老鹰一样热情、积极、年轻"①。这都表明赫伯特本人相信节制有益于灵魂。

第43节至第51节告诫听者不要心生妒忌，妒忌也是基督教忌讳的罪：《约伯记》（5：2）中写有"嫉妒杀死痴迷人"；《箴言》（14：30）也指出"心中安静，是肉体的生命，嫉妒是骨中的朽烂"。随后，第52~54节又告诫要平静，不要生气。而《诗篇》（37：8）也写道："止住怒气，离开愤怒。不要心怀不平，以致作恶。因为作恶的心必被剪除，惟有等候耶和华的必承受土地"；《箴言》（16：32）也如此告诫："不轻易发怒的，胜过勇士；制服己心的，强如取城。"由此可见，牧师对妒忌、易怒的告诫与圣经内容是一致，都是在宣传基督教基本教义。

第26~32节告诫在金钱上要节俭，不能对金钱过于吝啬或是过于贪婪。第29节写道：

释义：有何差别，如果一袋石头或黄金

在你的脖子上让你沉溺？抬起你的头；

将星星视为金钱；星星数不清

不论用何种技艺，但是却可以购赎。

没有谁比这吝啬的女人更为挥霍奢侈。

她为了一个而失去了三个：她的灵魂，安宁，荣誉。

What skills it, if a bag of stones or gold

About thy neck do drown thee? raise thy head;

Take starres for money; starres not to be told

By any art, yet to be purchased.

None is so wastefull as the scraping dame.

① George Herbert, *The English Works of George Herbert: Newly Arranged and Annotated and Considered in Relation to His Life*, Volume 1, p. 334.

She loseth thee for one; her soul, rest, fame.

（54，第 169~174 行）

　　该诗节"使得文本呈现出能吸引读者注意力的非正式的、对话的语调，并且让读者立刻参与到回答之中"①。在此，说教意图清晰地表现出来：一袋石头或是黄金挂在脖子上，却让你沉溺，那么石头与黄金有何差别呢？这表明如果将黄金运用得当，便是一种福；但如果使用不当，便会成为诅咒或负担。因此说话者呼吁听者抬头，将天空中的星星视为金钱，星星是数不清的，但是可以购赎。此处的"星星"象征了天国的财富，呼吁听者向往星星实际是要人们虔诚，他们便可以获得天国的财富，即基督的救赎。最后，说话者指出，如果过于在乎金钱，便会失去自己的灵魂、安宁与名誉，得不偿失。对贪婪的告诫在诗篇《贪婪》里更为严厉。说话者在开篇通过呼语（apostrophe）向金钱发起对话，点明了金钱的特点：它是幸福的灾星，痛苦的根源；诗篇第 3、4 节描述了从矿中开采、煅烧到压印图案的金钱铸造过程；结尾的对偶句点明对金钱贪婪的后果："人把你当成他的财富，让你富有/然而当他将你掘出，便掉入了沟渠"（276，第 13~14 行），即对金钱的贪婪让人最终走向罪。对贪婪的告诫之声与基督教教义一致：《提摩太前书》（6：10）中载有"有人贪恋钱财，就被引诱离了直道，用许多愁苦把自己刺透了"；《马可福音》（8：36）也指出"人就是赚的全世界，赔上自己的生命，有什么益处"，这都表明基督教教义倡导不要对金钱有贪念。

　　除基督教的基本教义之外，说话者还对基督徒的日常行为以及应当拥有的美德进行告诫，例如，《教堂廊柱》第 26~32 节告诫听者要节俭，第 35~37 节告诫要与人为善。《美德》虽未对任何具体的美德进行论述，却宣扬了美德的重要性。第 1~3 节指出世间许多美好事物都会转瞬即逝：美好的良辰会因为夜露的降临而消亡，芬芳、鲜红艳丽的玫瑰根植于坟墓，

---

　　① Darci N. Hill, "'Rym [ing] thee to good': Didacticism and Delight in Herbert's 'The Church Porch'," *LOGOS* 15: 4 (2012): 192.

拥有良辰与玫瑰的旖旎春天亦会终结。第 4 节指出，与转瞬即逝的良辰、玫瑰以及春天相较，唯有珍贵、有德的灵魂如同"焙干的良木"（seasoned timber），其特点是结实且经得住任何测试。因此，与"焙干的良木"一样，美德永远不会消逝，即使整个世界在最终审判之日被烧为灰烬，它也仍然能够生机盎然。这一告诫，告诉听者世间万物终将逝去，唯有美德能够永存。

诗篇《谦逊》（"Humilitie"）赋予动物以人性，以寓言故事的形式向听众灌输了谦逊的重要性。诗篇呈现了"美德"（Vertues）高坐在王位，等待万兽呈上礼物的场景：愤怒的狮子将他的爪子呈献给了"温顺"（Mansuetude）、胆怯的兔子将其耳朵献给"刚毅"（Fortitude）、善妒的火鸡将其肉垂献给了"节制"（Temperance）、奸猾的狐狸将智慧献给了"正义"（Justice），最后乌鸦戴着孔雀羽翎入场。就如同希腊众女神争夺金苹果一样，孔雀羽翎引起在场的各种美德之间的内讧，他们为了获得羽翎几乎决裂。面对此景，唯有谦逊深感悲伤，他用眼泪毁坏了华丽的孔雀羽翎，然后对争夺孔雀羽翎的各种美德说："**这就是/你们争夺的东西**"（*Here it is/ For which ye wrangle*）（257，第 27～28 行），最后让各种美德与奉上致敬之礼的各种禽兽反目，并携手将他们赶出殿堂，处以罚金，让他们在下一次觐见之日呈上双倍的礼物。舍恩菲尔德特认为该诗篇展现了自我内心的"宫廷缩影"[①]。所谓的自我内心的"宫廷缩影"实际上是内心的各种欲望，因为禽兽呈现的礼物具有不同的象征意义：狮子的爪子象征着权力，兔子的耳朵象征着胆怯，火鸡的肉垂"通常被解读为过度的肉体放纵"[②]，"狐狸的大脑"代表着狡猾诡秘，各种美德所争夺的孔雀羽翎则象征着世人争夺的世俗荣耀。通过寓言的形式，说话者点明各种美德虽抵挡了权力、胆怯、欲望以及狡猾诡秘的诱惑，却未能禁得住世俗荣耀的诱惑。唯有谦逊最为可贵，不为任何事物动摇。通过将谦逊与易受诱惑的其

---

① See Michael C. Schoenfeldt, *Prayer and Power：George Herbert and Renaissance Courtship*, p. 62.

② George Ryley, *Mr. Herbert's Temple and Church Militant Explained and Improved*, ed. Maureen Boyd and Cedric C. Brown, New York：Garland Publishing, Inc., 1987, p. 89.

他各种美德对比，谦逊的重要性被前景化。

诗篇《脆弱》（"Frailtie"）告诫人要有一颗坚定的心，以抵挡世俗财富、野心、成功以及荣耀的诱惑。在第1节中，说话者将世俗的"名誉"（honour）、"财富"（riches）以及代表女性美貌的"美丽的眼睛"（fair eyes）视为尘土，并且将之分别命名为"镀金的泥土"（guilded clay）、"泥土"（deare earth）以及"纤细的草"（fine grasse or hay）。"名誉"被命名为"镀金的泥土"，意指表面光鲜亮丽，实质上污秽不堪；"财富"与"美丽的眼睛"分别被命名为处于卑微地位的"泥土"与"纤细的草"，说话者认为自己绝不会涉足其上。第2节将上帝的世界与俗世进行了对比：上帝的世界是简单、严肃的，而俗世则是精美的，"充满荣耀"（full of glorie）、代表色彩绚丽之服的"欢快的野草"（gay weeds）、"卖弄的语言"（brave language）以及"大胆的行为"（braver deeds）。虽然俗世的一切是尘土，却能够"迅速升起"（quickly rise），"刺穿说话者的眼睛"（prick mine eyes），这指涉了俗世的一切对说话者的影响：俗世虽然最终会腐朽并归于尘土，但对于人来说，在短暂的时间之内，它如同生命一样重要；因为俗世尘埃蒙蔽了我们的双眼，使我们看不到永恒的真理。[①]受世俗之物诱惑与蒙蔽便是人脆弱之处，正因认识到了人的脆弱，说话者呼吁上帝的介入。

《坚贞》（"Constancie"）运用设问形式对诚实进行了诠释，也向隐含听众告诫了诚实坚贞的重要性。首先，说话者在第1行提出问题："谁是诚实的人？"（Who is the honest man?）（262，第1行）而整首诗都是对该问题的回答：对上帝、邻居和自我真诚之人是诚实的，这样的人不为权力或奉承左右；诚实的品质是牢固的；诚实经得住任何考验；诚实对欺骗深恶痛绝，其言行是一致的；诚实的美德是永恒的，不会随着日落消失，甚至在黑暗中也可畅行；诚实是其他任何缺点都无法打败的美德；诚实是不为世俗偏见左右、坚定不移的。在对诚实进行诠释之后，说话者在最后两

---

① See Sister Thekla, *George Herbert: Idea and Image*, p. 169.

行指出：拥有诚实品德之人才是真正有德之人，而且他的美德会持续下去。

除了告诫基督教基本教义与美德，《圣殿》的部分诗篇还告诫听众要时常祷告，认清楚教会的地位，且不能忽视牧师的重要性。在《教堂廊柱》第 67、69 节中，作为牧师的说话者告诫听者要重视祷告，尤其是公共场合的祷告，这种告诫在两首以"祷告"为题的诗篇中均有体现。威尔科克斯在《祷告》（"Prayer"）第一首的注解中指出："赫伯特的第一诗行立刻表明该诗篇的主题是集体祷告而非个人祷告。"① 这与《教堂廊柱》中强调公共祷告的说话者是一致的。《祷告》第一首对祷告的一系列定义实际上是对祷告的模仿，也是寻找词语，定义祷告的一个尝试。② 该诗篇是由三个诗节与一个双行体构成的十四行诗，整首诗由 27 个隐喻和意象构成，每一个意象都代表了基督徒对祷告的体验。③借由这些隐喻和意象，说话者向听众传递了祷告的力量，强调了祷告的重要性。在第 1 节中，祷告分别被比喻为"教会的盛宴"（the Churches banquet）、"天使的年龄"（Angels age）、"上帝赋予人的呼吸回到出生之处"（Gods breath in man returning to his birth）（178，第 2 行）、"演绎曲的灵魂"（soul in paraphrase）、"朝圣的心"（heart in pilgrimage）以及"测量天堂与俗世距离的基督徒测深锤"（The Christian plummet sounding heav' n and earth）（178，第 4 行）。"教会的盛宴"将祷告诠释为教会向教众提供的宴会，对教众具有救赎的作用；"天使的年龄"与人的年龄相对照。《诗篇》认为人的年龄是 70 岁，天使则是永生的，祷告犹如"天使的年龄"就表明祷告如同天使一样永恒。"上帝赋予人的呼吸回到出生之处"与《创世纪》相关。《创世纪》（2：7）中记载道："耶和华神用地上的尘土造人，将生气

---

① George Herbert, *The English Poems of George Herbert*, p. 178.
② See Matthias Bauer, " 'A Title Strange, Yet True': Toward an Explanation of Herbert's Titles", in Helen Wilcox and Richard Todd, eds., *George Herbert: Sacred and Profane*, Amsterdam: VU University Press, 1995, p. 107.
③ See Dennis Lennon, *Turning the Diamond: Exploring George Herbert's Images of Prayer*, London: Society for Promoting Christian Knowledge, 2002, p. 2.

吹在他鼻孔里，他就成了有灵的活人，名叫亚当。"说话者在此将上帝造
人与祷告的力量结合起来，指出祷告就像上帝所吹之气一样，可以让人回
到堕落之前的状态，强调了祷告能让人重生的功用。"演绎曲的灵魂/朝圣
的心/测量天堂与俗世距离的基督徒测深锤"进一步强调了祷告对灵魂的
影响，它能够洗涤灵魂，能够衡量人的虔诚，并且可以测出世俗的人到达
天堂的距离，即测量人离拯救的距离。在第 2、3 节中，说话者将祷告比喻
为"攻击上帝的武器"（engine against th'Almightie）、"罪人之塔"
（sinners towre）、"储备的闪电"（reserved thunder）、"刺穿基督的矛"
（Christ-side-piercing spear）①、"一个小时改变六天创造的世界"（The six-
daies world transposing in an houre）（178，第 7 行）以及 "一种曲调，所
有事物听到都畏惧"（A kind of tune, which all things heare and fear）
（178，第 8 行）。以上的一系列隐喻都指涉了祷告的救赎力量，表明基
督徒可以将祷告当作武器攻击上帝，从而获得上帝的恩典："罪人之塔"
指巴别塔，它是世人建构以达到天堂之建筑，将祷告与巴别塔类比则表
明祷告可以缩短世人与天堂之间的距离；"储备的闪电"是指人的祷告
犹如人所保留的武器；祷告被喻为"刺穿基督的矛"，意味着祷告可让
代表恩典的基督之血流出，我们可以得到由基督受难换来的恩典与救赎。
正是因为祷告具有这些力量，它可以用"一个小时改变六天创造的世
界"；"一个小时"指一个小时的祷告，"六天创造的世界"是指上帝用
六天时间创造的物质世界。在此，说话者将祷告的时间与上帝创世的时
间相提并论，再次强调祷告的力量犹如上帝创世的力量一般。在第 3 节
中，说话者描述了祷告的特点，它是"温柔"（softnesse）、"平和"
（peace）、"喜悦"（joy）、"仁爱"（love）、"极乐"（blisse）与"愉悦"
（gladnesse of the best），并将"尊贵的吗哪"（Exalted Manna）、"日常的
极乐"（heaven in ordinarie）、"每日所穿的衣服"（man well drest）、"银
河"（the milkie way）以及"乐园的鸟儿"（the bird of Paradise）与祷告

---

① 《祷告》第二首也将祷告描述成为"可以刺穿上帝耳朵的请求"（May our requests thine eare
invade），这样的描述与第一首中将祷告比喻为"刺穿基督的矛"异曲同工。

类比。"吗哪"是以色列人经过荒原所得的天赐食物，后来被用来表示代表基督身体的圣餐，象征着上帝的恩典与救赎；"日常的极乐"是说祷告是基督徒每天都要进行的寻常宗教仪式，而人们从这寻常的宗教仪式中可以获得无限快乐；"每日所穿的衣服"将祷告比喻为对人具有装饰作用的衣服，由此阐明了祷告对人灵魂的提升作用；在《变形记》（*Metamorphosis*）中，奥维德（Ovid）将银河视为通往朱庇特宫殿之路，与奥维德相似，说话者将祷告喻为银河，表明祷告是通向天堂之路；"乐园中的鸟儿"表明祷告如同鸟儿一样可以飞向乐园。这一系列的比喻都表明祷告具净化世人灵魂、将世人引入天堂的力量；诗篇结尾的对偶句进一步将祷告隐喻为"传递到星宿之外的教堂钟声"（Church-bels beyond the starres heard）、"灵魂之血"（the souls bloud）和"充满香气的国度"（the land of spices）。"传递到星宿之外的教堂钟声"是指祷告如同传到天堂的教堂钟声；"灵魂之血"则指祷告就如同血液一样，是灵魂的生命力；"充满香气的国度"原指芬芳的伊甸园，而将祷告比喻成"充满香气的国度"是指祷告是让灵魂与基督欢聚之处。这三种意象都表明了祷告的影响力和重要性。结尾的"能被理解的"（something understood）可以解读为上述的内容可能部分会被基督徒理解，同时上述内容也是说话者告诫听者的内容，应当为听者理解。

《祷告》第二首第1～3节表明我们可乞求上帝给予舒适、权力与仁爱。但是在诗篇最后一节中，说话者为了祷告，宁可放弃舒适、权力与仁爱，放弃财富，名誉、才能与美德。在说话者看来，如此选择是"失小得大"（And quickly gain, for each inch lost, an ell）（372，第24行）之举，即祷告比其他一切更为重要，从而凸显了祷告的重要性。与诗篇中的说话者一样，无论是作为基督徒还是作为牧师的赫伯特，他在现实生活中都十分重视祷告。赫伯特自幼便被灌输祷告的重要性：在威斯敏斯特求学期间，住在寝室的孩子们每天早上五点起床，在宿舍祷告；随后，学校要求在校学生六点在宿舍南面的大厅祷告，并背诵拉丁祷告词；午餐前、下课之前以及晚饭之前都要祷告；并且晚上八点睡觉之前他们还要跪下祷告一次。① 在成为比麦顿的牧师之后，赫伯特在教区也身体力行进行祷告，并向教众宣传祷告的重要性。因此，强调祷告重要性的说话者可谓映射了重视祷告的赫伯特。

对圣经戒律、箴言以及美德的告诫之声以及对祷告重要性的强调都与圣经密切相关，反映了圣经的重要性。这在以《圣经》为题的两首十四行诗中表现得尤为明显。《圣经》（"The H. Scriptures Ⅰ"）第一首中的说话者并非直接对听众进行说教，而是以与圣经对话以及与一位女士对话的形式展开，对圣经进行歌颂，进而传递圣经的重要性。首先，说话者向圣经发起对话，指出圣经充满无尽的芬芳，能让人心灵洁净，能抚慰人的痛苦；第 2、3 节进一步阐述了圣经的作用：圣经能够给予人永恒的康健，并能予人喜悦。第 2 节最后一行的"女士们，看这里"（Ladies, look here）点明了说话者的言说对象由圣经转变为女性，祈使句的使用让诗篇带上了说教、告诫的语调。随后，圣经被比喻为"值得感恩的修复观察者眼睛的镜子"（this is the thankful glass that mends the lookers eyes）以及洗涤映射于水面意象的"水井"（the well that washes what it shows）。"镜子"这一比喻参照了新约的《雅各书》（1：23-25），其中写道："因为听道而不行道的，就像对着镜子看自己本来的面目。"在新约中，讲述基督的故事就如同照镜子，可以使信徒变成基督的模样；圣经是可让人看见并修复自我的一面镜子，这是因为人在圣经里不仅看到了自己，也看到了其他代表着更新自我的基督以及其他圣经人物。②因此，诗篇中"镜子"可以有两种阐释方式：一是指改变人影像的镜子；二是指使得观察者能够从中发现自我更好意象的镜子。两种阐释均表述了圣经对人产生的积极影响。"水井"则是对"镜子"这一比喻的沿用，表明圣经犹如水井一样，井中之水可让人看清自我意象，也可用于自我清洗。最后，说话者指出圣经是喜悦的礼物，只要人诚心祷告就可进入圣经中所描述的天堂，借此告诫听众要诚心

① See Marchette Chute, *Two Gentle Men*, E. P. Dutton & Company, 1959, pp. 27-28.
② See Leach Barbara Harman, *Costly Monuments*: *Representations of the Self in George Herbert's Poetry*, Cambridge: Harvard University Press, 1982, p. 183.

对待圣经。《圣经》第二首延续了第一首对圣经的赞美语调，将圣经喻为"充满星星的书"（a book of starres），它所发出的光芒会让人得到永恒的福佑。

《天堂》（"Heaven"）包含了说话者的声音以及通过斜体单词表现的回音之声，两者构成的对话声音也告诫了圣经的重要性。贾妮斯·勒尔（Janis Lull）指出诗篇中的提问者就像一个在寻求知识的教理问答者。[①]首先，说话者提出疑问："哦，谁会向我展示天堂的那些喜悦？"（O who will show me those delights on high?）（656，第1行）"回音"（Echo）回答道："**我**。"（*I.*）（656，第2行）大部分的评论家认为这里的回音是圣经的神圣书页发出的神圣之语；然而，说话者质疑了回音的回答，并指出众所周知的是回音并非永恒的。说话者继续对回音提问："你不是出生在树林与叶子中吗？"（Wert thou not born among the trees and leaves?）（656，第5行）"树林"原指《变形记》中的回音源自于树林，是树林的精灵；而《诗篇》（1：2）中写道："他要像一棵树栽在溪水旁，按时候结果子，叶子也不干枯"，这将人比喻为树，按时结果、叶子不干枯则强调了人像树一样受到上帝的浇灌与眷顾，强调了上帝对人的恩典，因此，《天堂》中的"树林"亦可以理解为人；叶子（leaves）可谓双关语，既指树叶又隐射了圣经的书页，指涉了圣经；在第9行中，说话者继续追问是什么样的叶子？回音回答道："**神圣的**"（*Holy.*）（656，第10行），这就表明圣经的神圣性；说话者继而问道：神圣的书页是不是"天赐之福"（blisse），并得到了回音肯定的回答；在第13~16行中，说话者又通过与回音对话问答的形式将圣经称为"**光**"（*Light*）、"**喜悦**"（*Joy*）与"**安逸**"（*Leisure*），并且在诗篇最后两行指出圣经给予的光、喜悦与安逸能够永恒，强调了圣经的重要性。

圣经是16~17世纪宗教改革家关注的焦点。对于中世纪神学家来说，圣经是不能随意阐释的，必须在基督教会历史延续的处境下对圣经

---

① See Janis Lull, *The Poem in Time：Reading George Herbert's Revisions of The Church*, Newark：University of Delaware Press, 1990, p.135.

做出解释。①关于圣经的"传统"观念包含了两层意思："传统一"是教义的单一来源说，即教义是基于圣经；"传统二"则是教义的双重来源说，即教义是基于两种颇为不同的来源，包括圣经和没有成文的传统。大部分宗教改革家批评这种教义的双重来源说。宗教改革时期，"唯独圣经"（Sola Scriptura）的观念成为宗教改革家伟大的口号之一，它表现出了宗教改革家对圣经的重视，并把圣经的权威建基于它与上帝话语的关系之上。"唯独圣经"的原则包括两项内容：（1）改革家强调不论是教宗、议会还是神学家的权威，均从属于圣经；（2）改革家主张教会内的权柄不是源于拥有职位者的地位，而是来自他们所奉行的上帝的话语。改革家将主教的权柄（或新教的同等职位）建基于他们是否忠于上帝的话语之上。② 17世纪新英格兰教徒威廉·奇林沃思（William Chillingworth）指出："圣经，容我再说，唯独圣经才是新教徒的信仰。"③ 加尔文在《基督教要义》的第7、8章着重讨论了圣经与人、圣经与教会的关系。加尔文指出"圣经是神的话"，对人具有引领的作用。④随后，他又指出"圣经的权威不是来自教会，而是来自神"，"圣经是教会的根基"⑤。上述新教代言人的言论均凸显了圣经至高无上的地位。然而肯定圣经绝对权威的新教中也存在分歧：早期新教内部的权力斗争涉及谁有权威解释圣经的问题，这控制了宗教改革运动不同派别的意识形态，也操控了社会与政治的观点。这种对圣经权威的强调实际上也反映出当时的宗教改革家对神职人员以及教会的态度：通过"唯独圣经"的原则，改革家表明主教的权柄与功能都是源于对上帝话语，教会的权柄也是建基于教会对圣经的忠诚。这样的观点否定了中世纪主教以及教会拥有的特殊权力，肯定了个人有权在圣灵的带领之下，自行对圣经进行解释。对圣经重要性的强调与《三十九条信纲》（*The Thirty-*

---

① 参见〔英〕阿利斯特·麦格拉思《宗教改革运动思潮》，蔡锦图、陈佐人译，中国社会科学出版社，2009，第141页。
② 同上书，第148页。
③ 同上书，第145页。
④ 参见〔法〕约翰·加尔文《基督教要义》，第111页。
⑤ 同上书，第113页。

Nine Articles）中的第六条是一致的，该条的内容为："圣经包含了一切获得拯救的必要的东西。"（Holy Scripture contains all things necessary to salvation）① 此外詹姆斯一世也非常重视圣经，在其赞助之下，圣经于 1611 年被译成英文，从而出现了闻名的詹姆斯一世版本的圣经。自此，英国平民也可以持有圣经，对圣经进行不同的阐释与理解。圣经对基督徒的影响力也更为强大，其重要性也随之增长。实际上，圣经对赫伯特也产生了深刻的影响。布洛克指出："在他（赫伯特）的诗歌中圣经的影响如此明显，这是因为圣经铸造了他的生活。"② 对于赫伯特来说，理解圣经与自我理解紧密相连，因为在任何情况下，他都将圣经作为生活的来源与向导，作为其人性、自我之镜，③ 亦即赫伯特对自我的认知是通过借鉴圣经实现的。然而，我们也知道自我表达是使它适合被记录在责任与义务的所有结构中④，因此告诫圣经重要性的牧师也是赫伯特在当时的宗教文化语境之下自我外在维度的呈现，表现出了赫伯特作为 16~17 世纪持有新教思想与情感的神职人员之自我。

诗集部分诗篇还传递了牧师的重要性。《教堂廊柱》第 72 节首先点明牧师的地位——"他是你的审判者"（he is thy Judge），随后指出"上帝认为布道愚蠢"（God calleth preaching folly）。该诗行与《哥林多前书》（1：21）的内容一致："神就乐意用当作愚拙的道德拯救那些信的人。"参照圣经原文，说话者传递了这样的信息：牧师是神用来拯救信徒的工具。说话者随后又告诫听者，即使牧师的布道蹩脚糟糕，他们也有功用——让听者学会耐心。第 74 节直接告诫听者不要嘲笑牧师的语言或是表情，而应当因热爱上帝继而爱牧师。

诗篇《牧师》（"The Priesthood"）第 5 节论述了牧师的作用：牧师是

---

① B. J. Kidd, *The Thirty-nine Articles： Their History and Explanation*, Volume 1, London： Rivingtons, 1899, p. 93.

② Chana Bloch, *Spelling the Word： George Herbert and the Bible*, p. 2.

③ See John Drury, *Music at Midnight： The Life and Poetry of George Herbert*, p. 8.

④ See Ronald Bedford, et al., *Early Modern English Lives： Autobiography and Self-Representation* 1500 - 1660, p. 4.

上帝选择的"器皿"(vessels),并且是让上帝允诺成为我们食物的人。"当上帝成为我们的食物"(When God vouchsafeth to become our fare)(552,第 26 行)实际上隐含了圣餐的含义,即牧师使上帝允诺给予人救赎;而牧师被比喻为盛放圣餐的器皿,这就强调了牧师可以消除上帝的神秘性,传递恩典与救赎;诗节最后一行指出牧师的纯洁之手将上帝带给我,再次强调了牧师有助于人获得恩典与救赎。《亚伦》("Aaron")以冥想抑或独白的模式,阐述了牧师的重要性。诗篇第 1 节首先描述了基督教历史上第一位牧师亚伦的衣着:头戴着神圣的法冠,胸牌上戴着用于占卜的乌陵和土明,神圣的袍子底边挂着铃铛。亚伦的神圣铃铛可以将死者引向生命与安息,这强调了牧师能够让死者复活,将之带入天堂。《教堂窗户》("The Windows")是一首与教堂建筑相关的诗歌,也是赫伯特创作的最为动人的一首诗,这首诗并不是关于有污点的教堂窗户如何激发人的虔诚,而是表明牧师就是一扇窗。①在第 1 节中,说话者向上帝指出人如同易碎的玻璃,无法承担宣讲上帝永恒之道的职责。该节第 3~5 行指出上帝在圣殿中给予人一个光荣且超凡的位置,获得该位置的人便是牧师。第 2 节详细讲述了牧师的作用:牧师如同教堂窗户的玻璃,上帝将自己的故事刻在"牧师"这块玻璃上,那么上帝的光既能照耀牧师,又能通过作为玻璃的牧师,普照更多的人;换言之,牧师是上帝与世人的中介,起到了传递上帝荣耀的作用,上帝的荣光会因为牧师的传递而变得更为神圣,并且可以感化那些原本阴郁之人。最后一节指出人的语言是浮华之物,不能进入人心;牧师只有结合代表上帝的教义、生命、色彩与光,才能够获得尊重与敬畏,这也是牧师的职责之所在。

对牧师身份的论述与宗教改革时期对神职人员地位的争议具有密切关系:罗马天主教认为神职人员的重要性不可匹敌;但是新教却指出神职人员是上帝的工具,其重要地位是源于上帝授予的职位,因此只是上帝的代言人。有一部分极端的新教徒甚至认为可以取消神职人员,因为他们相信

① See Christopher Hodgkins, *Authority, Church, and Society*, Columbia and London: University of Missouri Press, 1993, p. 169.

所有人都可以根据自己的理解来阐释圣经内容，因此神职人员没有任何地位。在对神职人员地位争议颇多的文化语境之下，赫伯特通过说教的牧师这一人物形象强调了牧师的重要性，进而表明了他对牧师的态度：牧师是上帝授予的职位，他可以引领人获得恩典与救赎，具有重要的作用，因此可以忽视牧师本人所存在的缺点。这种观点在《乡村牧师》中也有体现：在《乡村牧师》第一章《一位牧师》（"Of a Pastor"）中，赫伯特如此定义牧师："牧师是基督的代言人，他可让人归顺上帝。……牧师集尊严与职责于一身：其尊严在于通过其权威与代理者的身份，他可以做基督所做的事情；而其职责在于为了教义和生命，追随基督，做基督所做之事。"①赫伯特对牧师的定义与《圣殿》中对牧师重要性的论述都是一致的，即牧师不必"聪明、有学识，或有雄辩的口才，而是要神圣"②。赫伯特并且指出牧师具有三个职责：向所有教众灌输关于救赎的知识；用其知识建造精神圣殿以及传递这种知识，并且付诸实践。③换言之，牧师的主要作用便是对教众产生正面、积极的影响。这也是身为牧师的赫伯特在现实生活中身体力行的。赫伯特时刻谨记牧师的职责，向教众灌输基督教教义，并且在日常生活中也身体力行。赫伯特本人十分重视牧师的告诫作用，这可以从沃尔顿的《乔治·赫伯特先生的生平》取证：赫伯特步行前往索里兹伯利的途中，遇见一位陌生人，随后便与之探讨信仰问题，并问了他一些问题，在得到答案之后，他又讲述了许多用来检验自身是否虔诚的规则；另一次前往索里兹伯利时，他遇到了附近的另一位牧师，在讨论的过程中该牧师提及曾经虔诚之人的堕落以及教众对牧师的蔑视等问题，赫伯特指出能够治愈这种现象的方法便是恢复那已被人遗忘，却至关重要的教理问答职责，因为许多贫穷和无知的俗世之人都依靠教理问答以获得拯救，同时赫伯特向该牧师指出教理问答可以用来治愈该时期的罪恶以及日渐得势的无神论。因此，

① George Herbert, *The English Works of George Herbert: Newly Arranged and Annotated and Considered in Relation to His Life*, Volume 1, p. 210.
② Ibid., p. 224.
③ Ibid., p. 265.

作为牧师，他们应当进行教理问答，并且要满怀热情地去做。①正是因为赫伯特认为教理问答具有重要的作用，他在日常生活中贯彻自己的想法。每个周日的下午，他都会在布道坛里进行教理问答，时间总会超过半个小时，并且总会因为顺从的、满座的教众感到高兴。②因此，与诗集中的说话者一样，作为牧师的赫伯特也意识到了身为神职人员应当履行的职责。

《圣殿》中的说话者还通过对话体形式向听者传递了基督代表的恩典与仁爱的宗教思想，这在《仁爱喜悦》（"Love-joy"）、《耶稣》（"JESU"）以及《神圣的洗礼》（"H. Baptisme"Ⅰ）第一首中有所体现。《仁爱喜悦》中出现了两个对话的人物角色"我"以及与之对话的"那人"，两者之间的对话形式与教理问答中一问一答的形式相同。诗篇构建场景如下：说话者看见字母 J 与 C 被釉烧在葡萄藤的每一串葡萄上，站在一旁的人询问说话者 J 与 C 有何意义。针对旁人的问题，说话者指出 J 与 C 代表喜悦与仁爱。最后旁观者肯定了说话者的回答，并补充到 J 与 C 就是代表耶稣基督（Jesus Christ）。《耶稣》（"JESU"）中的说话者讲述了以下故事：基督被深刻在其心中，但一次疼痛使他的心成为碎片。于是，他四处搜寻，相继找到了字母 J、E、S、V 并将字母拼凑到一起，组成了"JESU"，而正是"JESU"解除了他心中的痛苦，这就体现了基督的救赎力量。《圣玛利亚》（"Marie Magdalene"）以第 1、3 节诗中的说话者与第 2 节诗中的另一个说话者之间进行对话的形式展开，讲述了为基督涂脚油的悔改妓女最终得到基督赐福的故事。第二节中的说话者提出疑问：为什么不洁的玛利亚为圣洁的基督洗脚，基督却不会被她玷污？针对说话者的疑问，第一个说话者在第 3 节中指出在清洗基督的脚时，玛利亚让自己和基督同时变得洁净，这表明圣洁的基督承担了玛利亚的不洁与污秽，即基督承担了玛利亚的罪，她也因此变得洁净，这展示了基督的救赎力量。在《神圣的洗礼》第一首中，认识到自我之罪的说话者眼神飞向了水；在第 2

---

① George Herbert, *The English Works of George Herbert: Newly Arranged and Annotated and Considered in Relation to His Life*, Volume 1, pp. 328-329.

② Ibid., p. 325.

节中，说话者指出这水是源于拯救者被刺穿的身体，这样的水能够阻止其罪孽加深。因此，洗礼之水实际上是指基督受难时从身上流出的血，它可以让人获得救赎，象征基督的救赎力量。

对基督恩典的讨论实际上与宗教改革时期强调的"唯独基督"（Solo Christo）与"唯独恩典"（Solo Gratia）具有密切的关系。可以说"五个唯独"是宗教改革精神的总结："唯独基督"呼唤教会回归"基督是神人之间唯一中保"的信仰立场，强调救赎唯独借着基督的工作才能得以全然成就；而"唯独恩典"是指唯独靠恩典得救，这是宗教改革的核心口号。改革家认为基督徒在神面前的义是因为基督的工作白白归算给教徒的，人没有任何功德，完全是恩典。因此，对基督以及基督代表恩典的论述实则凸显了宗教改革家的新教精神。

诗篇中的说话者倡导了圣经记载的基督教教义、美德，且警示基督徒远离基督教忌讳的各种罪行，同时强调了圣经、牧师以及基督恩典与救赎的重要性。总的来说，诗篇中说话者倡导的内容与新教所信奉的"唯独圣经"、"唯独基督"与"唯独恩典"三个原则一致。结合赫伯特在日常生活中的行为可见，说话者所论述的观点也是赫伯特本人对基督教教义、基督教传统中的美德与罪的认知，呈现了赫伯特对圣经、牧师的重要性以及恩典与救赎的观点，传达了作为新教神职人员的赫伯特的宗教精神。德里达认为我们寻求被别人听见、被我们的文化听见、被将来的文化听见。在这个追寻的过程中，我们肯定了在"自我"之外的那个主体性。[①]通过诗篇中进行说教、发出告诫的声音，赫伯特实际上展现了作为新教神职人员之自我，这也是赫伯特在诗集中建构的外在身份之一。

---

① See Debora Kuller Shuger, *Habits of Thought in the English Renaissance: Religion, Politics and the Dominant Culture*, Berkeley and Los Angeles, California: University of California Press, 1990, p. 6.

第二节 "折中"宗教政策倡导者

舒格指出文艺复兴时期的宗教为各种分析提供了主要的语言媒介。宗教是文化母题，王权、自我、理性、语言、婚姻、道德等话题都与上帝和人的灵魂相关，因此，它们都可以在宗教话语中表达出来。这也是为什么说英国文艺复兴不仅仅是关于个人宗教信仰的时期，也是一个宗教文化时期。[①] 赫伯特的《圣殿》也提供了宗教话语：《圣殿》中的说话者对崇拜礼仪进行了讨论。在基督教中，"崇拜礼仪"一般是指宗教仪式上遵守的一系列标准化的事件。早期的基督徒通常用"崇拜礼仪"一词来描述最为重要的崇拜行为，即礼拜日的圣餐仪式。崇拜礼仪是一种双向的礼仪模式：一方面，通过崇拜仪式，作为神职人员的基督徒可以通过洗礼进入基督，高度地参与到神职人员的职务之中；另一方面，它也是上帝的神职人员为参加崇拜礼仪之人服务的一种仪式。赫伯特在《圣殿》中建构的牧师对各种崇拜仪式都进行了讨论，其中包括圣诞节、圣灵降临节（Whit Sunday）、三一节（Trinity Sunday）、受难节（Good Friday）、晚祷（Evensong）、晨祷（Matins）以及圣洗礼（Holy Baptism）等崇拜仪式，而讨论得最为频繁的则是圣餐礼仪（The Eucharist）。在贝尔德·W. 惠特洛克（Baird W. Whitlock）看来，赫伯特的诗歌直接表达出了英格兰国家教会对圣餐的定义，即"神圣恩典的外在形式"，赫伯特成了以圣餐为主题的文学实践者。[②] 康斯坦丁诺斯·A. 帕特里德斯（Constantinos. A. Patrides）指出，《圣殿》中的圣餐仪式可视为"赫伯特感知的精髓"[③]。在讨论圣餐礼仪的过程中，说话者首先肯定了圣餐代表着上帝的恩典与救赎；在确定圣餐基

---

① See Debora Kuller Shuger, *Habits of Thought in the English Renaissance*：*Religion*，*Politics and the Dominant Culture*, p. 6.

② See Baird W. Whitlock, "The Sacramental Poetry of George Herbert," *South Central Review* 3：1 (1986)：37.

③ C. A. Patrides, *George Herbert*：*The Critical Heritage*, p. 17.

本内涵的基础之上，又对圣餐以及与圣餐相关的救赎思想进行了进一步论述；借由对圣餐的阐释，说话者实际上宣扬了独立进行宗教改革的英格兰国家教会所实行的宗教政策与主张。罗伯特·埃尔罗特（Robert Ellrodt）在分析七位玄学派诗人时，用诗歌作为证据，指出这些玄学派诗人拥有一个"不变的自我"。他发现这些诗人出现了"自我意识"或是"自我反思"，这种"自我意识"与"自我反思"将活动的主体转变成为一个客体。① 赫伯特也是具有"自我意识"与"自我反思"的个人。对宗教礼仪崇拜的讨论既表达了赫伯特宗教情感，也是赫伯特在巴罗克宗教文化语境之下自我关注的一种形式。圣餐礼仪传递的"折中"宗教政策与主张是赫伯特在实际生活中奉行与倡导的，反映了赫伯特在诗歌创作过程中建构的另一外在身份：英国"折中"宗教政策倡导者。

《圣殿》诗集的部分诗篇在描述圣餐时表明圣餐代表的是恩典与救赎。在《祭品》（"An Offering"）中，说话者指出基督徒的心便是献给上帝的祭品，并在第 4 节描述了圣餐的力量：

> **释义：** 有一块香膏，或确切地说一滴血，
> 从天堂中降落，它既洗净又愈合了
> 各种伤口；它具有如此神奇的力量。
>
> There is a balsome, or indeed a bloud,
> Dropping from heav'n, which doth both cleanse and close
> All sorts of wounds; of such strange force it is.
>
> （510，第 19~21 行）

具有"神奇力量"，能让所有伤口洁净愈合的"香膏"和"血"隐射了基督的献身与救赎。除了直接描述圣餐的救赎作用之外，许多诗篇主要

---

① See Robert Ellrodt, *Seven Metaphysical Poets: A Structural Study of the Unchanging Self*, Oxford: Oxford University Press, 2000, p. 7.

通过将基督与食物、植物和花园等意象联系，以讨论圣餐礼仪。

　　根据基督教文化传统，人与上帝之间的亲密关系因亚当、夏娃偷吃禁果被破坏，这种被破坏的关系可通过进食行为修复重建。圣餐中的食物是身体与灵魂的终极食物，它给予身体营养的同时对灵魂进行规训和庇佑。①因此，圣餐是修复人与上帝之间的关系、使人得到恩典与救赎的重要仪式。说话者在部分诗篇中将食物与基督关联，探析了圣餐代表恩典与救赎的内涵，这种声音在《圣餐》（"The H. Communion"）、《筵宴》（"The Banquet"）、《这串葡萄》（"The Bunch of Grapes"）以及《和平》（"Peace"）中均有体现。

　　《圣餐》采用了第一人称叙述，说话者的言说对象是"你"，也就是基督。诗篇第1节讲述了基督被世人出卖，却救赎世人的故事。第2节从基督拯救世人转向了基督救赎说话者：基督通过营养与力量的方式进入说话者的心中，并从心扩散到身体的每一个部分，与身体中的罪相遇。"营养与力量"（nourishment and strength）实际上是指圣餐中的面包与酒，亦即基督的恩典以食物的形式进入人的身体，对人产生影响。在第3、4节中，说话者详述了以食物形式进入自我身体的基督产生的影响：食物给予的营养和力量不能到达灵魂，但是可以控制反叛的肉身，借由基督的名字，他们可让罪与羞耻感到害怕。真正能够影响人之灵魂的乃是通过食物传递的恩典，他拥有灵魂的钥匙，可以开启灵魂之门。在第5~7节中，说话者呼吁基督救赎困在肉体的灵魂，或者让肉体能够得以提升，唯有如此，说话者的肉体与灵魂才能够真正合一，进入天堂。最后一节再次将基督的恩典与食物联系：基督通过神圣的血使人们能够接触到天堂；圣餐中的食物亦是基督传递恩典，让说话者到达天堂的方式。由此可见，圣餐中的食物与基督神圣之血等同。

　　与《圣餐》异曲同工的是《筵宴》。在诗篇第1节，基督的身体与酒菜形成类比。第1行中"甜蜜的"（sweet）和"神圣的"（sacred）都是修

---

① See Michael C. Schoenfeldt, *Bodies and Selves in Early Modern England*: *Physiology and Inwardness in Spenser*, *Shakespeare*, *Herbert and Milton*, Cambridge: Cambridge University Press, 1999, p. 100.

饰 "cheer" 这个名词；用作名词的 "cheer" 意为 "酒菜"，在圣餐语境中，酒菜与基督的身体等同。说话者欢迎 "酒菜" 进入其身体，就是希望与酒菜象征的基督融合。精美的酒菜带来的喜悦是舌头无法品尝或言说出来的，这表明这种酒菜，即基督的身体，对灵魂的震慑力量。说话者紧接着将基督的身体分别与酒和面包关联。在第 2 节中，说话者问道：

> **释义**：是否某颗星星（从天体逃匿）
>
> 在此融化，
>
> 如同我们将糖融化于酒？
>
> Is some starre (fled from the sphere)
>
> Melted there,
>
> As we sugar melt in wine?
>
> （628，第 10~12 行）

威尔克科斯指出赫伯特诗歌中的星星通常指代基督的恩典。[①]这种恩典融化在酒中，赋予酒以救赎力量，酒便成了基督的化身；第 3 节中的 "面包" 亦指基督的身体，其芳香可抑制罪恶，则指基督可以驱除人的原罪；第 4 节延伸了酒和面包的类比，强调基督道成肉身可让有原罪的人变得圣洁。在第 5 节，说话者运用奇喻，将基督身体与香丸、香木类比，再现了基督受难的场景：

> **释义**：但就像香丸与香木一样
>
> 仍然美好，
>
> 虽被碾碎亦芬芳且更浓郁：
>
> 主啊，为显示他的爱能多大程度

---

① See George Herbert, *The English Poems of George Herbert*, p. 629.

提升人类，

在此，被碾碎呈现。

But as Pomanders and wood

    Still are good,

Yet being bruis'd are better sented：

God, to show how farre his love

    Could improve,

Here, as broken is presented.

（628，第 25~30 行）

  完整的香丸与香木固然美好，但如果将之碾碎，它会变得更加芬芳。基督的身体具有与香丸和香木相似的特征：基督在生时可普世救人，当被钉在十字架上，将由基督身体和血液变体而来的面包和酒给众人分食，可让更多人感受到他的爱。基督并未因丧失生命而失去影响力，相反，他对人的净化作用随身体的碎裂而加强。在第 7 节中，说话者说道："在酒杯中/他确实很好地满足了我的口味。"（In a cup/ Sweetly he doth meet my taste）（628，第 38~39 行）"在酒杯中"指装在酒杯中的、由基督血液变体而来的酒。根据珍妮·C. 亨特（Jeanne Clayton Hunter）的理解，"满足我的口味"包含三层意思：圣餐带来感官享受；圣餐提供了精神上的满足；基督已通过圣餐的形式为人类赎罪，因而人最终可以进入天堂。①因此，"酒杯中"的酒"满足口味"实际上将基督的血液隐喻为甘甜养人、对人的灵魂有救赎作用的酒。这种圣化的酒使人在感官、精神上均有所升华，它变成了翅膀，使说话者拥有神圣的力量，最终可飞向天上乐园，再次强调了圣餐的救赎作用。

  此外，说话者还将葡萄与基督联系，对圣餐进行讨论。在《这串葡

---

① See Jeanne Clayton Hunter, "'With Winges of Faith': Herbert's Communion Poems," *Journal of Religion* 62（1982）：63.

萄》中，说话者将旧约中象征富饶的葡萄与新约中象征恩典的葡萄进行对比，并表明他尊崇的是后者。"但他还想要葡萄吗，那已拥有酒的人？／我拥有那葡萄且更多"（But can he want the grape, who hath the wine? ／ I have their fruit and more.）（449，第22~23行）可理解为当"真正的葡萄"基督已献身、成为圣餐中的美酒，完成救赎的承诺时，人们怎么还会认为自己没有得到象征着上帝应许之地的那一串葡萄呢？"但我必定更为尊崇他"（But much more him I must adore）（449，第26行）中的"他"指基督，即与让以色列人得到富饶之地的耶和华相比，说话者更加崇敬的是基督，因为他将"苦汁"（sowre juice）变成了"美酒"（sweet wine）。"苦汁"指基督被钉在十字架上时喝的醋，美酒则是由其血液得来、具有救赎意义的酒。由此，基督的身体成了放入酒醉中榨取美酒的"真正的葡萄"。

《和平》以说话者对和平的寻求为线索，目的是发掘并定义真正的和平。在第1节中，说话者四处打听，迫切想知道和平的住所。在第2~4节中，说话者分别叙述了在洞穴中寻求和平、在彩虹上寻求和平、在花园寻求和平以及在耶路撒冷寻求和平的经历。"隐秘的洞穴"（a secret cave）、"彩虹"（rainbow）、"花园"（garden）以及"塞勒姆"（Salem）都具有象征意义。"隐秘的洞穴"象征了遁世之所；"彩虹"象征了耶和华与诺亚在洪水退去之后的彩虹之约；"花园"与圣经中的伊甸园关联，代表了人类堕落的场所，也可以指基督被钉十字架的客西玛尼花园（the Garden of Gethsemane）；"塞勒姆"则指圣地耶路撒冷。然而说话者在这些地方都未能找到和平。在第4节中，说话者表明真正能够带给人和平的只有基督，并在第5节中将基督的身体与小麦、粮食联系。说话者指出"死后他的坟墓长出／十二支麦秆"（But after death out of his grave／ There sprang twelve stalks of wheat）（438，第27~28行）。此处基督的身体被类比为小麦，从其身体长出的十二支麦秆象征十二使徒。[①] 在第6节中"它异常繁茂"（It prosper'd strangely）的"它"既可指教会，也可指由基

---

① See Rosemond Tuve, *A Reading of George Herbert*, Chicago: The University of Chicago Press, 1952, p.57.

督身体变体而来的小麦。根据第二种理解，品尝过该小麦的人可以驱除内心的罪恶，则表明小麦对人类的救赎，这与圣餐的救赎意义联系起来，因此小麦与基督的身体对等。圣餐叙述在第 7 节更为直白，"take this grain"模仿了基督在确定圣餐礼仪时对众门徒所说"take, eat, this is my body"这一句式，该模仿使基督的身体与粮食等同。基督又命将粮食制成面包，意味着将与粮食等同的基督身体碾碎，体现了基督的受难。通过基督的献身和受难，人可以找到真正的和平，即表明真正的和平源于基督的恩典与救赎。

除了将食物与圣餐结合之外，《圣殿》中的说话者还将植物与圣餐的内涵联系。洛伦佐·斯库波利（Lorenzo Scupoli）指出，"世界上的任何事物都可以与基督的生命与死亡联系……我们身边的任何事物都会让你想到他"。①莱瓦斯基也指出世间万物常被新教诗人用作象征上帝与圣餐相关的事物，可通过它们了解上帝。②两位学者的话语表达了世间万物是了解上帝、感受上帝的重要媒介这一观点。说话者在许多诗篇中将植物、花园与圣餐叙述结合体现了与两者一致的观点，即上帝创造的事物展示基督对人的恩典与救赎，其中具有代表性的诗篇包括《基督的献身》、《花》（"The Flower"）以及《乐园》（"Paradise"）。

根据基督教传统，生命树和十字架实际上是合为一体，具有洗涤人身上的罪恶，让人得到救赎的作用，这也是圣餐的内涵。人在知识树下失去受上帝宠爱的地位，在生命树或"十字架之树"下重新获得受宠的地位，基督的身体就是那让人获得救赎的"生命树"与"十字架之树"。《基督的献身》中的说话者是以第一人称进行叙述的基督。在第 51 节中，基督向所有的路人说道：

释义：你们所有路过的人，来看看；

---

① Lorenzo Scupoli, *The Spiritual Combat*, trans. by William Lester and Robert Mohan, Westminster: Newman Bookshop, 1974, pp. 69-70.

② See Barbara Kiefer Lewalski, *Protestant Poetics and the Seventeenth-Century Religious Lyric*, p. 162.

　　人偷了果实，但我必须爬上树去；

　　所有人的生命树，只有我：

　　　　有谁像我如此悲哀？

O all ye who passe by , behold and see;

Man stole the fruit, but I must climbe the tree;

The tree of life to all, but only me :

　　　　Was ever grief like mine?

　　　　　　（102，第 201~204 行）

　　基督的话语中隐含了"知识树"、"十字架之树"和"生命树"的意象。"人偷了果实"指亚当与夏娃违背上帝的命令，偷吃知识树上的禁果，致使人失去永生，走向死亡。不同学者对"我必须爬上树去"有不同的阐释：威廉·燕卜荪（William Empson）在《晦涩的七种类型》（*Seven Types of Ambiguity*）中认为"爬上树去"是指基督爬上知识树，替代被亚当、夏娃偷走的果实。①根据燕卜荪的理解，基督变成了苹果。罗斯蒙德·图夫（Rosemond Tuve）则认为"必须"一词表明基督是主动、自愿被钉在十字架上，"爬上这棵树"指爬上十字架。②根据图夫的阐释，基督"爬上这棵树"可理解为基督主动爬上十字架，承担人所犯的罪，人的罪可以得到原谅，进而获得救赎。此时，基督爬上的树便是知识树、十字架之树和生命树的合体，基督与三种树合体而成之树等同。

　　在诗篇《花》中，基督的身体被类比为树根和花园。在第 1 节中，说话者指出主的归来是清新、甜蜜而又圣洁的，可让悲痛消逝。"主的归来"指基督的复活；"悲痛消逝/ 如同五月的雪"（Grief metls away, / Like snow in May）（567，第 5~6 行）则指基督的救赎力量。说话者在第 2~7 节分别将基督与树根、花园类比，将基督徒与花儿类比。诗篇第 2 节内容如下：

---

① See William Empson, *Seven Types of Ambiguity*, London: Chatto and Windus, 1949, p. 232.

② See Rosemond Tuve, *A Reading of George Herbert*, p. 57.

释义：　　　谁曾料想我那枯萎的心

会重获新绿？它已

深入地底；如同花儿离开枝头

去陪同母亲似的根茎，在它们荼蘼之际；

Who would have thought my shrivel'd heart

Could have recover'd greennesse? It was gone

Quite under ground; as flowers depart

To see their mother-root, when they have blown;

（568，第 8~11 行）

"枯萎的心会重获新绿"可有两种阐释：一为基督受难后复活；二为获得新生的基督徒。按第二种理解，离开枝头的花朵就是基督徒，如同母亲的根是基督。作为根的基督可向作为花儿的基督徒提供生命和养分，即便花儿离开了枝头，最终也会进入埋藏着根的泥土之中，这就象征着基督徒最终回到了生命源泉之处，即基督所在之处。回到基督身旁的基督徒最终能进入天堂、走向神圣。在第 4、5 节中，基督徒分别被喻为"向着天堂、迅速成长"（Many a spring I shoot up fair, / Offring at heav'n）（568，第 24~25 行）的花以及"笔直向上生长"（I grow in a straight line/ Still upwards bent）（568，第 29~30 行）的植物，基督则被类比为呵护花草的乐园。在基督身体的乐园内，一切事物都受到庇护，其他一切力量皆无法介入。①在第 6 节中，被比喻为花的基督徒因闻到"雨露"的味道而再次开放。根据圣经阐释，"雨露"实际上是基督恩典的表现形式，通过基督的恩典，已经枯萎死去的基督徒亦可重生。说话者在最后一节中指出，仁爱的基督"让我们确信我们只是那悄然凋谢的花"（To make us see we are but flowers that glide）（569，第 43 行），并且"您为我们提供一个花园，让我

---

① See Stanley Stewart, *The Enclosed Garden: The Tradition and The Image in Seventeenth-Century Poetry*, Madison, Milwaukee, and London: University of Wisconsin Press, 1966, p. 50.

们栖居"(Thou hast a garden for us, where to bide)(569，第46行）。作为花园的基督向作为花的基督徒提供栖居场所，即基督庇佑基督徒，再次强调了基督的恩典与救赎。

《乐园》中的说话者将基督徒的身体类比为树，将基督的身体类比保护树木的花园：

> 我祝福你，主啊，因为我　　生长
> 在你的树木间，这些树木排列　成行
> 并长出果子和秩序，感谢你的　荣光。
>
> 有什么隐秘的魔力或公开的　　力量
> 能使我的果子干枯，或把我　　损伤？
> 那圈起的篱墙是你的　　　　　臂膀。①

在第1节中的"树木"指好的基督徒，他们在基督身体的乐园中井然有序，会结出果实；在第2节中，基督的臂膀被比作花园的篱墙，生长在篱墙之中的花木不会有任何损伤，即表明蒙受基督恩典的人会得到保护与救赎。

在承认圣餐代表基督恩典与救赎的基础之上，诗集中对圣餐的论述实际上涉及了当时关于圣餐的争论。在宗教冲突剧烈的16~17世纪，不同教派对圣餐的阐释不尽相同。罗马天主教信奉"圣餐变体说"（transubstantiation），认为圣餐是对基督在骷髅地献身场景的再现，圣餐仪式中饼和酒的外在形式不变，祝圣后，其本质上变成了基督的临在。宗教改革家虽一致反对罗马天主教的"圣餐变体说"，但茨温利派和路德派对圣餐本质的争论亦十分激烈。胡尔德莱斯·茨温利（Ulrich Zwingli）提出，基督在最后的晚餐所说"这是我的身体……这是我的血"仅表隐喻意义。

① 译文转引自胡家峦《历史的星空：英国文艺复兴时期诗歌与西方传统宇宙论》，第177页。

基督的身体与血并不临在圣餐中，圣餐仅是对基督的纪念，这就是茨温利派的"纪念主义"（memorialism）①。路德派则信奉"圣体同质说"（consubstantiation），他们保留了天主教的"真在论"（Real Presence），认为圣餐仪式中经祝圣的酒和面包即基督的血和肉，并非罗马天主教所信奉的由其血和肉变体而来。路德派信仰基督无处不在，他存在于饼和酒之中、之下（in，with and under the communion elements）。②加尔文派一方面否定茨温利派提出的"纪念主义"；另一方面也拒绝路德派提出的"圣体同质说"。加尔文认为圣餐"并不只是为我们提供基督的身体，乃是要给我们印记基督的应许"，领圣餐是凭信领受实在的、属灵的基督，是获得上帝恩宠的证据。③在他看来，真正的食物并非源于圣餐中的饼和酒，而是源于信徒在领受圣餐时坚信基督的受难与复活。④与欧洲大陆诸国相同，独立进行宗教改革的英国新教在该时期亦未形成确切的圣餐教义，陷入了圣餐教义阐释的争论之中。

那么，在认同圣餐代表恩典与救赎基础上，与圣餐相关的争论在诗集中又是如何得以体现的呢？首先，《圣殿》中的说话者在讨论圣餐时频繁地运用了祭坛、圣餐桌、面包、肉、酒、血等意象以及不断重复的"品尝和吃"这一类动词。⑤酒菜、面包、葡萄、肉、小麦、粮食等食物意象因与基督身体类比而获得神性，基督似乎临在食物之中，并通过食物给予人类恩典和救赎。因为"圣餐变体说"强调基督临在圣餐仪式的食物中，所以斯特里尔认为赫伯特如此运用意象容易引导读者从罗马天主教圣餐教义的角度对其诗歌进行阐释。⑥将基督的身体与日常生活中的多种食物联系又体现了路德派信奉的基督无处不在的"圣体同质说"。通过将基督身体与食

---

① See Christopher Hodgkins, *Authority*, *Church*, *and Society in George Herbert: Return to the Middle Way*, 1993, p. 25.
② See Roland H. Bainton, *Here I Stand: A Life of Martin Luther*, New York: Abingdon Press, 1950, p. 140.
③ 参见王美秀等著《基督教史》，江苏人民出版社，2008，第187页。
④ See Christopher Hodgkins, *Authority*, *Church*, *and Society in George Herbert: Return to the Middle Way*, p. 26.
⑤ See C. A. Patrides, *George Herbert: The Critical Heritage*, p. 18.
⑥ See Robert V. Young, "Herbert and the Real Presence," *Renascence* 45: 3 (1993): 184.

物类比的圣餐叙述，说话者表现了路德派、加尔文派以及茨温利派都信奉的"因信称义"的圣餐救赎思想。例如在《神性》（"Divinitie"）中，说话者说道：

> **释义：**他命我们将其血液视为酒。
>
> 　　　　无论他命令如何；但我确信，
>
> 　　只要吃下他准备好的，
>
> 　　　　便得救了，这显而易见。

> But he doth bid us take his bloud for wine.
>
> 　　　　Bid what he please; yet I am sure,
>
> To take and taste what he doth there designe,
>
> 　　　　Is all that saves, and not obscure.
>
> 　　　　　　　　　　　　（470，第 21~24 行）

"我确信"表明说话者认为基督徒不用担心救赎会以何种方式实现，只要接受和体验基督准备好的一切便可得到救赎，这种思想与宗教改革的各教派倡导的"因信称义"是一致的。这种救赎思想还通过《筵宴》以及《圣餐》中的"上升"隐喻得以体现：在《筵宴》第 6、7 节中，说话者强调圣餐与基督结合之后，人最终可以飞向天上乐园；在《圣餐》第 5 节至第 8 节中，说话者也表明圣餐可使基督徒上升到天堂。这种"上升"都是凭借对圣餐救赎的信仰得以实现，这应和了加尔文在《基督教要义》中表述的观点，即基督徒"是靠着信心的翅膀胜过世界而升到天上"①。将圣餐叙述与植物、花园联系也与强调圣餐代表基督的恩典与救赎相一致。艾米·泰格那（Amy L. Tigner）指出 16~17 世纪的植物是宗教与政治话语

---

① 〔法〕约翰·加尔文：《基督教要义》，第 1061 页。

中强有力的隐喻意象。①弗朗西丝·克鲁克香克（Frances Cruickshank）则认为该时期文人视花园为正统的哲学、神学、政治、美学以及社会秩序的视觉展现。②《圣殿》中植物与花园意象十分丰富，《圣殿》的标题隐含了花园，因为根据圣经文化传统，圣殿是所罗门为上帝建造的住所，与庇护花草的花园一样，它起着庇护基督徒的作用。此外，诗集中还充满了树、花、花园、田野以及公园等的意象。植物与花园意象与圣经文化传统是一脉相承的：圣经中有知识树、生命树、耶西的树以及玫瑰等植物意象；有与花园意象相联系的伊甸园、《雅歌》中新娘"封锁的园"、孕育基督的"玛利亚的花园"以及基督蒙难的"客西马尼花园"。在圣经文化语境中，植物与花园都"象征了神的介入，指涉了恩典的力量"③。这种将植物、花园与恩典与救赎联系起来的阐释"在天主教与非天主教艺术家的作品中均有体现"，并且"十六、十七世纪的天主教与新教诗人都有运用"④。通过融合各教派对圣餐的阐释、将各教派诗人运用的植物、花园意象与圣餐结合，说话者表明无论宗教派别有何不同，无论圣餐教义阐释有何差异，"吃下由上帝的爱转化而来的圣餐，人便可以再次进入封锁的乐园"⑤。亦即无论圣餐仪式中基督是否临在，或以何种方式临在，圣餐最根本的意义便是基督对人的恩典与救赎。进食圣餐的人如同进入了基督的乐园，受到由基督身体变体而来的花园或生命树的保护。虽然人的肉体是短暂的，会受到时间、自然等外在力量的摧残，但是由基督身体变体而来的植物和花园却可以给人的灵魂提供避风港，让人的灵魂得到救赎，走向永恒。

这种对圣餐的论述实际上与宗教改革时期颇具争议的救赎观联系密切。宗教改革时期的不同教派对救赎教义的阐释颇有分歧。根据伊拉斯谟

---

① See Amy L. Tigner, *Literature and the Renaissance Garden from Elizabeth I to Charles II*：*England's Paradise*, Surrey：Ashgate Publishing Limited, 2012, p. 100.

② See Frances Cruickshank, *Verse and Poetics in George Herbert and John Donne*, London：Ashgate Publishing Company, 2010, p. 83.

③ Stanley Stewart, *The Enclosed Garden*：*The Tradition and The Image in Seventeenth-Century Poetry*, p. 59.

④ Ibid.

⑤ Ibid., p. 52.

（Erasmus）对"自由意志"的阐述，荷兰的雅各布·阿米尼乌斯（Jacob Arminus）于 1600 年建构了阿米尼乌斯主义（Arminianism）。阿米尼乌斯主义认为人并非完全堕落，人的意志可以自由选择是否犯罪；上帝是否选择救赎是依赖于人的信仰和善功；基督的赎罪是普世的以及假定的；上帝拯救的恩典可以被世人拒绝；并且真正的信徒也可能会失去上帝的救赎。阿米尼乌斯派的观点与加尔文信奉的完全堕落、无条件的救赎、不可抗拒的恩典的观点相悖，否定了原罪，却肯定了自由意志的重要作用。然而，在 1618~1619 年，荷兰举行了多德雷赫特国际会议（international synod of Dordrecht），参加会议的各国教会均反对阿米尼乌斯对救赎以及自由意志在救赎中的作用的阐述。那么，在肯定圣餐代表基督的恩典与救赎的基础上，《圣殿》中的说话者呈现出了怎样的救赎观点？

首先，在《大斋节》（"Lent"）中，说话者强调了自制对获得救赎所发挥的积极作用，通过对比节制与放纵口腹之欲，诗篇第 4 节论述了节制对身体的影响：节制是美好、圣洁的，它使人思维灵敏，动作灵活；贪图口腹之乐则使人污秽不洁、道德败坏，并最终受到惩罚。因此，俗世的盛宴并不会给人以享受美食的喜悦，反倒让人不适；节制却能给人带来快乐。在第 7 节中，说话者进一步表明节制不仅有益于身体，更让灵魂受益，他说道："谁若走基督走过的路，/更容易与他相会。"（Who goeth in the way which Christ hath gone/ Is much more sure to meet with him）（312，第 37~38 行）"走基督走过的路"指在肉体与精神上紧紧跟随基督，即要节制，这样就更容易获得基督的眷顾。基督"可能会回头，握住我的手"（May turn, and take me by the hand）（312，第 41 行）指人会因节制得到基督的眷顾，进而获得恩典与救赎。通过主动模仿基督的行为，经历基督曾经受过的苦难以获得恩典与救赎是赫伯特认同的一种救赎方式。①《家》（"Home"）也体现了通过节制、控制饮食以追求灵魂救

① See Carl Phillips, "Anomaly, Conundrum, Thy-Will-Be-Done: On the Poetry of George Herbert", in Post Jonathan F. S. Post, ed., *Green Thoughts*, *Green Shades*: *Essays by Contemporary Poets on the Early Modern Lyric*, Berkeley: University of California Press, 2002, p. 139.

赎的观点。在第 7 节中，说话者通过"肉和酒/ 通过牙齿紧紧束缚我们"(this meat and drink，/ That chains us by the teeth so fast)（385，第 37~38 行）表明口腹之欲对灵魂的束缚。随后，说话者将男性对女性的欲望与口腹之欲对比：较之于对女性的欲望，口腹之欲对人的诱惑、威胁更大。控制饮食的美德是基督教教义所倡导的，亚当、夏娃的故事已告诫世人：对食物的渴望会滋生出反抗情绪，正是口腹之欲导致了人类的堕落。斋戒的功能是把身体的那种侵虐性弥散冲动引导和吸收到集体奉行中来，因此通过斋戒实现的节制便是人争取救赎的一种功德，或者说是人自由意志的一种体现。通过将节制与救赎结合，赫伯特表明 16~17 世纪部分新教徒信奉"定可通过自己的善功获得救赎，并相信如果按该方式生活，可凭借上帝的恩典和祷告获得永生"[1]。这与以威廉·劳德（William Laud）和兰斯洛特·安德鲁斯（Lancelot Andrewes）为首的阿米尼乌斯派的观点一致：他们认为救赎不仅是上帝的意志，也包含个人意志的运作；个人可自由选择是否承蒙上帝的恩典，并且可通过对教会施善、慷慨以及在仪式上虔诚等行为来努力争取救赎；节制便是对抗堕落身体，赚取恩典与救赎的一种方式。与此同时，《圣殿》的部分诗歌也体现了加尔文的"预定救赎论"及路德派信义宗的救赎观。其中，《水道》（"The Water-course"）最具代表性：

释义：　他给予人，他觉得适合的 $\begin{cases} 拯救。 \\ 永灭。 \end{cases}$

Who gives to man，as he sees fit $\begin{cases} \text{Salvation.} \\ \text{Damnation.} \end{cases}$

（583，第 11~12 行）

---

[1]　Patrick Collinson，*The Religion of Protestants：The Church in English Society*，1559–1625，New York：Oxford University Press，1982，p. 201.

加尔文将"预定"定义为"神自己决定个人一生将如何的永恒预旨,因神不是以同样的目的创造万人,他预定一些人得永生,且预定其他的人永远灭亡"①。诗篇对"拯救"与"永灭"的特殊排版,形象地表达了"预定救赎论"。同时,它也体现了信义宗坚称的"救赎完全为上帝的作为,人的功德是无用"的观点,完全否定了人在获取恩典与救赎方面的作为。②

由上述分析可见,说话者在肯定圣餐代表基督的恩典与救赎,具有圣化作用的基础之上,融合了各教派对圣餐以及与圣餐相关的救赎观,但是对某一教派的具体观点却又不置可否,而是表现出一种折中、融合的观点,这种中庸之道正是英国解决宗教纷争所采用的方法。英国各教派冲突的表现之一就是对圣餐教义以及与圣餐相关的恩典与救赎的争论。爱德华六世执政期间,英格兰国家教会于 1549 年正式采用了各教会都使用的《公祷书》(Book of Common Prayer);在 1549~1552 年《公祷书》的修改过程中,坎特伯雷大主教托马斯·克兰麦(Thomas Cranmer)一直寻求令人满意的圣餐教义阐释。③ 1552 年 3 月,他求助于加尔文,召开神学家会晤,意图在圣餐教义上达成共识。④ 1553 年,玛丽一世登位后,克兰麦被判为异教,处以火刑,其努力亦付诸流水。1558 年,伊丽莎白一世继位之后,关于圣餐教义的争论再度成为热点,缓和圣餐教义争论成了伊丽莎白的任务之一。英格兰国家教会于 1559 年再次对《公祷书》进行修改,就《公祷书》中圣餐教义阐释而言,1559 年版《公祷书》较 1552 年版措辞更为温和。⑤ 随后出台的《宗教统一法案》(Act of Uniformity and Supremacy)肯定了 1559 年《公祷书》对包括圣餐在内的圣礼阐释的权威性。1563 年,议会与主教会议再次讨论了 1559 年版《公祷书》中的教

---

① 〔法〕约翰·加尔文:《基督教要义》,第 719~720 页。

② Gene Edward Veith, "The Religious Wars in George Herbert Criticism: Reinterpreting Seventeenth-Century Anglicanism," *George Herbert Journal* 11, (1998): 27.

③ See Jeanne Clayton Hunter, "'With Winges of Faith': Herbert's Communion Poems," *Journal of Religion* 62 (1982): 58.

④ See John T. McNeill, *The History and Character of Calvinism*, Oxford: Oxford University Press, 1967, p. 311.

⑤ Ibid.

义阐释，在除圣餐教义以外的许多教义上都达成了共识。约翰·N. 沃尔（John N. Wall）认为，"英格兰国家教会的核心并非确定某一具体教义的地位。"①理查德·胡克（Richard Hooker）在《论教会体制的法则》（*Of the Laws of Ecclesiastical Polity*）中也指出：基督所说的"这是我的身体""这是我的血"表示基督的承诺，因此"我们何必徒劳地去争论圣餐是以'圣体同质说'或是'圣餐变体说'的形式来表现呢？"②实际上，英格兰国家教会的《三十九条信纲》（以下简称《信纲》）对圣餐的阐释也是含糊其辞的：《信纲》第 25 条指出，圣礼"……不仅是基督徒信奉基督的符号，也是神对我们的恩典与善意的确切凭证，以及有效的表象"③。这就肯定了圣餐象征基督恩典与救赎的本质。《信纲》第 28 条针对圣餐进行了更为详细的阐释，它指出基督徒凭借信领受圣餐，明确表明"圣餐变体说"是迷信的，与圣经相悖。由此可见，《信纲》以加尔文派对圣餐的阐释为基础，肯定其恩典与救赎的本质，否定"圣餐变体说"。但值得注意的是，它并未触及新教中争论颇为激烈的"纪念主义"与"圣体同质说"。斯坦利·斯图尔特（Stanley Stewart）指出英国的圣餐教义"表明了伊丽莎白的决心，即在路德派与茨温利派之间，在罗马天主教与其他教派之间建立一个中间地带"④。1571 年进行最后一次修订的《信纲》使得各教派对圣餐教义阐释达成了一定的共识，该共识主要建基于对圣餐模棱两可的阐释。帕特里克·科林森（Patrick Collinson）对《信纲》中圣餐教义阐释如此评论：它用一个短语平衡新教各教派对圣餐的阐释，这一词也可以理解为对祝圣后的食物中基督的真实临在的肯定。⑤科林森所提及的应该就是"折中"一词；伊丽莎白一世采用了"折中"原

---

① John N. Wall, *Transformation of the Word: Spenser, Herbert, Vaughan*, Athens: University of Georgia Press, 1988, p. 323.

② Richard Hooker, *Of the Laws of Ecclesiastical Polity*, Harvard: Harvard University Press, 1977, p. 323.

③ B. J. Kidd, *The Thirty-nine Articles: Their History and Explanation, Volume 2*, London: Rivingtons, 1899, p. 209.

④ Stanley Stewart, *George Herbert*, Boston: Twayne Publishers, 1986, p. 32.

⑤ See Patrick Collinson, *The Elizabeth Puritan Movement*, Clarendon: Oxford University Press, 1990, p. 34.

则解释圣餐，这有助于缓和圣餐教义争论，因为它使"尽可能多的人能够在良心深处感觉到他们可以根据自己的阐释对其宣誓"①。正是在这样的主导思想之下，英格兰国家教会在官方仍然接受欧洲大陆新教主义的主要教义，如因信称义、预定论与上帝挑选，并且将圣经视为最终权威。在实践中，显而易见的是，没有人严格按照字面意义来执行这些规定……一方面他们严格地遵守宗教改革的口号；而另一方面，当这些口号运用于实践时，削减这些口号或原则的执行力度也是被欣然接受的。②这种"折中"的宗教原则缓和了英国各教派对圣餐教义的争论，并且对英国宗教冲突的缓和也具有重要的作用，它也是伊丽莎白一世时期实现天下大治的重要原因。与伊丽莎白一世相同，詹姆斯一世是一个可以操控不同宗教派别，使不同教派和谐共处的国王。③ 詹姆斯一世执政期间确立的 1604 年教规对包括圣餐在内的教会、授神职、礼仪、审判等与英格兰国家教会日常事务相关的活动进行了阐释。④该教规共有 141 条，其中有 18 条与圣礼以及宗教服务相关，在这 18 条教规中，"四条一字不差地重复，八条以先例为基础，六条是新的"⑤，其目的是"看他究竟能否解决清教徒、罗马天主教徒以及英格兰国家教会徒对英格兰国教会的抱怨"⑥。由此可见，该时期的教会是"非常具有包容性的，能迁就、通融不同观点与不同教派"⑦。如此宗教文化语境无疑会对赫伯特的宗教意识产生重大影响。

除了受到这样的宗教文化语境影响之外，赫伯特的宗教立场还与他的生活圈子相关。赫伯特的好友兼堂姐夫罗伯特·哈利爵士（Sir Robert

---

① Louis L. Martz, *From Renaissance to Baroque*: *Essays on Literature and Art*, Missouri: University of Missouri Press, 1991, p. 70.

② See Helen C. White, *English Devotional Literature* (*Prose*), 1600 - 1640, Wisconsin: University of Wisconsin, 1931, p. 187.

③ See Kenneth Fincham and Peter Lake, "The Ecclesiastical Policy of King Kames I," *Journal of British Studies* 24 (1985): 169.

④ See Roland G. Usher, *The Reconstruction of the English Church*, Volume 2, New York and London: D. Appleton, 1910, pp. 273-288.

⑤ Roland G. Usher, *The Reconstruction of the English Church*, Volume 1, p. 387.

⑥ Ibid., p. 386.

⑦ Margaret Stieg, *Laud's Laboratory*: *the Diocese of Bath and Wells in the Early Seventeenth Century*, Lewisburg: Bucknell University Press, 1982, p. 313.

Harley）是长老派的激进人士；其兄长爱德华对罗马教会没有任何强烈的反对情绪，他真正热衷的是自然宗教，并且被奉为第一位自然神论信奉者，然而信奉不同宗教的兄弟却相处甚欢。除了家庭环境之外，赫伯特在求学过程中结识的师长朋友所持宗教态度也不尽相同：赫伯特的旧友弗朗西斯·内瑟索尔爵士（Sir Francis Nethersole）是一个信奉长老派学说的忠实新教徒；赫伯特的副演讲家赫伯特·桑代克（Herbert Thorndike）受到约翰·纽曼（John Newman）的教诲，成为信奉罗马天主教的圣餐教义的安立甘宗信徒；此外，赫伯特的密友亨利·费尔法克斯（Henry Fairfax）则是一个典型的温和派，他在内战期间将自己的教区住宅改成容纳保皇派与议会派的朋友和亲戚的收容所。①与不同信仰亲友之交往定会影响赫伯特的宗教立场、原则与情感。

宗教信仰多元化的生活圈以及文化语境促使赫伯特对宗教差异具有非常高的包容性，并促进了赫伯特"折中"宗教立场的确立。诗篇中对圣餐以及由圣餐引发的救赎观点实际上体现了赫伯特"折中"宗教原则与宗教意识。通过建构讨论圣餐及恩典与救赎的说话者，赫伯特论述了"人争取基督的恩典与救赎时有多少能动性、人的美德是否具有价值、对于恩典与救赎的争取是否真的会有所结果"②等问题。对于阿米尼乌斯派的救赎观、信义宗及加尔文派的救赎观，赫伯特究竟持何态度？乔治·赖利（George Ryley）指出，赫伯特对救赎的理解基于其坚信"恩典约定"（The Covenant of Grace）③。换言之，赫伯特认为坚信上帝的恩典，我们自然就可以通过善功获得拯救。④赫伯特笃信加尔文派"因信称义"的观点，在"因信称义"的基础上，他既肯定"预定救赎论"，也相信善功对获取恩典与救赎的积极作用，这与《信纲》对"功德"以及"预定和挑选"的阐释都是一致的。《信纲》第 12 条对"功德"采取折中的态度，一方面否定堕

---

① See Joseph Summers, *George Herbert：His Religion and Art*, p. 33.

② See Rick Barot, "Devoted Forms：Reading George Herbert," *Southwest Review* 3, (2008)：433.

③ Joseph H. Summers, *George Herbert：His Religion and Art*, p. 60.

④ See Joseph H. Summers, *George Herbert：His Religion and Art*, p. 60.

落之人可以通过功德赚取恩典与救赎；另一方面肯定功德对获取恩典与救赎的积极意义。^①第 17 条对"预定"和"挑选"的阐释肯定了"预定救赎论"，但该条款又补充道："再者，圣经上传述神的应许是怎样，我们就应当怎样听信，并且我们所行所为，都当遵奉圣经所指示的神旨而行。"^②在 17 世纪，英国新教将圣经的权威置于教会之上，每个基督徒都是牧师，可主观地对圣经进行阐释，并从中寻求救赎的意义。^③所以该补充内容部分颠覆了对"预定"和"挑选"的阐释，其目的是满足不信奉英格兰国家教会之人的需求。^④哈钦森（F. E. Hutchinson）指出，"安立甘宗在罗马与日内瓦之间、在教义与崇拜之间所实施的'折中'原则是赫伯特极为赞同的"。^⑤这种"折中"的原则实际上是英国稳定的基础。早期现代的宗教文化中存在一些持续的一致因素，这包括对公众利益的一种责任感，而这种责任感便定义了早期现代的自我。^⑥因此，通过崇拜礼仪讨论之声，上述诗篇中的说话者表现出对英格兰国家教会倡导的"折中"宗教原则的支持，影射了作为英国"折中"宗教政策倡导者的责任意识，这也是赫伯特关注自我外在身份的方式。

第三节　英格兰民族维护者

在诗歌创作过程中，赫伯特还构建了对教会，尤其是英格兰国家教会的论述之声。这一声音首先描述了教会的分裂与腐朽，表达了对教会整体发展的担忧。在此基础上，又重点关注了英格兰国家教会内部存在的弊病与矛盾冲突。诗篇中对教会以及英格兰国家教会的论述与 16~17 世纪的宗

① Horton Davies, *Worship and Theology in England from Cranmer to Hooker*, Princeton：Princeton University Press, 1961, p. 23.
② B. J. Kidd, *The Thirty-nine Articles：Their History and Explanation*, Volume 2, p. 154.
③ See Horton Davies, *Worship and Theology in England from Cranmer to Hooker*, p. 29.
④ See Louis L. Martz, *From Renaissance to Baroque：Essays on Literature and Art*, p. 70.
⑤ George Herbert, *The Works of George Herbert*, p. 515.
⑥ See Terry G. Sherwood, *The Self in Early Modern Literature：for the Common Good*, p. 49.

教、政治文化语境密切相关。宗教改革前罗马教会内部争权夺利、教权分裂、神职人员腐化以教皇为首的高级僧侣构成了教会内部的特权阶级，他们采用买卖神职，出售赎罪券、圣像、圣徒遗物等手段来搜刮民财，用开除教籍、绝罚等来威胁反抗的人民。[①]与欧洲各国的教会相同，英国的罗马教会同样十分腐化，除十一税之外，还巧立各种捐税，放高利贷，出卖伪造"圣物"等欺骗和剥削广大群众，以供神职人员挥霍。[②]虽然亨利八世进行了自上而下的宗教改革，但是在宗教改革之后仍然存在天主教与英格兰国家教会之间的斗争。此外，英格兰国家教会内部也存在教义与教礼之争。再者，不同执政时期实行的宗教政策对教会发展，对国家与民族都会产生不同的影响。经历了伊丽莎白、詹姆斯一世以及查理一世执政期的赫伯特尤能感受到该时期的宗教冲突以及它对国家民族统一的影响。借由诗歌中对教会，尤其是英格兰国家教会的讨论之声，赫伯特将自我内在的宗教情感与外在的社会文化语境结合，认识到了自我在社会中的职责——维护英格兰国家教会，并通过维护教会进而维护英格兰民族，实现国家与民族的统一。这样的自我意识一方面展现了赫伯特自我参与公共利益的情况，另一方面还强调了担任神职的赫伯特在实现对上帝虔诚过程中所担任的具体工作。因此，对教会尤其是对英格兰国家教会进行讨论，并为之忧虑的说话者在一定程度上反映了赫伯特的国家与民族意识，是作为英国国民之赫伯特的意识写照，展现了赫伯特英格兰民族维护者的身份。

诗篇《腐朽》纵览了教会历史，并将教会发展过程视为到最终审判之前腐朽衰败的过程。第1、2节描述了旧约黄金时代罗德、雅各、基甸、亚伯拉罕、摩西、以利亚、夏甲及其儿子的故事。第1节的一系列动词短语指涉了《旧约》中记载的事件："与罗德同处一屋"（lodge with Lot）隐射了上帝与罗德之间的故事，即上帝决定摧毁罪恶之城所多玛，于是派两位天使到罗德家，警告罗德灾难即将降临，让其偕同家属离开的故事；"与雅各摔跤"（struggle with Jacob）指雅各在梦中与神秘人摔跤，使雅各得以

---

① 参见王美秀等著《基督教史》，第166~167页。
② 同上书，第200页。

面见上帝；"与基甸同坐"（sit with Gideon）指上帝的天使与基甸同坐；"上帝与亚伯拉罕商议"（advise with Abraham）是指在《创世记》中上帝与亚伯拉罕一起讨论所多玛的命运；"上帝与摩西相遇"（encounter Moses）则是指在《出埃及记》中上帝对那些固执的人发怒，摩西向其发出抱怨和呻吟，上帝最终为自己对人的惩罚感到后悔，以及上帝在燃烧的灌木中向摩西现身的故事。第 2 节通过一系列名词隐射了《旧约》中的事件——"美好的橡树"（fair oak）与"与基甸同坐"所指的内容相同，即基甸与天使坐于橡树之下；"灌木"（bush）是指上帝在燃烧的灌木中现身于摩西；"洞穴"（cave）指上帝在洞穴中现身于以利亚的面前；"井"（well）是指上帝在沙漠中向夏甲以及其儿子提供井的故事。第 1、2 节指涉的《旧约》中所记载故事都呈现了上帝与人同在的美好日子，同时也象征了教会发展的历史以及最初美好的状态。然而，这样理想的教会却因为罪与撒旦的侵入而受到了破坏：罪与撒旦在一颗"软弱之心"（a feeble heart）的角落，此处"软弱之心"可以理解为教会，即罪与撒旦进入了教会，对心"拧掐"（pinch），"让其困苦"（straiten），并且使用诡计来获得"三分之一"的遗产和小部分。"拧掐"与"让其困苦"都表明了罪与撒旦对教会的折磨；"三分之一"（thirds）为法律术语，原指按照法律，寡妇可拥有亡夫遗产的三分之一；罪与撒旦占据教会的三分之一表明了他们想占据教会的一部分，隐射了罪与撒旦对教会的分裂、破坏的作用。第 4 节指出罪与撒旦对教会的分裂及破坏并不会因为爱的火焰退却；相反，冷酷的罪步步逼近，直到万物化为灰烬之时。这表明了直到最终审判来临之前，教会将一直由罪与撒旦操控，处于堕落腐朽的状态。通过对比教会发展初期的美好时光与由罪和撒旦控制的教会，赫伯特对教会发展的担忧情愫得以表述。

《世界》（"The World"）预言"罪与死亡"会在基督第二次来临与最终审判到来之前破坏教会的整个框架结构。①说话者在开篇指出："爱建造了一栋雄伟的房子"（Love built a stately house）（301，第 1 行）。威尔科克

---

① See Christopher Hodgkins, *Authority, Church, and Society in George Herbert: Return to the Middle Way*, p. 184.

斯指出此处"雄伟的房子"既可以指上帝创造的世界，也可以指作为上帝圣殿的人。①但是笔者认为也可将之阐释为教会。按此理解，诗篇第1~4节便呈现了教会所面临的威胁。在第1节中，说话者指出"命运之神"（Fortune）进入教会，在其中编织幻想，并用幻想编织而成的"精美的蜘蛛网"（fine cobwebs）来支撑整个框架，但是"智慧"（Wisdome）将命运之神编织的网迅速扫除。此处"命运之神"用幻想编织的"精美的蜘蛛网"在外形上与"命运之轮"（the Wheel of Fortune）相似，隐射了异教徒背弃上帝，转而信奉命运之神，暗示了基督徒受异教的影响以及这种影响对教会产生的破坏作用。在第2节中，"享乐"（Pleasure）进入了教会，在其中修建"阳台"（Balcones）与"阶地"（Terraces），这种改变让神圣的"律法"（laws）与"宣言"（proclamation）都受到威胁，导致整所教会摇摇欲坠。这实际上论述了享乐对教会的影响，它使教会变得虚弱，也削弱了教会律法的约束力量。在第3节中，"罪"（Sinne）带着"西克莫"（Sycomore）进入了教会，它迅速生长，以至教会的内墙与顶梁柱破裂了，唯有"恩典"（Grace）支撑着房子，并灭杀了迅速成长的罪。"西克莫"即无花果树，也是圣经中亚当与夏娃用来遮羞的树叶，因此"西克莫"与原罪等同。西克莫的快速生长与蔓延象征了罪的蔓延速度。它使教会内墙与顶梁柱破裂，这形象地呈现了罪造成教会分裂的场景，而只有代表恩典的基督能够遏制分裂教会的罪。在第4节中，"罪"携同"死亡"共同进入了房子，"试图彻底地拆毁整所教会"（To rase the building to the very floore）（301，第17行），他们的破坏力量无人可以抵挡，这隐射了罪与死亡对教会造成的巨大破坏。在该节最后两行中，说话者指出只有"爱"、"恩典"与"荣光"携手才能够建造一个更为宏伟的宫殿，这就表明在基督第二次降临和最终审判之前，教会都将处于被罪和死亡破坏的状态。

　　结合17世纪早期教会文化语境，克里斯多夫·霍奇金斯（Christopher Hodgkins）分析了《战斗教会》，他认为这首诗是赫伯特所有诗篇中"最

---

① See George Herbert, *The English Poems of George Herbert*, p. 301.

为具体，最为迫切的一首，对遭受'罪与死亡'劫掠的英格兰十分悲观"①。戈特利布则认为与早期的威廉姆斯手稿相比，《战斗教会》中的那种"邪恶的嘲讽"（often wickedly satiric）对当时社会的批判更为直白。②实际上，从《战斗教会》的标题便可以看出该诗篇主要论述了教会发展。在基督教神学中，基督教教会分为三类：战斗教会，由地面上活着的基督徒组成，其职责是在人间与邪恶作战；凯旋教会，由战胜地面邪恶后升入天堂的基督徒组成；忏悔教会，在天主教神学中是指那些当下正处在炼狱中的人构成的教会。赫伯特以"战斗教会"为题，表明他关注的是在人间与邪恶作战的教会。说话者开篇指出上帝是至高无上的，他在荣光的王位上审视并统治着全世界，然而教会证明的并非上帝的权威，而是上帝对人的爱。他随后说道："宗教，就像朝圣者般，向西朝拜，/ 敲打着所有的门，无论她走到哪里。"（Religion, like a pilgrime, westward bent, / Knocking at all doores, ever as she went）（667，第29~30行）。在此，宗教被比喻为朝圣者，其所行走的路线就是朝圣者们行走的路线。这种路线描述具有丰富的意义，米歇尔·德赛都（Michel De Certeau）说过，"每个故事都是一个旅行故事，是一次空间实践"。③《圣殿》"有许多诗篇都与教会的空间以及时间发展相关"④。借着宗教的行走路线，《战斗教会》中的说话者讲述了基督教教会自东向西的传播故事，这与旧约叙述的故事相呼应。首先，宗教和教会到达埃及，上帝因为以色列人在埃及的悲惨遭遇而使用神迹，引领以色列人出埃及，并使1/2的埃及人皈依了基督教。随后，宗教和教会来到了希腊。在希腊，宗教与教会也显示了巨大的力量：在他们抵达希

---

① Christopher Hodgkins, *Authority, Church and Society in George Herbert: Return to the Middle Way*, p. 18.
② See Sidney Gottlieb, "The Social and Political Backgrounds of George Herbert's Poetry", in Claude Summers and Ted-Larry Pebworth, eds., *"The Muses Common-Weale": Poetry and Politics in the Seventeenth Century*, Columbia: University of Missouri Press, 1988, p. 116.
③ Michel De Certeau, *The Practice of Everyday Life* (1980), trans. by Steven F., Rendall, Berkeley: The University of California Press, 1984, p. 115.
④ John Mulder, *The Temple of the Mind: Education of Taste in Seventeenth-Century England*, New York: Pegasus, 1969, p. 140.

腊之前，希腊人将学识、哲学等艺术置于最高的位置，神学无立足之地。然而，当宗教与教会抵达希腊之后，以柏拉图和亚里士多德为代表的哲学迷失了，"祷告将三段论驱逐到它们的窝巢，／**因此**转变成了**阿门**"（Prayers chas'd syllogismes into their den, / And *Ergo* was transform'd into *Amen*）（668，第55~56行）。说话者在此处运用了借代的修辞手法，"祷告"和"阿门"实际上指代的是宗教与教会，而"三段论"和"因此"则指代古希腊盛行的哲学；"祷告"将"三段论"驱逐，"阿门"取代了"因此"，这就彰显了宗教的同化力量。随后，叙述焦点由希腊转移到了罗马。在罗马，基督教与教会征服了罗马的勇士，"罗马勇士不再炫耀光荣的伤疤／转而对基督歌功颂德"（The Warrier his deere skarres no more resounds, / But seems to yeeld Christ hath the greater wounds）。（668，第63~64行）。"罗马勇士不再炫耀光荣的伤疤"是指罗马勇士不再将胜利归功于个人，而将之归功于基督，这就表明了他们皈依基督教，信奉基督的力量。这之后宗教进入德国，其行进路线与基督教发展的历史联系十分紧密，因为从公元10世纪开始，神圣罗马帝国便统治了德国。继而叙述焦点由德国转移到了西班牙。在哈布斯堡王朝，尤其是在16世纪查理五世执政时期，西班牙与德国以及神圣罗马帝国联系十分密切。再之后，说话者将空间转移到了英国。宗教与教会在英国获得了更大的胜利，甚至被赋予了王冠，这实际上隐射了英国与德国一同实行了教会改革。在英国，英格兰国家教会与君王均是至高无上的，享有神圣的地位。

然而，在宗教与教会自东向西行进的同时，"罪"也进入了历史，并且其旅行路线与教会相同，与在意大利和法国的所作所为一样，那么它肯定会将英格兰国家教会弄得四分五裂，直到罗马的"罪恶日历"完全被实现。①因此，从第101行开始，说话者转而叙述罪的行程：罪开始了与宗教和教会路线相同的行程，从东方的巴比伦出发，一路向西，打破了由宗教和教会建立的平和，并且不断玷污教会的声誉。罪到达的第一个地方便是

---

① See Harold Toliver, *George Herbert's Christian Narrative*, Pennsylvania: the Pennsylvania State University Press, 1993, p. 38.

埃及。在埃及，罪使埃及人信服植物神，而不再敬畏上帝，即罪破坏了基督徒的信仰，让他们变成了异教徒。之后，罪"溜到"希腊，并紧接着到了罗马，由于无法消灭罗马教会，"罪"戴上了主教冠，装扮成牧师的样子混进教会，坐在书房中，"忙着处理近期出现的各种纷争"（Busie in controversies sprung of late）（671，第166行）。装扮成牧师的罪处理纷争可以说既隐射了宗教改革前夕出现的教会纷争，又可以指在宗教改革后期出现的争端，还可以理解为对罗马教皇的嘲讽。无论作何理解，该诗行揭示了16~17世纪教会面临的分裂危机。第241~247行的叙述空间又从法国、意大利转移到了英国。在英国，"宗教在我们的土地上踮脚站立／随时准备奔向**美国**海滨"（Religion stands on tip-toe in our land, / Readie to passe to the *American* strand）（672，第235~236行）。这暗示了当时英国现状不利于教会发展，表明教会即将离开英国，向美国行进。随后，说话者讲述了宗教、教会与罪结束行程之后在"最初出发的地方相聚时，／最终审判最终将寻找他们、与他们相遇"（And met in th' east their first and ancient sound, / Judgement may meet them both & search them round）（673，第268~269行），即宗教、教会与罪回到出发的地方，而罪也将接受最终审判。

基督教自东往西传播的观点在欧洲早期十分盛行，例如英国神学家帕特里克·萨姆森（Patrick Symson）就认为基督教是由东向西传播。这种基督教自东往西传播的观点归根结底是源于圣经的描述：《旧约》包含了许多空间叙述，这些空间叙述包括亚伯拉罕从迦勒底的吾珥到迦南地，走遍迦南，又从迦南到埃及，再返回迦南；后来的雅各从迦南到美索不达米亚，再回到迦南；雅各及其儿子到埃及；摩西逃离埃及去米甸，又回到埃及；以色列人离开埃及，穿越西奈旷野，经过以东地和摩押，最终到达以色列。《新约》中的旅行包括基督在寓言故事中讲述的旅行者的故事，也包括《使徒行传》中保罗的旅行，其路线大概为：罗马→亚细亚→希腊→罗马。《旧约》中的空间叙述是以色列人对应许之地的追寻，而《新约》中的旅行则是布道的途径，两者均呈现了教会发展的路线。由此可见，《战斗教会》叙述的宗教与教会的西行路线实际回顾了教会发展的历史；但是，罪紧随其后，并破坏了教会带来的宁静与和平；在宗教、教会与罪的斗争之中，罪似乎总是占上风。不同学者对在教会、宗教与罪三者之间的斗争中究竟谁占上风的阐释存在分歧：斯图尔特认为《战斗教会》表现出了乐观主义，他认为最终宗教与教会战胜了罪。[1]李·A. 约翰逊（Lee Ann Johnson）却指出《战斗教会》并非一首诗，而是一个由五个部分组成的对教会向西运动的叙述，而伴随着教会向西运动的是罪；他认为该诗篇并没有反映出斯图尔特所隐射的乐观主义，实际上它聚焦于一个又一个王国的腐朽，迫使教会往西逃走；"罪"从未被呈现为缺失的，诗篇的最后一部分强调了罪的持续影响力。[2]里德·巴伯尔（Reid Barbour）的观点与约翰逊相似，他指出罪被置于宗教之上，反映了赫伯特的悲观态度，并认为这种自东向西的运动是一个"向下的螺旋旋转"（downward spiral）[3]。笔者认为仅关注到诗篇的悲观或是乐观态度是有失偏颇的，实际上，诗篇主要传递了对教会现状的悲观情绪，但同时也隐含了乐观的态度。《战斗教会》表明了活在世上的基督与世间的邪恶做斗争；诗篇结尾处表明虽然教会和罪最终在东方相遇，但两者斗争的结果并不确定。并且指出：

> 释义：当太阳自西向东行进时，
> 教会也通过向西行走
> 而抵达东方；……
>
> But as the Sunne still goes both west and east;
> So also did the Church by going west

---

① See Stanley Stewart, *George Herbert*, p. 108.
② Lee Ann Johnson, "The Relationship of 'The Church Militant' to 'The Temple'," *Studies in Philology* 68: 2 (1971): 204.
③ Reid Barbour, *Literature and Religious Culture in the Seventeenth-Century England*, Cambridge: Cambridge Univerisity Press, 2002, p. 89.

Still eastward go；…

(673，第 274～276 行)

说话者在此运用了双关和悖论修辞手法：首先"太阳"隐含了"人子"（the Son），实际上就是指基督；"教会也通过向西行走而抵达东方"则是运用了悖论，表明教会最终也到达东方与基督会合，并且基督与教会在时间与空间上越来越近，最终审判也会在此时此地出现。最终，说话者通过两行斜体表达出乐观情绪：人子与教会的会和对于人来说是多么的珍贵，谁能与之相提并论呢？斯图尔特将之理解为"上帝之爱最终会在基督与其新娘教会结合之时，通过基督的回归得以展现"①。笔者认为还可以将之理解为：人子与教会结合之后，罪又怎能与之相提并论呢？在此，基督与教会的积极作用得以前景化。因此，整首诗描述了基督教以及紧随其后的罪的传播过程，这表现出了对目前教会发展情况的担忧，但是结尾仍传递了些许乐观情绪。

对教会的论述实则引出了说话者关注的重心——英格兰国家教会。《圣殿》部分诗篇对英格兰国家教会进行了歌颂，但更多地表示出对它的担忧。对英格兰国家教会发出的赞美之声首先出现在《英格兰国家教会》（"The British Church"）。诗篇第 1～3 节对英格兰国教会进行了详细的描述：第 1 节运用拟人修辞手法，将英格兰国教会比喻为母亲，并指出作为母亲的英格兰国家教会具有"完美的外表"（perfect lineaments）和"甜美、亮丽的肤色"（sweet and bright hue），这样的描述暗示了英格兰国家教会处于完美状态。第 2 节中的"美在你的身上占据了位置"（Beautie in thee takes up her place）（390，第 4 行）将英格兰国家教会与美结合起来，表明英格兰国家教会便是理想美的体现，其他一切都以英格兰国家教会为衡量美的标准。在第 3 节中，说话者陈述了英格兰国家教会作为理想美的具体体现："不过于寒酸，也不过于张扬/展现了谁是至美。"（Neither too

---

① Stanley Stewart, *George Herbert*, p. 108.

mean，nor yet too gay，/ Shows who is best）（390，第 8 ~ 9 行）在此，说话者实际上颂扬了英格兰国家教会实行的"折中"宗教政策，这便是英格兰国家教会至美之所在。第 4 ~ 8 节对罗马教会与日内瓦教会进行了分析，并将两者与英格兰国家教会进行对比，凸显了英格兰国家教会的美。第 4 节概述了罗马教会与日内瓦教会的特点："他们要么涂脂抹粉/要么赤身裸体。"（For all they either painted are/ Or else undrest）（391，第 11 ~ 12 行）罗马教会"涂脂抹粉"，极为虚假；日内瓦教会"赤身裸体"，极为寒酸；两者都过于极端，无法与英格兰国家教会媲美。第 5、6 节对罗马教会进行了具体的描述：罗马教会在山顶上，"肆意地诱惑着所有人"（…which wantonly/ Allureth all in hope to be）（391，第 13 ~ 14 行）。在此，罗马教会被塑造成为一个诱人的妓女形象，这一形象与第 1 节中英格兰国家教会得体庄严的母亲形象形成鲜明对比。第 7、8 节描述了与罗马教会形成鲜明对照的另一教会——日内瓦教会：与浓妆艳抹如妓女般的罗马教会不同，日内瓦教会走向了另一个极端——它在山谷中懒于穿衣，披头散发，成了赤身裸体的女人；对日内瓦教会的如此描述与诗篇第 4 节一致，表明了日内瓦教会过于寒酸。舍恩菲尔德特指出过于"谦虚"的日内瓦教会与浓妆艳抹的罗马一样，都展现出了淫荡的形象。① 由此可见，无论是过于张扬的罗马教会或是过于谦虚的日内瓦教会，他们都无法与代表理想美的英格兰国家教会相提并论。因此，诗篇最后两节再次对英格兰国家教会进行了赞美，指出英格兰国家教会受到了"双重守护"（double-moat）：源于上帝恩典的保护以及四周环海的地理位置给予的保护。这样的"双重守护"可以使英格兰国家教会免受外界因素的影响，保留其独有的美。

虽然《英格兰国家教会》表达了对英格兰国家教会的赞美，但更多诗篇表现的却是对其分裂的焦虑与担忧，这在《教会缝隙与分裂》（"Church-rents and Schisms"）中尤为明显。大部分的评论家认为从第 1 行"勇敢的玫瑰"可以看出说话者是对英格兰国家教会进行讨论，但是黛

---

① See Michael C. Schoenfeldt，*Prayer and Power*：*George Herbert and Renaissance Courtship*，p. 254.

安·杨格（Diane Young）认为这首诗"刚开始似乎与英格兰国家教会相关，但实际上它的真正对象是全体教会"①。杨格的观点具有一定的合理性，但是笔者认为诗篇第1、2节以对教会整体发展的讨论为引子，整首诗的论述重心乃是英格兰国家教会。说话者在第1节开始采用呼格，表明其言说对象为"勇敢的玫瑰"（brave rose）。根据圣经文学阐释，《雅歌》（2：1）"我是沙仑的玫瑰，是谷中的百合花"中的玫瑰是指教会，因此诗篇开始称呼的"勇敢的玫瑰"表明教会是言说对象；随后，说话者通过描述玫瑰的现状揭示了教会存在的问题：

释义：勇敢的玫瑰，（唉！）你在哪里？在椅子上

你不久前才显示出胜利与闪耀，

现在幼虫盘踞，他那多足和多毛的样子

越显丑陋，你越显得神圣。

这，这东西已经做了，它确实咬了根

与茎叶：当风，

一旦吹拂，它将他们吹落在地，

在那里粗鲁亵渎的脚步压坏碾碎

　　他们美丽的光环。只有些许的你，

　　其他部分都被吞噬，还可在你的椅子上被看见。

Brave rose, (alas!) where art thou? in the chair

Where thou didst lately so triumph and shine,

A worm doth sit, whose many feet and hair

Are the more foul, the more thou wert divine.

This, this hath done it, this did bite the root

And bottome of the leaves: which when the winde

① Diane Young, "The Orator's Church and the Poet's Temple," *George Herbert Journal* 12：2 (1989)：13.

Did once perceive, it blew them under foot,

Where rude unhallow'd steps do crush and grinde

Their beauteous glories. Onely shreds of thee,

And those all bitten, in thy chair I see.

（488，第 1～10 行）

诗节中出现了以下意象："勇敢""胜利"且"闪耀"的玫瑰、玫瑰的"根"与"茎叶"以及"多足""多毛""幼虫"。"勇敢""胜利"且"闪耀"的玫瑰象征了完整、美好的教会；"幼虫寓指教会中存在的蔑视与不顺从"，而"多足"与"多毛"则是暗示了导致教会分裂的人。[①] "多足""多毛""幼虫"蚕食玫瑰的"根"与"茎叶"，这就隐射了对教会的蔑视与不顺从产生的破坏性，它们会导致教会的分裂，最终将毁掉教会的光环。在第 2 节中，说话者首先提出疑问："为什么我的母亲脸红？"（Why doth my Mother blush?）（488，第 11 行）此处的"母亲"也指教会；"脸红"可有两种阐释：第一，作为教会的母亲建立在基督的鲜血之上；第二，这与当时盛行的放血疗法[②]相关，当敌人想放出母亲的血时，这对母亲没有任何伤害，反倒让她看起来比以前更为鲜亮，更有精神，这就表明教会抵得住外在敌人的伤害。尽管如此，它却无法避免内部纠纷产生的破坏：

> **释义**：但是当争论与让人苦恼的嫉妒
>
> 在你内心不断吞噬运作，
>
> 你的鲜亮色泽会消退，并且痛苦
>
> 将你的红润变成苍白暗淡：

---

① See George Herbert, *The English Poems of George Herbert*, p. 489.

② 古希腊医学理论认为人体由四种体液构成，分别为血液、黏液、黑胆汁和黄胆汁，这四种体液分别与气、水、土及火四种元素对应。古希腊医生盖伦（Galen）认为血液在四种体液中占主导地位，也是最需要控制的体液。为了平衡血压，医生可以通过放血的方法去除体内过量的血液，使人恢复健康。

你的健康与美貌开始消逝。

But when debates and fretting jealousies

Did worm and work within you more and more,

Your colour faded, and calamities

　　Turned your ruddie into pale and bleak:

Your health and beautie both began to break.

（488，第 16~20 行）

　　内心的"争论"与"让人苦恼的嫉妒"隐射了导致教会分裂的各种纷争。这些纷争让母亲"鲜亮色泽"和"红润"变得"苍白暗淡"，这就表明纷争对教会的伤害。这种伤害甚至比外部敌人对教会的伤害更大，因为它会使教会分裂，破坏教会的完整性。第 3 节进一步叙述教会内部纷争会引发更为严重的问题，并将讨论焦点转移到了英格兰国家教会：

　　释义：然后你的几个部分松动脱节：

　　　　当你的邻居见此情景，就像北风一样，

　　　　他们冲了进来，将他们扔进泥淖之中

　　　　在那里异教徒将之践踏。……

Then did your sev'rall parts unloose and start:

Which when your neighbours saw, like a north-winde,

They rushed in, and cast them in the dirt

Where Pagans tread....

（489，第 21~24 行）

　　"几个部分松动脱节"是指教会因为内部纷争与冲突而出现的分裂，这种分裂让敌人有机可乘，他们如同北风一样冲进来，对教会进行践踏。

这与当时英国宗教文化语境具有密切的联系，"像北风……冲了进来"的邻居可理解为位于英格兰北部的苏格兰长老会。英国宗教改革始于亨利八世时期，为了摆脱罗马教廷的枷锁，亨利八世从 1529 年开始连续召开宗教改革会议，颁布了一系列的改革法案。1534 年，宗教改革会议颁布的《至尊法案》（*Act of Supremacy*）宣布英格兰国王成为英格兰国家教会的唯一最高首领，随后苏格兰也相继进行了宗教改革。詹姆斯一世继承了伊丽莎白一世时期实行的"折中"宗教政策，这使英格兰国家教会保留了许多罗马天主教的宗教仪式或习惯。继位之后，詹姆斯一世改变了与西班牙建立的和平关系，并且在汉普顿法院会议（the Hampton Court Conference）上明确表明他不能容忍进一步的改革。[1] 然而，苏格兰长老会成员主要是激进的清教徒，他们对遗留了各种天主教仪式的教会颇感不满，渴望进行更为激进、彻底的改革。这种分歧便导致了 1603 年春天由清教徒发起的"千年请愿"（The Millenary Petition）事件。在这次请愿中，清教徒呼吁詹姆斯一世终止在教会中使用罗马天主教的因素，例如在洗礼时运用十字架标志、圣衣、遵守圣日等。同时也质问了教会多元化以及教会人员薪酬过低等问题。[2] 就"千年请愿"事件，牛津大学立即发文回复，文章的标题为《牛津大学副校长、学监、博士以及其他议院领导人的回复》（"The Answer of the Vice-Chancellor, the Doctors with the Proctors and other Heads of Houses in the University of Oxford"），此文于 1603 年秋天得以出版。该回复认为这次请愿是在煽动人们诽谤国王，是对英格兰国家教会的打击。据此，苏格兰长老会重要人物梅尔维尔写下《反牛津剑桥大学指控》（"Anti-Tami-Cami-Categoria"），反驳牛津大学的回复，以维护请愿之人，并揭示了英格兰与苏格兰在礼拜仪式上的分歧。几乎就在同时，他将英格兰的圣乔治与苏格兰的圣安德鲁进行对比，并以此为基础出版了讽刺小诗，这一举动加剧了英格兰与苏格兰之间的矛盾。再者，在苏格兰新兴宗教改革的过程

---

① See James Doelman, *King James I and the Religious Culture of England*, Cambridge: D. S. Brewer, 2000, p. 63.

② Ibid.

中，出现了同属于新教的主教派与长老派。主教派类似英格兰国家教会，尊奉国家元首为教会首领，但是根据长老派的加尔文教义，世俗政权决不能凌驾于教权之上，这可以说是苏格兰教会与英格兰教会的矛盾之一。作为苏格兰长老派的领袖，梅尔维尔一直试图让长老派摆脱国家控制，其做法对于维护教会统一的赫伯特来说便是破坏教会统一、导致教会分裂的势力。因此，赫伯特在其拉丁诗集中描述并驳斥了梅尔维尔的种种举动。在题为《英格兰人乔治·赫伯特针对苏格兰人安德鲁·梅尔维尔对牛津剑桥的控诉所作诗篇》（"The Englishman George Herbert's Poems in Response to the Scotsman Andrew Melville's Con-Oxford-Cambridge- Accusations"）的拉丁诗篇中，赫伯特表明其诗歌是为了回应梅尔维尔的控诉而写。在另一首题为《致梅尔维尔先生》（"To Mr. Melville"）的短诗中，赫伯特表明自己年少无知，本不应该攻击经验丰富的梅尔维尔，但是梅尔维尔的处事方式与态度反倒让他显得好似一个年少无知之人，所以不得不对他进行驳斥。在题为《致同一个人：论标题"反牛津、剑桥指控"的怪异性》（"To the Same：On the monstrosity of the title, Con-Oxford Cambridge Accusations"）的短诗中，赫伯特又一次发起了对分裂势力代表者梅尔维尔的攻击，并进一步批判了清教徒的狂热，指出他们的愤怒与狂热会使所有神圣之物迷失方向。①由上述分析可见，诗篇《教会缝隙与裂缝》中忌惮北方邻居的说话者实际上映射了维护英格兰统一的赫伯特，他极为担心苏格兰教会的分裂势力会导致英格兰国家教会的分裂，并最终破坏英格兰的统一。面对内部充满分歧与斗争的教会，诗篇中的说话者质问道："在哪里我能得到充足的眼睛哭泣，／这些眼睛多如天上繁星？"（Where shall I get me eyes enough to weep，／As many eyes as stares?）（489，第25~26行）这传递了说话者因为教会遭受苦难而感到悲伤的情绪。随后，说话者描述纷争会在夜晚从亚洲蔓延至欧洲、非洲，这表现了对教会分裂势力蔓延的忧虑。诗篇中的"夜晚"具有象征的意义，它隐射了教会分裂带来的黑暗。面对如此场景，

---

① See George Hebert, *Latin Poems of George Herbert*, trans. by Mark McCloskey and Paul R. Murphy, Ohio：Ohio University Press, 1965, pp. 7-9.

说话者指出如果他的双眼能够舔舐起黑夜降落的露珠，他愿意将之倾倒给母亲教会。此处的"露珠"与该诗篇第25~26行中提到的泪水具有相同的意义，表示为受苦的教会流下的痛惜之泪，但同时也有圣餐的内涵，因为在《出埃及记》中，吗哪便是从天而降的露珠。说话者说愿意将这露珠倾倒给教会，实际上是希望基督可以拯救分裂的教会。

　　在16~17世纪，教会与国家民族统一关系极为密切，对教会的担忧实际上反映了赫伯特对整个英格兰民族的担忧。这种对英格兰民族的担忧情绪一方面与赫伯特的家庭背景具有密切关系。赫伯特"出生于慷慨、高贵且古老的家族"①。当威尔士与英格兰接触更为频繁之时，赫伯特的祖父与父亲的直系亲属都广泛地参与了蒙哥马利郡的政治生活。曾祖父爱德华·赫伯特爵士在蒙哥马利郡是个举足轻重的人物，在威尔士边界拥有大片的土地。早在1546年，爱德华便担任国王的租金搜集官一职。他先后担任过蒙哥马利郡城堡治安官与蒙哥马利郡首席治安法官（*Custos Rotulorum*），并于1553年获得了彻伯里（Chirbury）贵族身份。在爱德华七世与玛丽执政期间，爱德华·赫伯特爵士曾与各种反叛者作战，以维护威尔士边境的和平。②赫伯特的祖父理查德·赫伯特虽然英年早逝，也颇具影响力。他在当地拥有多个官职，并且曾经被选举为议员。③他也一心维护威尔士的秩序，表现出强烈的责任感。而赫伯特本人也延续了赫伯特家族对国家民族的效忠精神。他渴望维护英格兰民族的统一，这种渴望可从对"折中"宗教政策的维护得以体现，也可从他冒着宁可开罪热衷于战争的查理王子，毁掉仕途也要毫不隐晦地表达出渴求和平这一举动得以体现。④另一方面，赫伯特的担忧情绪与英国当时的历史文化语境密不可分。16~17世纪的英国国王都企图将英国建立成为统一的国家，实现"帝国计划"。亨利八世以与阿拉贡凯瑟琳离婚为由，与罗马教皇决裂，并进行了自上而下的宗教

① See Amy M. Charles, *A Life of George Herbert*, p. 21.
② See Amy M. Charles, *A Life of George Herbert*, pp. 22-23.
③ See W. R. Williams, *Parliamentary History of Wales from the Earliest Times to the Present Day*, p. 147.
④ See Amy M. Charles, *A Life of George Herbert*, p. 106.

改革，虽然亨利八世的宗教改革不彻底，却将中世纪传下来的王位变成了更为整体化的、中央集权的国家，变成了有"议会国王"的君主集权统治的国家。伊丽莎白一世的"折中"宗教原则促进了英国的统一。曾经是苏格兰国王的詹姆斯六世最终成为英国国王詹姆斯一世，这也对英国的统一起到了巨大的促进作用。实际上，正如英国学者克里斯多夫·艾维克（Christopher Ivic）所说，宗教改革，伊丽莎白女王1558年成功登基，1588年击败西班牙无敌舰队，通往世界航线的开通，再次征服爱尔兰，1603年苏格兰国王问鼎英格兰王位等文化和历史事件都促进了英格兰民族意识的建构。[①] 民族意识的建构使得该时期的人们形成了一种英国性（Britishness）。然而在统一富强的大环境之下，英格兰亦存在许多问题：在宗教方面，16~17世纪进行得如火如荼的宗教改革、教会腐朽与教会内部改革以及异教徒等问题都会导致教会的分裂。英格兰国家教会不仅存在上述问题，还面临着不同国王实行不同宗教政策的问题。赫伯特一生经历了伊丽莎白一世、詹姆斯一世以及查理一世统治时期。伊丽莎白一世实行"折中"宗教政策，这一政策缓和了众多教派之间的矛盾，成功地将大多数人团结在一起，使英国人获得了短暂的安宁。詹姆斯一世延续了"折中"宗教政策，但他对罗马天主教仍然持反对态度。1606年6月22日，詹姆斯一世颁布的《忠诚誓言》（*Oath of Allegiance*）向英国的天主教徒宣布教皇没有废除国王的权力，并且否定了被教皇逐出教会的王子是不虔诚的、是异教徒的说法，由此可见，詹姆斯一世的宗教政策是以宗教改革为基础，目的是维护英格兰国家教会的统一。但是，詹姆斯一世不懂如何在不同教派中取得平衡，这既没有取悦天主教派，也让清教徒极为不满，所以该时期英国的宗教矛盾有恶化的迹象。自查理一世上台之后，其宗教政策则是偏向罗马天主教。虽然查理一世不相信教皇至高无上的权力，但是他反对亨利八世将自己称为"英格兰国家教会的最高领袖"，而且他反对该称呼的出发点与伊丽莎白一世完全不同：伊丽莎白一世反对亨利八世的

[①] See Christopher Ivic, *Shakespeare and National Identity: A Dicitonary*, London: Bloomsbury, 2017, pp. 84−85.

这一称呼，将其改为"最高官员"，以缓和众多教派之间的矛盾冲突；但查理一世则是以担忧英格兰国家教会与罗马天主教的分裂为出发点，因为他曾多次声称自己是天主教信徒，或是自己隶属于天主教教会。当英国的非罗马天主教教徒被称为异教徒或是分裂派时，他也并未反驳。此外，查理一世还表示出对清教徒和耶稣会的憎恨，认为这两个教派代表着极端的宗教思想。查理一世的做法毫无疑问与伊丽莎白一世以及詹姆斯一世所实行的宗教政策相悖，会激发国内宗教冲突，引起新教徒对国王的不满。这种不满情绪的集聚很可能会导致《战斗教会》中描述的情景出现——"宗教在我们国土上踮起脚尖站着，／准备走向美国"。宗教的离去实际上意味着"上帝走了，他的荣光也走了，英国经历了最为辉煌的时代，现在黑暗的时代将来临"[1]。宗教矛盾不仅仅影响英格兰国家教会，更是威胁到整个英格兰民族的统一。除宗教矛盾外，英格兰在政治、经济及外交等方面都存在诸多问题。在政治上，亨利八世以前，苏格兰与威尔士各自都表现出了明显的民族文化精神，爱尔兰更是如此——虽然英国人于1602年征服了爱尔兰，但爱尔兰人并未向英国人屈服，其反抗也是连绵不断，力求在政治上实现自治。苏格兰、威尔士与爱尔兰的问题一直存在，一直威胁着英格兰的统一。詹姆斯一世强调其至高无上的权力，认为王权不受制于法律，并凭借王权随意征税，这无疑会激发国内矛盾；此外，詹姆斯一世生活糜烂，上行下效，其他官员也是如此，该时期"政风腐败，苞苴公行，卖官鬻爵之事甚多，美其名曰'馈赠'"[2]；贪污受贿更是常见，赫伯特就亲眼看到其好友、曾为国玺大臣的培根因贿赂被起诉，其罪行坐实。在经济方面，市场经济开始在英国兴起，随着伊丽莎白后期圈地运动的兴起，人口增长给经济带来很大压力，阶级矛盾也日益深化；詹姆斯一世继位后，这种情况非但没有缓解，反而更加恶化。食物价格猛涨，平民的工作没有保障，赋税负担日益加重。在对外扩张方面，伊丽莎白一世统治时期，东印度公司控制了亚洲、美洲和非洲的贸易，沃尔特·罗利爵士在女

---

① Thomas Hooker, *The Danger of Desertion; or A Farewell Sermon*, London, 1641, p. 15.
② 梁实秋：《英国文学史》，新星出版社，2011，第354页。

王的支持下探察了西印度群岛和南北美洲的海岸，成功地将殖民者输送到美洲，打开了通向殖民帝国之路。1558 年，英国战胜了西班牙无敌舰队，取得了海上霸权，增强了人民的民族自豪感，英国经济繁荣，大量殖民地财富涌入英格兰。然而，到詹姆斯一世时期，英格兰的海上力量逐渐被荷兰超越，曾一度为英国实行殖民扩张的弗吉利亚公司也被皇权、西班牙利益以及沃里克派系斗争这三股力量所破坏，对外殖民扩张也受到影响。上述问题直接威胁着英格兰民族统一。在诗歌创作过程中，赫伯特将忧虑的情愫凝练在对英格兰国家教会的担忧之中。对英格兰国家教会的担忧可谓冰山一角，它掩藏的是赫伯特对整个英格兰民族的担忧，表现了赫伯特的民族意识，展示了赫伯特作为英格兰统一维护者的身份。

文艺复兴时期，大部分人不会超然地存在于社会团体之外，超然地存在于家庭、教区、行会之外，即便有时候他们会超然于这些集体，他们可以与这些集体联系，并将这些集体作为自己信仰的停泊之处。[1]作为集体的一员，个人通常通过职务（officia）与他人相互联系，这个职务可以根据各自在社会中的角色被翻译成"责任"（responsibilites）、"职责"（duties）、"尽职尽责的服务"（dutiful services）等。[2]由此可见，与内在体验相同，社会体验对理解文艺复兴时期的自我也十分重要。个人无法脱离社会语境，因为"自我"是嵌在社会与文化里的理性个体，并且"又响应不同社会反映的不同自我"[3]。在关注内心体验、呈现自我内在衍变的同时，赫伯特也意识到自我与包括历史、社会、宗教、政治等外在的社会环境具有密切关系。赫伯特对自我外在身份的认知呈现在《乡村牧师》的《牧师的调查》（"The Parson's Surveys"）一文中：

> 已婚之人如果做他应该做的事情，他就会很忙。因为他有两大事

---

① See John Jeffries Martin, *Myths of Renaissance Individualism*, p. 31

② See Terry G. Sherwood, *The Self in Early Modern Literature*: *for the Common Good*, p. 13.

③ George Herbert Mead, *Mind*, *Self & Society*: *the Definitive Edition*, ed. Charles W. Morris, London &Chicago: The University of Chicago Press, 2015, p. 142.

情：第一，在敬畏主、在主的眷顾之下改善自己的家庭，养育家人；第二，改善自己的家园……让自己的家园能被自己以及邻居最好地利用。如果这些被快速地处理了，并且所管理的家庭很小，而他又如此伶俐能有闲暇时间去照看他的住所、附近村庄或是教区的话，这也是他的用处。他考虑每一个人，要么特别帮助一些人，要么为整个村庄提出建议。①

赫伯特认为处理好家庭内部事情之后，人还应当考虑到别人、别的教区，甚至是"整个村庄"，这其实可以理解为人在处理家庭内部的事情之余，还应当放眼于社会、国家与民族，最大限度地实现自我。在诗歌创作的过程中，他结合英国历史文化语境，将自我外在身份认知转化到文本之中。通过文本中的说教、告诫之声，对崇拜礼仪的讨论以及对教会发展，尤其是英格兰国家教会的论述之声，赫伯特实现了外在维度自我身份的建构：他将自己建构成为一名信奉"唯独圣经"、"唯独基督"以及"唯独恩典"的新教神职人员。同时他将自我塑造成英格兰国家教会的代言人，表达了对英格兰国家教会实施的"折中"原则的支持。在意识到自己作为神职人员的外在自我的基础之上，赫伯特还表达了作为神职人员的外在自我对教会，尤其是英格兰国家教会的忧虑，并以此为基础，关注了国家的统一与分裂问题，表现出强烈的民族意识，建构了英格兰民族维护者的身份。

---

① George Herbert, *The Works of George Herbert*, p. 275.

第三章　自我现代性书写与审美同构

艺术作品，无论是文学作品、绘画或是音乐，其创作一方面反映了外界社会活动的刺激；另一方面也反映了创作主体的内在需求。而创作主体的内在需求包括了审美需求。这种审美需求可在艺术活动与艺术作品中进行发掘与探索。列夫·托尔斯泰认为艺术活动是艺术家"在自己心里唤起一度体验过的感情，并且在唤起这种感情之后，用动作、线条、色彩以及言词所表达的形象传达出这种情感，使别人也能体验到这同样的情感"①。在经历、体验这种情感的冲击后，艺术家就去反省和回溯这种情感产生的全过程，把与这种情感产生的有关外界刺激从大量无关的日常生活印象感受中剪裁出来，汇集起来，甚至借助虚构组织起来，以一种感知的外在形式展示出来。②这种对"有关外界刺激物"感受的"剪裁""汇集""组织"，就是对情感的净化和美化，把自然的情感变为审美情感，即审美的升华过程。作家在一定审美理想的指导下，把一般素材形态的情感转变为审美的情感，并借用各种物质媒介，把审美情感凝聚成具有一定审美形式的创造物，从而以审美情感的本质呈现艺术的本质。③

赫伯特的诗歌创作也体现了审美的升华过程。在自我审美理想指导下，赫伯特把自我经历体验过的内在冲突情感与包括宗教、政治及民族等巴罗克文化语境下的外界刺激因素所产生的社会责任情感均融入诗歌创作之中。在诗歌创作过程中，赫伯特反省、回溯并梳理了内在冲突情感与外

---

① 〔俄〕列夫·托尔斯泰：《艺术论》，古晓梅译，台北：远流出版社，2013，第47页。
② 汪济生：《美感概论：关于美感的结构与功能》，上海科学技术文献出版社，2008，第103页。
③ 张东焱、杨立元：《文学创作与审美心理》，中国工人出版社，1994，第4～5页。

在社会责任情感产生的全过程，并将这种矛盾、冲突且颇具张力的自我情感进一步升华，对其进行了审美化处理，在诗歌创作过程中实现了审美同构，亦呈现了自我对艺术本质的看法。具体而言，《圣殿》诗集部分诗篇对诗歌创作、音乐进行了论述，并通过内容与形式的结合实现了视觉艺术呈现，这些就是赫伯特探究艺术本质的具体方式。这种对艺术本质的探讨与呈现是基于自我内在冲突情感与自我外在身份认知的审美意识体现，亦是赫伯特实现更高层次自我书写的方式。

第一节　赞与美之诗

通常情况下，创作主体通常"有对探索、理解、创造、成就、爱情或自我尊敬感的渴望"，呈现了"包含有张力增强和超出了直接的生存和安全需要的一种丰富状态"[①]。从审美角度来看，这便是创作主体的内在审美需求。这种审美需求包含了创作主体的多种心理因素，而其中起主导作用的便是情感因素。因为审美需求总是以情感的形态表现出来，这是因为情感"是人对客观世界的一种特殊的反映形式，是人对客观事物是否符合自己需要的态度体验，人对客观事物的态度是和自己对客观事物的需要密切相关"[②]。而在诗歌创作活动中，赫伯特亦将其虔诚的宗教情感融入诗歌创作中，这具体体现在诗集里的"元诗歌"，即探讨诗歌本质的诗篇中：一方面，对诗歌创作的主题进行了论述，认为诗歌创作不应该歌颂世俗的爱情，而应当虔诚地歌颂上帝；另一方面，对诗歌的形式进行了讨论，指出诗歌应当运用朴实、简单的形式来歌颂上帝，这可以通过简单朴实的语言实现。这种对诗歌创作的讨论实际上体现了赫伯特诗歌创作的审美意

---

① 〔美〕克雷奇、克莱奇菲尔德、利维森：《心理学纲要》（下），周先庚、林传鼎、张述祖等译，文化教育出版社，1980，第 383 页。

② 周昌忠：《创造心理学》，转引自张东焱、杨立元《文学创作与审美心理》，中国工人出版社，1994，第 3 页。

识：他相信上帝是至善至美，是诗歌创作的源泉。借此，赫伯特蕴积的宗教情感通过诗歌艺术形式得以抒发和倾泻，而其审美情感，即赫伯特的诗歌创作审美意识，亦得以呈现。

《圣殿》中的说话者认为诗歌创作的主题不应是世俗爱情，而应当对上帝或基督进行颂扬，这种观点在《祭坛》中便有体现。在基督教文化传统中，祭坛与基督死亡密切相关，用于表示基督徒对上帝或基督的崇敬与颂扬。《祭坛》的表层文本将心与祭坛联系，指出作为上帝的仆人，说话者用破碎的心建造了一个破碎的祭坛，而组成祭坛的所有碎片都将歌颂上帝。通过将心比喻为祭坛，说话者表达了对上帝的虔诚与崇敬。然而，斯特里尔认为该诗篇在展示（视觉）艺术的同时，也讨论了艺术。①换言之，从深层文本来看，说话者还将诗歌创作与祭坛联系，指出诗歌犹如祭坛一样，是对上帝的歌颂。这种观点在第 3 行得以体现："它的每一部分都如同您的手塑造的。"（Whose parts are as thy hand did frame）（92，第 3 行）威尔科克斯指出"它的每一部分"既可以指建构祭坛所用的石头，也可以理解为诗歌中的单词与诗行。②第二种解读可以用于合理地阐释诗篇第 9~12 行：

> **释义**：因此 每一 部分
> 我 坚硬 的 心
> 与这个形状契合，
> 以歌颂你的名字。
>
>
> Wherefore each part
> Of my hard heart
> Meets in this frame,
> To praise thy name.
>
> （92，第 9~12 行）

---

① See Richard Strier, *Love Known: Theology and Experience in George Herbert's Poetry*, p.191.
② See George Herbert, *The English Poems of George Herbert*, p.93.

　　心犹如祭坛，其每一部分与祭坛的形状契合，可以理解为说话者创作诗篇中的每一个词，每一行诗都与祭坛的形状契合，都是为上帝而作，目的是歌颂上帝。随后，说话者表明了对上帝的歌颂永不停息："如果我有机会获得安宁／这些赞美你的石头也不会停息。"（That if I chance to hold my peace，／These stones to praise thee may not cease）（92，第 13～14 行）"赞美你的石头"既可以指如石头一般的心，也可以指创作的诗篇。由此可见，《祭坛》已经定下整部诗集的基调，即所有诗篇均是为了上帝创作。

　　为歌颂上帝而进行诗歌创作这一观点在《爱》第一、第二首中也有表达。这两首诗均将"爱"比拟为上帝，并且表明应当以神圣的上帝之爱，而非以世俗之爱为诗歌创作主题。在《爱》第一首第 1 节中，说话者指出永恒的爱，也就是造物主，源于永恒、至高无上之美。既然诗歌是对美的歌颂，那么它就应当歌颂代表永恒之爱的造物主。然而，事实是人分走了上帝的荣光。第 2 节指出"红尘之爱获得所有的荣耀"（While mortall love doth all the title gain）（189，第 5 行），这表明红尘之爱，抑或世俗之爱取代了至美的上帝，成为诗歌创作的主题。该节第 2～4 行具体描述了红尘之爱如何成为诗歌创作的主题：它"支配、占据心灵和思想"（Bear all the sway，possessing heart and brain）（189，第 7 行）。虽然人的心灵和思想都是由造物主创造，但现今造物主在其中却毫无立足之地，这就暗指世俗之爱早已取代永恒之爱，成为诗歌创作的主题。在第 3 节中，说话者表明才智和世俗之美成为诗歌创作主题，正因如此，诗歌创作要么矫揉造作，要么歌颂世俗之美，而拯救人脱离地狱的永恒之爱却备受冷落，无人问津。诗篇结尾的对偶句重申了第 1～3 节中的观点：首先提出疑问："谁来歌颂您？"（Who sings thy praise？）对此，说话者并未直接给出答案，而是指出只有"围巾或手套"（skarf or glove）温暖我们的手，让他们书写爱。"围巾或手套"是女性的装饰之物，象征了温暖世人的世俗之爱。这种世俗之爱让诗人创作书写，即许多诗人歌颂世俗之爱，忽视了造物主。由此，说话者表达出对以世俗之爱为主题的诗歌创作的不满情绪，间接表明诗歌创作应以歌颂神圣之爱为主题。

《爱》第二首延续了对诗歌创作主题的探讨。说话者将上帝的神圣之爱称为"永恒的激情"（immortall Heat），并希望这种激情的火焰能够减少人对俗世的关注，或者在激情的火焰将俗世烧尽之前，先将人驯服，从而激起人心中"真正的欲望"（true desires）。"真正的欲望"是指歌颂神圣之爱的欲望，这与世俗之爱形成对照。第 2 节继续对"永恒的激情"之火焰进行描述，希望它可以燃尽代表世俗之爱的情欲。如此，我们的心便会渴望神圣之爱，且我们创作的诗歌也变得神圣，可以放在祭坛，献给上帝。第 3 节进一步描述了以神圣之爱为主题的诗歌创作对人的净化与救赎："我们的眼睛将看到你，它们之前看到的只是俗世。"（Our eies shall see thee, which before saw dust）（191，第 9 行）该诗行可与原罪关联进行阐释：亚当与夏娃堕落之前，人可以面见上帝；亚当夏娃堕落之后，罪让人无法面见上帝。说话者认为这种情况可以通过歌颂神圣之爱的诗歌创作得以改变，这就表明诗歌创作具有净化力量，能够清除人的罪，让我们重见上帝。此外，上帝还会因此"让万物复原如初"（recover all thy goods in kinde）；"复原如初"指回到人堕落之前、万物受上帝庇佑之时，体现了上帝的救赎力量。诗篇结尾的对偶句表明了诗人创作的主题转向了对神圣之爱的歌颂："所有的膝盖都会向你弯曲；所有的诗人都会站起，／并歌颂那造就并治愈我们双眼之人。"（All knees shall bow to thee; all wits shall rise, ／ And praise him who did make and mend our eies）（191，第 13~14 行）此处"wits"并非《爱》第一首中所说的世俗才智，而是指具有才智的所有诗人。换言之，所有诗人都将歌颂创造、拯救我们的上帝。由此，说话者从正面，直接地表述了诗歌创作应当以歌颂上帝为主题的观点。

威尔科克斯指出诗篇《花束》（"The Posie"）的标题包含了三层意思：一是指在戒指等其他物件上面所雕刻的铭文，如箴言或诗句等；二是指"诗歌"的同源词，陈述了诗歌创作的理论；三是指花束，但同时也是"诗歌"（poetry）的双关语，通过将花束与诗歌联系表明诗歌便如同花束一样是赠予上帝的礼物。① 上述三种阐释都十分合理，有助于诗篇的理解。说话者在第 1 节指出歌颂基督一直是其创作主题。在诗行 "让使用妙语之人竞争，/ 用他们的话语与诗篇镌刻在窗上"（Let wits contest, / And with their words and posies windows fill）（632，第 1~2 行）中，"使用妙语之人" 是指以世俗题材为主题进行创作的人，他们之间相互竞争，同时也与歌颂上帝的神圣诗人竞争；他们将诗篇镌刻在窗上以求永恒。在第 1 节末尾，说话者用斜体诗行强调了自己的不同，强调上帝的恩典才是他诗歌创作的永恒主题。在第 2 节中，说话者指出他将歌颂基督融入所有创作中：戒指上镌刻的铭文、"图画"、"所写之书"、歌曲、话语以及口头创作等不同的艺术形式。所有的艺术形式都以歌颂基督恩典为主题，这也是说话者喜悦、幸福之源。第 3 节第 1、2 行传递了说话者的诗歌创作语言观，他建议让诗歌创作时运用的智慧或是想象力休憩，放弃对 "才智" 的运用。让 "创造休憩"（invention rest）也就是指避免绞尽脑汁的创作，放弃对 "才智" 的运用则指改用朴实的语言进行诗歌创作。第 3 节与第 1 节的第 3、4 诗行均为斜体书写，但内容稍有调整：第 1 节第 3、4 诗行为**我一点也不配得到/ 您施予的所有恩典，仍然是我的花束**（*Lesse then the least/ Of all thy mercies*, is my posie still）（632，第 3~4 行），这表明说话者虽意识到他不配获得上帝的恩典，但仍将基督仁爱与恩典视为其永恒的 "花束"，即诗歌创作的永恒主题。第 3 节第 3、4 行为**我一点也不配得到/ 上帝施予的所有恩典，仍然是我的花束**（*Lesse then the least/ Of all Gods mercies*, is my posie still）（632，第 11~12 行），它将第 1 节中的 "您" 改为 "上帝"，进一步明确了说话者的言说对象，并借此强调诗人创作的诗篇如同作为礼物呈现给上帝的花束一般，凸显了诗歌应歌颂上帝的观点。

　　《本质》（"The Quidditie"）可谓一首 "元诗歌"，讨论了诗歌本质；在阐明诗歌本质时，说话者并没有去正面讨论，而是从反面的角度排除 "诗歌不是什么"，并在诗篇最后一行转用肯定句式揭示诗歌本质。在第

---

① See George Herbert, *The English Poems of George Herbert*, p. 632.

1~4 行中，说话者用一系列的否定词"not""no"以及"nor"，指出诗歌不是"皇冠"（crown）、"影响荣誉的事件"（honor）、"华美的外衣"（gay suit），也不是"猎鹰游戏"（hawk）、"盛宴"（banquet）或是"荣誉"（renown），更不是"利剑"（good sword）或是"鲁特琴"（lute）。"皇冠"象征了王权，诗歌不是"皇冠"表明诗歌并不是用于歌颂世俗权力的工具；"影响荣誉的事件"中的荣誉指世俗的荣誉；"gay suit"可有两种理解，一为"华美的外衣"，象征着世俗的享乐；二为"快乐的追求"，既可以指对世俗名利的追求，也可以指对世俗爱情的追求，不论作何理解，它都象征着世俗追求与享乐，所以诗歌既不是快乐的追求又并非华美的外衣，表明世俗追求与享乐并非诗歌的本质；"利剑"可以说象征了勇士的行为；而"鲁特琴"是当时宫廷常用的一种乐器，象征了世俗爱情诗歌。说话者运用一系列的否定对诗歌进行诠释，表明俗世的一切名誉、享乐都并非诗歌的本质。第 2 节继续运用否定词"不能"（cannot）、"从未"（never）以及"也不能"（nor）对诗歌本质进行阐述：诗歌不能"跃身上马，或是跳舞，或是玩耍"（It cannot vault, or dance, or play）（254，第 5 行），这表明诗歌与骑马、跳舞或是玩耍不同，不是寻常的宫廷娱乐活动。"它也从未在**法国**或**西班牙**"（It never was in *France or Spain*）（254，第 6 行）则指英国的诗歌创作不应模仿法国或西班牙诗歌创作风格，而应当有自己的特点。诗歌也不像养有许多马的马厩或是庄园那样可以为生活提供娱乐。此处，养有许多马的马厩与基督诞生的马厩构成了世俗与神圣的对照——养有许多马的马厩是为方便宫廷骑马娱乐，而基督诞生的马厩则是救世主现身之神圣场所。第 3 节继续延用这种探讨方式，指出诗歌不是"职务"（office）、"技术"（art）、"消息"（news）那样有实际功用之物，更不是"交易"（the Exchange）或是"繁华的（商业）大厅"（busie Hall）。上述词语均与 16~17 世纪新科学、商业贸易获得发展的文化语境相关。通过将诗歌创作与新科学、商业贸易相关的活动对比，说话者点明诗歌创作并非为了世俗名利。诗篇最后两行改用肯定的方式，正面阐述了诗歌的本质："但当我使用它时 / 我便与你同在，并**获得一切**"（But it is that which while I use/ I am with thee, and *Most take all*)（254，第 11～12行）。"使用"是指说话者书写、修改以及阅读诗歌的过程；在诗歌创作过程中，说话者与上帝同在，也就表明说话者书写的对象是上帝。如此，他便可以"获得一切"。威尔科克斯指出"获得一切"与 16～17 世纪英国流行的普利麦罗氏（Primero）纸牌游戏中的用语相关，是指赢家赢得纸牌游戏中的一切。[①]借用与纸牌游戏相关的术语，说话者指出为歌颂上帝而创作的诗歌可以赢得一切：不仅能让上帝赢得世人的歌颂，还会让世人赢得恩典与救赎。据此，说话者点明虔诚的宗教诗歌才是真正的诗歌。

《顺从》（"Obedience"）中的说话者表明其使命是服从神圣的意志，为上帝进行诗歌创作。第 1 节运用了"文件"（writings）、"转让"（convey）、"买家"及"卖家"等法律术语，将诗歌与文件类比，希望诗歌像文件一样，只要买卖双方乐意，便可像转让贵族身份一样，将诗歌转让给任何人。在第 2 节中，说话者指出如果可以，他愿意将其呕心沥血创作的所有诗行转让给上帝，表达对上帝的颂扬，其中"它以及它的所有"（it self and all it hath）以及"特殊文件"（speciall deed）都是指所有诗歌。在第 3 节中，说话者将"享乐"（Pleasure）比喻为"争吵者"（wrangler），并指出如果"享乐"反对，并索取它在诗歌中的地位，他会将之排除在外，即将以世俗享乐为主题的诗歌创作排除在外。说话者在第 4 节呼吁上帝神圣的意志将喜悦充斥于其内心，指出上帝的仁爱会让"方向舵"（rudder）指向上帝。"方向舵"本指控制船方向的一块木头，在此被比喻为上帝对诗歌创作的掌控，即诗歌创作都由上帝决定，为上帝服务。在第 5 节中，说话者通过"腐朽的树"（a rotten tree）这一意象指出因为原罪，人的生活就如同腐朽的树一般；正因如此，他希望"你也可以引导我的行为，如您看到一样"（Thou mayst as well my actions guide, as see）（375，第 25 行），即希望由上帝引导诗歌创作。第 6、7 节通过"购买"（purchase）延续了对法律词汇的运用；该词表明说话者对上帝的虔诚并非主动的，而

---

① See George Herbert, *The English Poems of George Herbert*, p. 255.

是因为基督流血、死亡且救赎人类而俘获了他的心；正因如此，说话者要"用他的手/ 与心为这文件服务"（…may set his hand/ And heart unto this deed…）（375，第 37～38 行），即全心全意为歌颂上帝而创作诗歌。在诗篇结尾，说话者的言说对象由上帝变为读者，他表明如果读者能够全心全意地阅读由他创作的诗篇，那么说话者和读者均能获得救赎。

《圣殿》诗集呈现的诗歌创作观反映了赫伯特的观点。这种诗歌创作意识可从赫伯特在 1609～1610 年为其母亲所写的两首十四行诗中得以窥见。第一首十四行诗由一系列问句构成：第 1 个问句为："吾主，对您的古老热情在哪里？"（My God, where is that ancient heat towards thee?）[1]该疑问可谓反映了 16～17 世纪宗教诗歌的发展状况：在 1530～1660 年，以宗教为主题的十四行诗与宫廷诗歌在英国同时得以发展，然而彼得拉克十四行诗在文艺复兴时期迅速发展，而宗教诗歌却默默无闻。[2]第二个问句为："难道/ 诗歌穿着**维纳斯**的衣服？只为她服务？"（Doth Poetry/ Wear *Venus* Livery? only serve her turn?）[3]维纳斯是罗马神话中的爱神，而"诗歌穿着维纳斯的衣服"以及"只为她服务"表明了诗歌大多注重描述、歌颂世俗爱情。随后，赫伯特用一系列疑问句表达了自己的疑惑与不满：

> **释义：**为什么**十四行诗**不是由您构成？并放在
>
> 您的祭坛上焚烧？难道您的爱无法
>
> 鼓舞一个灵魂说出对您的赞扬
>
> 正如对她的赞扬一样？难道您的鸽子
>
> 无法轻易地飞越**丘比特**？

Why are not *Sonnets* made of thee? and layes

---

① George Herbert, *The Works of George Herbert*, p. 206.

② See William L. Stull, "'Why Are Not 'Sonnets' Made of Thee': A New Context for the 'Holy Sonnets of Donne, Herbert & Milton'," *Modern Philogy* 11, (1982): 129.

③ George Herbert, *The Works of George Herbert*, p. 206.

Upon thine Altar burnt? Cannot thy love

Heighten a spirit to sound out thy praise

As well as any she? Cannot thy *Dove*

Out-strip their *Cupid* easily in flight? [1]

（206，第 5~9 行）

"为什么十四行诗不是由您构成"即为什么十四行诗描述的是世俗爱情，而非歌颂上帝；将诗歌"放在您的祭坛上焚烧"则指将诗歌作为祭品献给上帝；在基督教文化传统中，"鸽子"代表圣灵，希腊神话中的"丘比特"则代表世俗的爱情，"鸽子"无法飞越"丘比特"表明世人更重视对世俗爱情的歌颂。这些疑问都表达了赫伯特对当时诗歌创作的不满，凸显了以歌颂上帝为诗歌创作主题的决心。在第二首十四行诗中，赫伯特使用了肯定句式表达出了应以歌颂上帝为诗歌创作主题的观点：即使浩瀚如海洋般的墨水也无法写尽对上帝的一切，随后表明万物都是为了歌颂上帝：从云朵滴下的雨滴、百合与玫瑰在言说、赞美上帝。从第 8 行开始，赫伯特提出疑问："为什么我将**女性的双眼**误认为是水晶？"（Why should I *Womens eyes* for Chrystal take？）[2] 该诗行颇具深意：被视为水晶的"女性的双眼"指涉了女性之美，可以理解为世俗情欲的象征；而在赫伯特看来，女性姣好容颜之下隐藏的是污秽，因此，这样的美是虚假之美；而上帝之美虽被掩盖起来，极为含蓄，却是永恒的，即上帝才是至美，是诗歌应当书写的主题。此外，拉丁诗集中的诗篇《论令人着魔的戈耳工》（"On the bewitched Gorgon"）也对诗歌创作主题进行了讨论。首先，诗人提出疑问，缪斯就在我们身边，为什么你们却要去找神秘的戈耳工、幽灵以及遥远的美杜莎？在此，"缪斯"实际上就是指上帝，而戈耳工、幽灵与美杜莎代表神秘的、极具诱惑力的俗世；随后，诗人又将上帝与智慧女神帕拉斯类比，并呼吁各司其职：你的朋友去描述戈耳工的面容，我们将描述类比为帕拉斯的

---

[1]　George Herbert, *The Works of George Herbert*, p. 206.

[2]　Ibid., p. 206.

上帝，即表明赫伯特诗歌书写、歌颂的对象是上帝。在 1609～1610 年写给母亲的信件中，赫伯特明确说出了其诗歌创作宗旨：

> 但是我害怕我的疟疾会让我创作源泉枯竭，有些学者说这个创作源泉是缪斯女神的居所。但是，我不需要他们的帮助去再次证明那些爱情诗歌的自负，每一天都有许多爱情诗歌被创作出来，献给维纳斯。对我来说，我旨在这些十四行诗中，我决心将诗歌创作的微薄力量奉献给上帝。①

由上述分析可见，《圣殿》诗集所传递的诗歌创作宗旨与赫伯特本人的诗歌创作思想是一致的。

《圣殿》部分诗篇还讨论了诗歌的风格：诗歌创作应摆脱世俗诗歌矫揉造作之风，应采用朴实的文风。诗篇《约旦》的标题具有特殊的意义：在圣经文化传统中，约旦河是施洗者圣约翰为基督施洗之所，象征着让人变得神圣的力量。诗篇中的"约旦"与希腊神话中的"赫利孔山"（Helicon）形成对照。在希腊罗马神话中，赫利孔山被视为诗歌创作的灵感；而赫伯特以"约旦"为题，表明给予创作灵感的不是赫利孔山，而是具有洗礼、圣化作用的约旦河。因此，诗篇标题彰显了诗人的创作目的。萨默斯表明《约旦》第一首的主题是"真正的美"，即宗教，这才是诗歌创作的主题，进而反对歌颂"虚假之美"的语言与传统。②罗丝玛丽·弗里曼（Rosemary Freeman）认为："这是第一首与诗歌创作外在因素相关的诗歌。"③图夫则指出："在该诗篇中，赫伯特似乎旨在对其诗篇进行洗礼，使其为上帝服务。"④ 三位学者的评论均表明《约旦》与诗歌创作密切相关。诗篇第 1 节由四个设问句构成的排比句组成，对艺术与真理之间的关系进

---

① George Herbert, *The Works of George Herbert*, p. 363.

② See Joseph H. Summers, *George Herbert: His Religion and Art*, p. 108.

③ Rosemary Freeman, "Parody as a Literary Form: George Herbert and Wilfred Owen," *Essay in Criticism* 13 (1963): 308.

④ Rosemond Tuve, *A Reading of George Herbert*, p. 184.

行了探讨。说话者运用了"编造的假发"（false hair）、"一把弯曲的梯子"（a winding stair）以及"漆着油彩的假御座"（painted chair）三个意象呈现艺术描述的内容。"编造的假发"是人为的、不真实的事物，意指虚假的美；"弯曲的梯子"是指在艺术创作过程中矫揉造作、运用复杂结构；"假御座"这一意象与柏拉图在《理想国》（*The Republic*）讨论的"床"具有关联。柏拉图在《理想国》中指出世间有三张床：第一张床是"理念"的床，这张床是先于人类存在的，柏拉图称之为"床的真实性"；第二张床是木匠按照"理念的床"制作的现实之床，这张床是对理念的模仿，和真正实体之床已经隔了两层；第三张床是画家模仿木匠所造之床而创造的艺术之床，这是一种对模仿的模仿，与真实体隔着三层，这三种床中最为接近真理的便是理念的床。诗篇中的"假御座"便如同与真实体隔着三层的床。但说话者运用"假御座"这一意象并非为了探讨艺术与真理之间的隔阂，而是表示世俗的、亵渎的艺术，借此将世俗、亵渎的诗歌与神圣的诗歌形成对照。通过由三个设问组成的排比句，说话者向读者传递了这样的信息：诗歌不是歌颂"虚假的美"，也无须"矫揉造作"，而是应当直接对上帝进行歌颂。第二节仍由三个问句构成，第一个问句中的"迷人的树林"（enchanted groves）指寓言传奇中使用的传统语言和设定的背景；"奇异的乔木"（sudden arbours）则是暗指花园中出人意料的设计。两者隐喻了华丽、矫饰的文风措辞，它们并不能遮掩粗糙的韵文，也就表明华丽、矫饰的文风并不能够提升韵文的质量。第二个问句为"难道定要用潺潺的流水滋润爱者的恋心？"（Must purling streams refresh a lovers loves?）（200，第8行）"爱者的恋心"有两个含义：一是指世俗中的爱恋者；二是指虔诚爱恋上帝的人。在分析《仙后》（*The Faerie Queene*）描述的"汩汩的泉水"（Bubbling wave）时，科伯恩·弗里尔（Coburn Freer）指出第一卷第七章第5行出现的泉水并没有让红衣骑士恢复活力，而是让他由强壮变得虚弱。[①]《约旦》中"潺潺的流水"（purling streams）与《仙后》中

---

① See Coburn Freer, *Music for a King: George Herbert's Style and the Metrical Psalms*, Baltimore: John Hopkins University Press, 1972, p. 236.

的"汩汩的泉水"具有相同的内涵,即"潺潺的流水"不一定会让爱者的恋心得到滋润,反而可能会削弱这种爱恋之情,如此流水与约旦河之水形成了对照:约旦河之水让人变得圣洁,那么如果用约旦河之水滋润爱恋之心,这种恋爱之情定会变得更为纯洁、神圣,这就强调了约旦河才是诗歌创作的源泉;换言之,只有对上帝虔诚的爱才能成为诗歌创作的真正灵感。第2节第三个问句再次强调了诗歌创作的原则:"难道一切定要朦胧,当他阅读时,猜测/隔着两重障碍的意思?"(Must all be vail'd, while he that reades, divines, / Catching the sense at two removes?)(200,第9~10行)"一切定要朦胧"以及"猜测/隔着两重障碍的意思"指华丽、矫饰的语言含混费解,这种语言与《哥林多后书》(3:12-16)中保罗所说"基督徒要用朴实的语言"相悖,也与真理相悖,不适合歌颂上帝。此观点在第3节得到进一步阐述:

> 牧童们是老实人,让他们唱吧!
> 谁要猜谜请自便,无需我帮,
> 我不羡慕别人的夜莺和春天,
> 随他们骂我不懂格律吧,
> 　我只坦白地说:**我的上帝,我的国王**。[①]

> Shepherds are honest people; let them sing:
> Riddle who list, for me, and pull for Prime:
> I envie no mans nightingale or spring;
> Nor let them punish me with losse of ryme,
> 　Who plainly say, *My God*, *My King*.
>
> (200,第11~15行)

[①] 译文引自王佐良《英国诗史》,译林出版社,2008,第147~148页。

"猜谜""夜莺"与"春天"隐射了世俗、华丽以及矫饰的语言。说话者不羡慕这样的语言，也不会因害怕别人批评而随波逐流，而只会用**"我的上帝，我的国王"**这样朴实的语言表达出对上帝的爱恋。在此，说话者再次强调感情的抒发无须运用华丽、晦涩或是矫饰的语言，朴实的语言反而更为恰当、真诚。

《约旦》第二首运用第一人称对诗歌创作过程进行了自传式叙述，它与"诗歌的内在创作过程"①相关。许多评论家指出赫伯特在《约旦》第二首中理性地讨论了诗歌风格，明确指出赫伯特更为青睐朴实的风格。诗篇第1、2节讲述了说话者寻找华丽辞藻以描述宗教情感的经历："当我初次在诗行中描写天国的喜悦"（When first my lines of heav'nly joyes made mention）（367，第1行）指初次在诗歌中歌颂上帝；诗篇"闪闪发光"（such was their lustre）则指诗篇反射出天堂喜悦的光辉。这两个诗行反映出了诗歌创作主题是对上帝的歌颂。为了歌颂上帝，说话者想尽了一切办法，他寻找"妙词"（quaint words），想尽"花样"（trim invention）；"妙词"指迂回的、精巧的词语；"花样"表明在创作过程中忽视了诗歌创作是为了歌颂上帝，转而关注诗歌的风格、辞藻、华丽性等外在因素。正因如此，说话者的思想开始"延伸"（burnish）、"发芽"（sprout）与"膨胀"（swell），总是"用隐喻缠绕简单的思想"（Curling with metaphors a plain intention）（367，第5行）。"延伸""发芽"与"膨胀"形象地描述了说话者开始运用造作的语言表述想法；"隐喻"既可以指修辞方法，也可以指复杂的语言；"简单的思想"可以有两种理解方式：一是简单的目的，即对上帝的歌颂；二是直接的意思，也就是说直接表达对上帝的歌颂，避免迂回婉转。"妙词""花样"以及"隐喻"都阻碍了真实情感的表达。第2节详细描述说话者在诗歌创作过程中如何受华丽、造作语言的影响：脑海中虽有成千上万个想法，但在创作过程中，他要么担心语言不够"生动"（not quick enough），要么担心语言过于"死板"（dead），不足

---

①　Rosemary Freeman, "Parody as a Literary Form: George Herbert and Wilfred Owen," *Essay in Criticism* 13 (1963): 311.

以形容太阳的富丽，无法形容它的光轮。在诗行"没有什么足以形容太阳的富丽"（Nothing could seem too rich to clothe the sunne）（367，第 11 行）中，太阳（the sunne）与人子（the son）形成双关，表明虽然说话者绞尽脑汁寻找精美的词语，但实际上任何华丽辞藻都不足以颂扬基督。在第 3 节中，说话者指出当如"火焰"（flames）般的创作灵感出现时，"我确实将自我编织在诗歌创作"（So did I weave my self into the sense）（367，第 14 行）。此处"自我"既可以理解为有罪的自我，也可指第 1、2 节中为歌颂上帝绞尽脑汁的自我，两种意义上的"自我"皆阻碍了对上帝的歌颂。而正当说话者匆忙之际，耳边出现了另一声音，这个声音可能是说话者的灵魂之声，也可能是上帝之声，其内容通过斜体字表现出来：

> 对我附耳说："这些都不相干！"
> 一个爱字已含一切甜蜜，
> 只消抄那个，其余不必费事。"①

> Whisper, *How wide is all this long pretence*!
> *There is in love a sweetnesse readie penn'd*:
> *Copie out onley that, and save expense.*

（367，第 16~18 行）

"这些都不相干"中的"这些"既可以理解为第 1、2 节中通过"妙词"、"花样"，以及"隐喻"指涉的华丽、造作的语言，也可理解为绞尽脑汁寻找精美的措辞以赞美上帝的举动。另一个声音告诉说话者，这一切与赞美上帝毫不相干，并且指出简单的一个"爱"字便可以表达出对基督的虔诚之爱。换言之，表达对上帝的爱无须纠结于奇思妙句或精美华丽的语言，只要心怀虔诚足以。

---

① 译文引自王佐良《英国诗史》，第 148~149 页。

斯坦认为《先驱》（"The Forerunners"）陈述了对朴实风格的偏爱。[1]
玛丽·E. 里基（Mary Ellen Rickey）也指出该诗篇传递的信息是上帝愿接
受简单、虔诚的颂歌，因为那种"创造的才能很枯燥"[2]。萨默斯则指出诗
篇隐射了语言之美就如同灵魂，只有用语恰当的诗歌才能够长久。[3]从三位
学者的评论可见，诗篇《先驱》重点讨论了诗歌创作语言。在第 1 节中，
说话者将白发比喻为"通报者"（harbingers），并质问它为什么要占据他
的头。之所以如此质问是因为头是孕育思想之场所，而白发象征着年迈衰
老，这会让他变得愚钝，使他丧失诗歌创作能力。但第 1 节最后一行出现
转折，指出即便说话者丧失了那些"耀眼的思想"（sparkling notions），变
得愚钝，但其信仰不会发生变化，仍然信奉上帝。第 2 节沿用"通报者"
这一比喻，指出代表愚钝与衰老的通报者并未有占据他最好的房间——由
基督占据的心，并进一步指出，只要基督还在心中，他并不介意身体其他
部分发生变化，只要相信上帝，他便不会感到恐惧、危险。第 2 节结尾两
行诗句为："他会对这小曲满意/如果我让他满意，我也写得精美机智。"
（He will be pleased with that dittie；/ And if I please him，I write fine and
wittie.）（612，第 11～12 行）"小曲"（dittie）指说话者创造的诗篇，如果
上帝对其诗篇满意，他便会用更为精美、机智的语言进行创作，这也隐射
了说话者意图运用造作、复杂的语言进行创作以取悦上帝。在第 3、4 节
中，说话者转而叙述他如何放弃矫揉造作的诗歌语言：在第 3 节中，说话
者向"美好的词语"（sweet phrases）与"动人的隐喻"（lovely metaphors）
告别，它们以前只知晓"妓院之门"，即华丽、复杂的语言经常被用来描
述世俗的情欲。而现在，"我用我的眼泪将你清洗，此外，/ 将你衣衫完整
地带到教会"（Then did I wash you with my tears，and more，/Brought you to
Church well drest and clad）（612，第 16～17 行）。该诗行表明说话者对诗

---

[1]　See Arnold Stein, *George Herbert's Lyrics*, p. 17.

[2]　See Mary Ellen Rickey, *Utmost Art*：*Complexity in the Verse of George Herbert*，Lexington：Kentucky
　　University Press，1966，p. 176.

[3]　See Joseph Summers, *George Herbert*：*His Religion and Art*，p. 119.

歌语言堕落状态感到悲哀，希望通过用眼泪将之清洗净化，并用之歌颂上帝，因为上帝应当拥有最美好的事物，包括诗歌语言。在第 4 节中，说话者转以美好的诗歌语言为言说对象，并对之连续提出三个疑问："……你要飞向哪里？"（…whither wilt thou flie?）（612，第 20 行）"是否有溺爱的情人引诱你走向祸端？"（Hath some fond lover tic'd thee to thy bane?）（612，第 21 行）"你会离开教堂，爱上猪圈吗？"（And wilt thou leave the Church, and love a stie?）（612，第 22 行）这三个问句均质疑了美好的诗歌语言是否会抛弃上帝，转而描述世俗的情欲："飞向哪里"可与第 3 节中的"将你衣衫完整地带到教会"进行对照，表明美好的诗歌语言离开了教会；"走向祸端"指美好的诗歌语言又回到俗世；而"爱上猪圈"指诗歌语言用于描述世俗的、动物般的情欲。在认识到描写世俗情欲会玷污美好的诗歌语言之后，说话者在第 5 节中要求用美好的诗歌语言来歌颂上帝，用粗俗的语言描述俗世情欲："污秽之物"（dung）象征俗世低级的身体享乐；偏爱"污秽之物"的人则指以世俗享乐为创作主题的诗人；"帆布"（canvas）与"盛装"（arras）形成对照，分别指代粗俗的语言和美好的诗歌语言。让愚蠢的爱侣用"帆布，而非盛装遮羞"（With canvas, not with arras clothe their shame）（612，第 26 行），隐含之义为世俗情欲仅配用粗俗的语言，而非美好的诗歌语言进行描述。该节末尾表达了关于美的思想，指出至美是上帝，因此美好的诗歌语言当用于歌颂上帝。然而，诗篇最后一节突然发生逆转：说话者指出即使美好的诗歌语言与世俗享乐一起离开，他也不会阻拦，因为美丽的语言对于歌颂上帝已经不重要了。之所以会有这样的转变是因为说话者认为坚定的信仰比任何修饰的语言更为重要。诗节最后三行出现了形成对照的两个意象：色彩斑驳的"春日的鸟儿"（birds of spring）与"惨淡的苍白"（a bleak palenesse）。"春日的鸟儿"象征了美好的青春；让"春日的鸟儿"离去指说话者不再迷恋美好、迷人的诗歌语言；"惨淡的苍白"又与第 1 节中比喻为"通报者"的白发呼应，"惨淡的苍白"表明年迈、衰老会取代青春，这是不可改变的客观规律，但是岁月让人更为睿智，更易洞悉真理。诗歌语言的使用与之类似：美好诗歌语言的离开实则预告了真理的到来，虔诚的心、朴实的语言能更好地表达对上帝的虔诚与歌颂。

《悲伤》（"Grief"）中的说话者首先提出疑问："哦，谁会给我眼泪？"（O who will give me tears?）（560，第1行）接着在诗篇第1～12行中，说话者祈求自己的大脑与双眼中能够出现"泉水"（springs）、"云"（clouds）和"雨"（rain）等大自然创造的各种具有滋润功效的事物，因为他那被比喻成"水道"（conduits）的双眼太过干涩，太过狭小，无法表达出他的悲伤。从第13行开始，说话者转而对诗歌进行了论述：他指出与无法表达出自己悲伤的双眼相比，诗歌是精美、睿智的事物，可以抚平忧伤，因此他恳请诗歌"放弃你的音步，进入我的双眼"（Give up your feet and running into mine eyes）（560，第15行）。"放弃你的音步"实际上运用了双关："feet"既有"脚"的意思，也可指诗的"音步"，因此"放弃你的音步"实际上是呼吁诗歌放弃矫揉造作的外在形式。

亚瑟·丹图（Arthur Danto）认为艺术的作用是让我们与世界、与他人、与自我之间的联系更为透明。[1] 艺术将我们内在的东西暴露出来，并且它让我们更为接近至善，因此也能引发出我们身上最好的品质。[2] 那么，诗集中说话者表述诗歌创作意识与赫伯特的自我有何联系呢？回答该问题之前，我们应当先了解人的意识。人的意识可以分为客体意识与自我意识；并且人的意识具有对象性，其对象之一是外在的世界，这一外在世界由客观的对象组成客体意识；意识对象的另一部分是对主体之人自身的意识，其中包括作为主体之人的一切，从物质到精神的，以及从社会到自然的属性和特点。客体意识与自我意识互为补充、相互渗透与转化。[3]诗集中建构讨论诗歌创作的说话者可谓承载了赫伯特客体意识与自我意识。其客体意识反映出16～17世纪诗歌创作的氛围。虽然16～17世纪的大多诗人以

---

① See Arthur Danto, *The Transfiguration of the Commonplace*: *A Philosophy of Art*, New York: The University of Columbia Press, 1982, p. 208.

② See G. V. Loewen, *The Role of Art in the Construction of Personal Identity*: *Toward a Phenomenology of Aesthetic Self-Consciousness*, Ontario: The Edwin Mellen Press, 2012, p. 3.

③ 参见王启康《论自我意识与自我之间的关系》，《华中师范大学学报》2007年第46卷第1期。

世俗爱情作为诗歌创作主题，但是也有许多文人表明且发誓要对堕落的世俗诗歌进行改革，使诗歌为上帝服务。①持有这一主张的包括托马斯·怀亚特（Thomas Wyatt）、亨利·霍华德（Henry Howard）及亨利·帕克（Henry Parker）等人，其中对赫伯特诗歌创作影响最大的可能是菲利普·西德尼（Philip Sidney）。首先，乔治·赫伯特是乡绅赫伯特家族的一员，并且也是该贵族家庭的第四个侄子；该家族的第二代伯爵于 1577 年与菲利普·西德尼的妹妹玛丽·西德尼（Mary Sidney）结婚，玛丽的孩子威廉·赫伯特（William Herbert）则是菲利普·西德尼的侄子。据此，可以推断，赫伯特可能与西德尼本人有过接触。此外，身为彭布鲁克伯爵夫人，玛丽在赫伯特人生的前十个年头里一直管理着威尔顿庄园；在这期间，玛丽发表了菲利普·西德尼的大部分著作，包括《爱星者与星》（*Astrophil and Stella*）以及《诗辩》（*The Apology for Poetry*）。在《诗辩》中，西德尼指出诗歌可以安慰那些因犯致命之罪而痛苦的人，他们可以从诗歌中寻找到永恒、仁慈的慰藉。②他希望能够将诗歌用于宗教，因为他相信如果上帝赋予我们睿智，那么无论是在私下还是在公共场合，我们都可以很好地运用这种睿智来歌颂永恒的美，上帝永恒的仁慈，因为是上帝使我们能用双手写作，给予我们进行思考的智慧。③赫伯特可能有机会阅读到西德尼的作品，并受其作品中的观点的影响。最后，威廉·赫伯特曾经是当时许多文人的赞助人，这些文人包括莎士比亚、琼森等人，由彭布鲁克伯爵夫人与其儿子威廉所培养出来的文人圈对赫伯特成为诗人产生了重大的影响。④这种诗歌创作语境可谓构成了赫伯特的客体意识。而另一方面，笔者在论著第一章已经指出赫伯特将内在维度的自我建构成为这样的自我：他经历反叛、抱怨、自我审视、反省忏悔，感情最终得以平复，并虔诚地歌颂上帝

① See John Ottenhoff, "From Venus to Virtue: Sacred Parody and George Herbert", in Helen Wilcox and Richard Todd, eds., *George Herbert: Sacred and Profane*, p. 51.
② Sir Philip Sidney, *An Apology for Poetry*, ed. Geoffrey Shepherd, Nelson, 1965, p. 102.
③ Sir Philip Sidney, *An Apology for Poetry*, p. 137.
④ See Cristina Malcolmson, *George Herbert: A Literary Life*, Hampshire: Macmillan Distribution Ltd., 2004, pp. 1-2.

对人的救赎、恩典与仁爱。这可谓体现了赫伯特的主体情感与意识。在诗歌创作过程中，积淀着赫伯特人生哲理和生活意蕴的审美情感推动着整个诗歌创作活动的心理机制，循着形象的组合和变形，实现创作的契机和目的。赫伯特则认为简洁、朴实的诗歌语言最能体现其创作的契机和目的。在这种客体意识与主体意识相互作用、相互渗透的情况之下，赫伯特书完成了作为宗教诗人艺术家自我之书写，表达了诗歌创作之审美意识。

第二节　人与器之歌

《尚书·尧典》中写道："诗言志，歌永言，声依咏，律和声。"这就表明诗歌与音乐具有密切的关系，在吟诗之时通常需要符合音调的要求。"这是因为诗歌最初本是可以演唱的歌辞，在演唱之时，歌辞受音乐曲调与节拍的制约，要符合音乐乐章的规定。"[1]赫伯特许多诗篇也具有音律性。朱迪·里斯，巴里·费格斯（Barry Ferguson）以及蒂姆·拉福尔（Tim Ruffer）于 2007 年出版了《另一种音乐：与乔治·赫伯特一起的一年》（*Another Music：Through the Year with George Herbert*）一书，该书为赫伯特的《圣诞节》《献身》《晚祷》等诗篇谱曲。在《神圣乐器的赞美：赫伯特的音乐调适》（"The Sacred Organ's Praise：Herbert's Musical Temper"）一文中，约翰·霍兰德（John Hallander）对《圣殿》中的音乐意象，与音乐相关的双关语、奇喻、术语以及赫伯特诗歌产生的音乐效果进行了分析。除了音律性、具有音乐效果之外，《圣殿》中的许多诗篇对音乐艺术本身进行了讨论，探讨了音乐的来源、作用以及何为完美理想的音乐等问题。诗篇中的说话者首先对教堂音乐进行了讨论，指出教堂音乐是上帝的艺术形式之一，对人具有净化、救赎的作用；其次他还表明音乐并非仅仅指由乐器发出的声音，人的呻吟和祈祷之声才是最为动听、优美的音乐。

---

① 黄志浩、陈平：《诗歌审美论》，凤凰出版社，2012，第 172 页。

通过对神圣音乐的讨论，说话者表明音乐并非世俗享乐的一种形式，而是可以借以表达对上帝赞美的一种艺术形式，可以让人最终获得内心的平静。那么，对音乐艺术的讨论与赫伯特自我有何联系？如何投射了赫伯特自我？反映了赫伯特的何种音乐艺术观点与音乐思想呢？这些便是本节将要探讨的问题。

《圣殿》的部分诗篇描绘了上帝与音乐之间的关系，表明上帝的音乐，抑或神圣的音乐，才是最完美、最理想的音乐艺术，它是人类无法模仿的。诗篇《天道》对上帝所创作的音乐艺术形式给予了高度赞美。在第10节中，诗行"……如果我们能听到/ 您的技艺与艺术，那将是什么样的音乐"（...If we could heare/ Thy skill and art, what musick would it be）（417，第39~40行）畅想并颂扬了上帝创造的美好音乐。这种对神圣音乐的畅想与歌颂与济慈在《希腊古瓮颂》（"Ode on a Grecian Urn"）所写"听见的乐声虽好，但若听不见/却更美"异曲同工。济慈的诗歌传递了"美即是真，真即是美"的思想，而赫伯特的诗歌表明上帝的音乐才是最美好的音乐，是至美的体现。正因如此，《圣殿》中的说话者在部分诗篇中指出音乐艺术源于上帝，因此应当为上帝服务，这种观点在《雇佣》第一首中便有体现。戴恩·K.麦科利（Daine Kelsey McColley）指出《雇佣》探讨了如下问题："在一个上帝无处不在的世界中，一个歌颂者真的能够提供任何事物吗？诗人所给予的一切真的是属于他自己的吗？他给予上帝的礼物真的是他自己的才能和灵感吗？"①诗篇讨论的才能包括音乐艺术在内的才能。诗篇第2节解答了麦科利提到的问题："悦耳与赞美都是你的。"（The sweetnesse and the praise were thine）（204，第5行）"悦耳"实际上是对音乐的修饰，是指完美的音调，它属于上帝则表明音乐是上帝赐予的礼物，换言之，包括美好音乐的所有才能与灵感均源于上帝。

诗集中部分诗篇还论述了神圣音乐对人的净化作用。《真正的赞美诗》（"A true Hymne"）中写道："一首赞美诗给予的美好/是，灵魂与诗行和

---

① Daine Kelsey McColley, *Poetry and Music in Seventeenth-Century England*, Cambridge：Cambridge University Press, 1997, p. 137.

谐之时。"（The finenesse which a hymne or psalme affords, / Is, when the soul unto the lines accords）（576，第9~10行）这表明作为神圣音乐的赞美诗代表了神圣的秩序，对人有调适的作用。[①]《教堂音乐》（"Church-Music"）以说话者与教堂音乐对话的形式书写，说话者将音乐称呼为"你"，这样的称呼表明"就如同具有双重特征的人一样，音乐也具有肉体与精神的双重特性……赫伯特运用复数'你'来称呼音乐，也许是承认了有真实的音乐家或是作曲人的陪伴……或是承认音乐的多个组成部分——高音，节奏，声音，旋律，和谐和乐器"[②]。不论称呼"你"包含了何种意义，说话者对音乐表达了感激之情。随后，他道明了为什么感激"所有音乐中最为悦耳之音"（sweetest of sweets）：当不安通过身体伤害到其思想时，最为悦耳的教堂音乐会将他带到一个"安逸的房间"（house of pleasure），为他提供一个"雅致的住所"（daintie lodging）。在此，"安逸的房间"和"雅致的住所"并非指俗世供人享乐的场所，而是指天堂；教堂音乐能将人带入天堂表明了它具有引领、圣化的作用。第2节进一步描述了教堂音乐对灵魂的影响：它如同长了翅膀的鸟儿以及降落的圣灵一样，可以上升或是下降。[③]说话者也随之发生变化："我脱离身体在你里面狂喜奔跑"（Now I in you without a bodie move）（239，第5行）指灵魂脱离肉体，沉浸在教堂音乐中，并随之上升或下降；"我们一起甜蜜生活且相爱"（We both together sweetly live and love）（239，第7行）表明了灵魂与教堂音乐之间的和谐；诗节最后一行以斜体书写的"**上帝庇佑可怜的国王**"（*God help poore Kings*）源于教会里经常吟唱的《诗篇》，与教会音乐相关，也是灵魂歌唱的内容。诗篇第3节第1行中的"安稳，我将死去"（Comfort, I'le die）是说话者对教堂音乐所说的话语，表明他希望维持教堂音乐给予的安稳状态，并且强调教堂音乐对其至关重要——一旦教堂音

[①]　See Eelco van Es, *Tuning the Self: George Herbert's Poetry as Cognitive Behaviour*, Bern: Peter Long AG, 2013, p.22.

[②]　Daine Kelsey McColley, *Poetry and Music in Seventeenth-Century England*, p.147.

[③]　Ibid.

乐离开，他便会死亡；诗篇结尾诗行"但如果我的旅程有你相伴，／你知道通往天堂之门的路"（But if I travell in your companie，／ You know the way to heavens doore）（239，第 11～12 行）重申教堂音乐可以引领人走向天堂，强调了教堂音乐的救赎作用。

海伦·温德勒认为在《最终审判日》（"Dooms-day"）中，最终审判日由"充满怒气、世界将会变成炭火"的一日转变成了"充满喜悦与快乐的一日"①。诗篇第 2 节将音乐与上帝关联，肯定了神圣音乐对人的救赎作用：

释义：　　　　　　　　　　来吧，

就让今天成为那一天。

尘土，啊，感受不到音乐，

但能感受到你的号角：然后他屈膝，

当特别的乐音和乐曲

治疗了塔兰舌拉肆虐的疼痛。

Come away,

Make this the day.

Dust, alas, no musick feels,

But thy trumpet: then it kneels,

As peculiar notes and strains

Cure Tarantulaes raging pains.

（651，第 7～12 行）

在《创世记》（3：19）中，上帝曾对亚当说道："你本是尘土，仍要归于尘土。"由此可见，诗篇中的"尘土"指世人。说话者指出世人除了

---

① Helen Vendler, *The Poetry of George Herbert*, p. 200.

上帝的号角之外，听不到任何音乐，即上帝的号角是人能够听到的唯一音乐。上帝的音乐对人具有巨大的影响，能够让人"屈膝"，还能够治疗"塔兰舌拉肆虐的疼痛"，让人"屈膝"指让人变得虔诚。"塔兰舌拉"（Tarantula）是一种名为狼蛛或鸟蛛的毒蜘蛛，在过去的几个世纪里，人们都相信它能一口致命，因此"塔兰舌拉肆虐的疼痛"实际上隐射了死亡的威胁。而代表神圣音乐的上帝号角也是逻各斯音乐（logos-music），它既能让人虔诚，也能够治疗象征着死亡的疼痛，表明了神圣音乐对人的救赎作用。

在《复活节》第 2 节中，说话者试图唤醒自己的鲁特琴，并且用尽所有技能为他歌唱；此处的鲁特琴既可以象征诗歌也可以象征音乐。该节第 9~12 行将基督与乐器联系：

> **释义**：十字架教所有木头传颂他的名字，
>
> 　　　　　　　　他承受的相同。
>
> 　他延伸的肌腱教会所有琴弦，什么样的调子
>
> 　最适合庆祝这最神圣的一天。

> The crosse taught all wood to resound his name,
>
> 　　　　　　　Who bore the same.
>
> His stretched sinews taught all strings, what key
>
> Is best to celebrate this most high day.
>
> 　　　　　　　（139，第 9~12 行）

"十字架"一方面可理解为基督受难的十字架；另一方面，也可以指乐器上琴弦与制造乐器的木料所形成的接点。按照第二种意义理解，该诗行运用了提喻修辞手法，乐器上的接点指代了乐器鲁特琴。无论是基督受难的十字架还是鲁特琴都"传颂他的名字"，即都是为了歌颂基督。"他承受的相同"既可以指基督背负了十字架，也可以指基督如同鲁特琴一般，

传递了神圣的音乐。"他延伸的肌腱"则将基督的肌腱与琴弦类比，暗示了基督被钉在十字架上，正因如此，所有的乐器都应以歌颂基督、庆祝基督复活作为其调子。在第 3 节中，说话者进一步呼吁心与鲁特琴协调一致，这样才能谱出喜悦、悠长的曲调。诗行"所有的音乐都是由三和音组成/或衍生而成"（Or since all musick is but three parts vied/ And multiplied）一方面点明了和谐音乐的特点：所有和谐音乐都是由三和音（triad）或是三个和谐音符（harmonious notes）组成，或是以基本的三和音或和谐音符为基础衍生而成，因此三和弦也通常被视为完美音乐的数目；另一方面也表明音乐与代表"圣父"、"圣子"与"圣灵"三位一体相关，暗指所有音乐都与上帝相关。随后，说话者转而以上帝为言说对象，希望圣灵能够承担这曲调中的一个分谱或声部（bear a part），并用他那美好的技艺弥补人的缺陷、修复其瑕疵。"他美好的技艺"（his sweet art）是指上帝的音乐；"瑕疵"既可以指音乐的瑕疵，也可以指说话者自己的缺点。上帝修复说话者的瑕疵也可以有两种阐释：一是指上帝让说话者的音乐变得完美；二是指上帝的音乐修复人的瑕疵，其净化救赎作用得以体现。

除了论述神圣音乐是至美的音乐，具有净化、救赎作用之外，说话者讨论了另一种音乐形式——呻吟之声，并且表明呻吟之声是另一种悦耳的音乐形式。诗篇《约瑟夫的彩衣》（"Joseph's Coat"）这一标题源于圣经故事：雅各偏爱儿子约瑟夫，并将彩衣作为礼物送给了他。因此，在圣经故事中，约瑟夫的彩衣代表了父亲对孩子的爱；在基督教文化传统中，彩衣则象征了上帝对人的爱。约瑟夫的兄长因为嫉妒，将他卖给了一群以实玛利商人，随后又用血浸透约瑟夫的彩衣。因此，从类型学角度来看，它等同于基督那被血染红的外衣，象征了基督的受难。由此可见，诗歌以歌颂基督受难以及上帝对人的恩典为主题；这种歌颂是通过将人的痛苦、呻吟之声转变成为音乐得以实现的。诗篇第 1 行为"受伤的我歌唱，受折磨的我书写"（Wounded I sing, tormented I indite）（546，第 1 行），其中"歌唱"与"书写"表明了说话者作为歌唱者与诗人的双重角色；第 3 行"悲伤改变了他的曲调"（Sorrow hath chang'd its note）中的"曲调"运用了与音乐相关的隐喻，表明忧伤改变了他的说话方式，将泪水变成了欢笑，隐射了上帝恩典将人的悲伤变成了喜悦，且这种改变是上帝的意愿。这样充满悲伤与喜悦的人生实际上传递了人生由悲伤与喜悦构成这一真谛，"上帝的艺术以及人的艺术可以让喜悦变得悲伤，让悲伤变成喜悦。而这个艺术就是音乐"①。

锡安是耶路撒冷的一座山，亦是犹太人祈祷的场所；在圣经中，它通常指上帝的住所，即圣殿。诗篇《锡安》（"Sion"）第 1 节首先描述了金碧辉煌的所罗门圣殿："大部分事物由纯金制成"（Where most things were of purest gold）（382，第 3 行），"木头有花与雕刻装饰，神秘且罕见"（The wood was all embellished/ With flowers and carvings，mysticall and rare）（382，第 4~5 行）。第 2 节指出这一切并非展示了上帝的权威，而是建筑者的技艺或是先知们对圣殿的维护。正因如此，上帝并未被壮丽奢华的圣殿感动，而是放弃了古老的誓言，选择了有罪之人作为他的居住场所。在"现在你的建筑与罪相遇"（And now thy Architecture meets with sinne）（382，第 11 行）中，"你的建筑"指作为建筑师的上帝在人的心中设计了新的圣殿，因此它指涉的是人；"建筑"与"罪"相遇则指作为圣殿的人因罪被玷污。正因如此，上帝与人心进行了一番斗争和较量，并最终取得胜利，让人屈服、后悔。第 3 节写道："所罗门圣殿所有的黄铜与石头/ 都不及悔罪的呻吟珍贵。"（All Solomons sea of brasse and world of stone/ Is not so deare to thee as one good grone）（382，第 17~18 行）"所罗门圣殿所有的黄铜与石头"指代了俗世中金碧辉煌的所罗门圣殿，而珍贵的"呻吟"则指洗礼时悔悟的呻吟。该诗行表明较之于所罗门的圣殿，悔悟的呻吟更为珍贵，更能取悦上帝。在最后一节中，说话者首先指出"黄铜"与"石头"所象征的金碧辉煌的所罗门圣殿只是死者之坟墓，不适合做上帝的圣殿，并在诗篇结尾对悔悟的呻吟进行了详尽的描述：

---

① John Drury, *Music at Midnight: The Life and Poetry of George Herbert*, p. 356.

释义：　　　　但呻吟是迅速的，长着翅膀，

他们所有的运动都向上；

他们向上攀爬时，他们像云雀一样歌唱；

曲调是悲伤的，但却是适合国王的音乐。

But grones are quick, and full of wings,

And all their motions upward be;

And ever as they mount, like larks they sing;

The note is sad, yet musick for a king.

（382，第 21~24 行）

"呻吟"被比喻为鸟儿：它长着翅膀，动作迅速，可以极速地向上运动，并且在向上飞翔的过程中，它还能"像云雀一样歌唱"。通过这一比喻，呻吟之声已然等同于音乐。这种音乐的曲调是悲伤的，因为他是有罪之人忏悔时发出的呻吟之声，但对于上帝来说，这种呻吟之声却是最美好的音乐，这是因为通过悔悟的呻吟，人的心灵得到了净化，最终可以进入天堂。由此可见，由悔悟的呻吟构成的音乐变成了净化人心的音乐。

诗篇《感恩》（"Gratefulness"）直接将呻吟之声与音乐关联，具体描述如下：

释义：并非你在上面仍未有

更为悦耳的曲调，与呻吟声形成的曲调相较；

而是你的爱将这些乡村音乐

征服。

Not that thou hast not still above

Much better tunes, then grones can make;

But that these countrey-aires thylove

Did take.

（436，第 21~24 行）

在此，说话者提到了两种音乐：一是悦耳的天堂音乐；二是被比喻为乡村音乐的（"country-aires"）基督徒呻吟之声。说话者认为上帝的爱能够征服代表呻吟之声的乡村音乐，这就表明基督徒通过呻吟、叹息与哭喊的声音赢得了上帝的爱，进而得到净化。因此，呻吟、哭喊与叹息之声也如同净化基督徒的教堂音乐一般。

《圣殿》诗集呈现的音乐观与赫伯特在《拉丁诗集》中表述的音乐观点是一致的。在诗篇《论神圣的音乐》（"On Sacred Music"）中，赫伯特将世俗音乐与宗教音乐对比，表明了宗教音乐才是至善至美的体现，具有净化救赎的作用。诗篇第 1~4 节通过引用希腊神话中的人物，论述了音乐的力量。第 1 节讲述了希腊神话中丢卡利翁（Deucalion）与妻子将石头抛到身后，创造了人类的故事；第 2 节呼吁将人回归到石头的形式，因为石头崇拜歌唱者，了解代表音乐的里拉（lyre）与西塔拉琴（cithara）；第 3、4 节提到了希腊神话中能够让鸟兽石木绕之翩翩起舞的俄耳甫斯（Orpheus），以七弦竖琴的魔力建成底比斯城墙的安菲翁（Amphion），展示了音乐的魔力。第 5 节转而指出人心比石头还坚硬，滥用并亵渎了音乐。从第 6 节开始，诗篇论述了神圣音乐的魅力：首先，诗人指出音乐充满数百种魅力，是灵魂光荣的食物；而且，音乐悄悄地告诉他，让他说出音乐的美。随后，诗人论述了音乐之美的具体体现：它能够将灵魂从污秽不洁的身体中解放出来，"将人带回空中"（return it to sky），成为"新来的客人"（who is this new guest）[①]。"将人带回空中"以及成为"新来的客人"都是指音乐能够洗涤人的不洁，将人带入天堂，这就是音乐的救赎力量。摩西与大卫的故事充分彰显了这种救赎力量：摩西被上帝拯救之后激励人们对上帝歌唱圣歌，这样的圣歌会使恩典如同雨滴般从天堂降落；大卫是

---

① George Herbert, *Latin Poems of George Herbert*, p. 35.

上帝的宠儿，他将圣歌与小号和西塔拉琴结合，在圣殿歌唱，这样的歌声让约旦河震惊。最后，诗人呼吁教徒聆听神圣的音乐，因为这样人便会有更多的机会获得救赎，并且能够得到和谐。

由此可见，《圣殿》诗集对神圣音乐的论述在一定程度上反映了赫伯特本人的兴趣爱好及其音乐艺术思想。赫伯特将对音乐艺术的体会与热爱融入诗歌创作之中：他创作的许多诗篇都与《诗篇》相关，因为在基督教中《诗篇》都是可以歌唱的。此外，《圣殿》诗集中"四分之一的诗歌都反映出了他对音乐的热爱，并且未调试好的乐器是赫伯特经常用于其本身的意象"①。例如，在《调适》中，人被比喻为等待上帝调适的乐器以求达到和谐；在《祭坛》中运用的"破碎的心"与破碎音乐的各个部分联系起来。②赫伯特在许多诗篇中也运用了宗教音乐中常用的复调、对位等音乐手法进行诗歌创作；此外，萨默斯还指出赫伯特在诗歌创作的措辞上也表现出了音律。赫伯特对神圣音乐的钟爱在很大程度上受到当时文化语境的影响。詹姆斯一世统治时期，教会音乐十分盛行，这种音乐文化氛围也促使许多乐器得以复兴；同时，出现了威廉·伯德（William Byrd），奥兰多·吉朋斯（Orlando Gibbons）以及约翰·布尔（John Bull）③等著名的作曲家。此外，赫伯特的母亲为他创造了一个良好的音乐环境：艾米·查尔斯指出，在 1601 年，伯德与布尔曾在赫伯特家做客数月；其间，他们举行了唱歌、舞蹈等各种娱乐活动。④多恩也是赫伯特家的常客，据多恩在《布道词》（"A Sermon of Commemoration of the Lady Danvers, Late Wife of Sir John Danvers"）中所言："她（赫伯特的母亲）自己，连同她所有的家人，在

① Marchette Chute, *Two Gentle Men*, p. 115.

② See Martin Elsky, "Polyphonic Psalm Settings and the Voice of George Hebert's *The Temple*," *MLQ* 42 (1981): 229.

③ 伯德（1543—1623），英国作曲家，管风琴师，擅长宗教音乐创作，尤以古钢琴以及管风琴曲著称，作品有《内维尔夫人曲集》（*My Ladye Nevells Booke*，1591）、《赞美诗、歌曲与十四行诗》（*Psalms, Songs and Sonnets*，1611）等。吉朋斯（1583 年 12 月 25 日受洗，1625 年 6 月 5 日去世）都铎王朝晚期和詹姆斯一世统治早期的一位作曲家，维吉纳琴手以及风琴手。布尔（1562—1628），英国管风琴演奏家、作曲家，曾任皇家礼拜管风琴师，因创作大量维吉纳琴与管风琴乐曲而闻名。

④ See Amy M. Charles, *A Life of George Herbert*, pp. 42—43.

每一个安息日都会在晚上歌唱赞美诗。"①赫伯特与兄长爱德华也是诗琴弹奏者，爱德华的诗琴弹奏集中搜集了由英国、法国作曲家谱写的 242 首曲子，其中还有一些他自创的曲子。②再者，赫伯特就读的学校也培养了他对音乐的兴趣。赫伯特曾就读于威斯敏斯特学校，当时该校强调两门学科：一是希腊语，二是音乐。在威斯敏斯特学校，教师会在每周三下午教孩子们在教会里听到的音乐，或者是在周五下午由合唱的牧师来教他们。③威斯敏斯特教堂举行的礼拜仪式也让赫伯特在早期便感受到了复调的教会音乐，并使他一生都对教会音乐有着浓厚的兴趣。1609 年 5 月，赫伯特了进入了剑桥大学的三一学院继续学习，该学校对音乐也十分重视。伊恩·佩恩（Ian Payne）指出自 1554 年起，三一学院便在作曲家托马斯·威金森（Thomas Wilkinson）的带领下建立了合唱队；一切与音乐相关的活动都深受当时校长托马斯·纳维尔（Thomas Nevile）鼓励。正因如此，三一学院可能是当时唯一拥有大量乐器的学校，其中包括了六弦提琴，这"肯定被用作家庭音乐……甚至很可能是教堂中所表演音乐的伴奏乐器"④。在成为比麦顿牧师之后，赫伯特对音乐的兴趣有增无减：比麦顿教堂太小，容纳不下一个唱诗班，也买不起风琴，这迫使赫伯特带着他的副牧师每周两次步行至离家约一英里处的索尔兹伯里大教堂听音乐。⑤在礼拜仪式之后"他会在某个私人的音乐聚会上歌唱以及弹奏乐曲"，他最主要的娱乐便是音乐，在这个神圣的艺术方面他是一个出色的人，他曾谱写了许多神圣的赞歌，并能用他的鲁特琴和六弦提琴弹奏出来。从索尔兹伯里回来后，他感受到在教堂聆听的祈祷与教堂音乐提升了他的灵魂，是他的人间天堂。对音乐的爱好一方面是由于文化语境的影响；另一方面或许是源于音乐对他的安抚作用，因为"音乐确实可以舒缓他低落的情绪，安抚混乱的思绪，

---

① John Donne, *A Sermon of Commemoration of the Lady Danvers, Late Wife of Sir John Danvers*, July 1ˢᵗ, 1627.

② See Amy M. Charles, *A Life of George Herbert*, 42.

③ Ibid., p. 51.

④ Amy M. Charles, *A Life of George Herbert*, p. 43.

⑤ Marchette Chute, *Two Gentle Men*, pp. 137–138.

并将他的灵魂提升，让他远离俗世，给予天堂的喜悦"①。"与西德尼一样，他在音乐中找到了平和。赫伯特自己也如同鲁特琴一样，很脆弱且很难协调，并且他发现只有通过音乐这个媒介才能走出自我。"②这也许就是为什么在赫伯特去世后，其亲友"根据他的遗愿，伴随着塞勒姆歌唱者的声音，将死者埋葬"③。

除了与文化语境和个人爱好相关之外，诗集中对音乐的讨论也涉及了宗教改革时期一个颇具争论的问题——礼拜仪式中是否应当运用音乐。虽然音乐在教会中运用的极为频繁，但是在 17 世纪，对于教会中是否应当有音乐以及应当运用何种音乐产生了分歧。虔敬派教徒（The Pietist）对音乐的评价并不高，他们认为音乐与世俗享乐联系密切，极有可能会导致灵魂的堕落，因此他们拒绝在教会中运用音乐。这种观点与新教茨温利派的音乐观具有相似之处。茨温利禁止歌唱，他认为使徒是用内心而并非用声音来歌颂上帝，并且敬神活动中的任何音乐形式都与《圣经》以及早期教会的行为相违背，因此他认为音乐是一种"野蛮的咕哝声"，应当被逐出教会。茨温利的话语表明了他对教会使用音乐的态度，而正是因为受其观点的影响，苏黎世在 1525 年禁止礼拜仪式上使用音乐。④加尔文对音乐的态度不及茨温利极端，他认为音乐与上帝具有密切的关系。在《诗篇序言》（"Preface to the Psalter"）中，加尔文指出我们的歌唱与音乐都是上帝放入我们嘴里的，就好像是上帝本人在我们身体里面歌颂上帝的荣光。⑤由此可见，加尔文将音乐视为源于上帝的一种艺术，他并不反对用人的声音实现对上帝的歌颂，但反对在教会中运用风琴等乐器，认为乐器会分散教众的注意力。对于在教会中使用乐器，加尔文如此评论："让我们相信在那

① Izaak Walton, *Walton's Lives of John Donne, Henry Wotton, Richard Hooker, George Herbert, and Roberts Sanderson*, p. 290.

② Marchette Chute, *Two Gentle Men*, p. 115.

③ Daine Kelsey McColley, *Poetry and Music in Seventeenth-Century England*, Cambridge: Cambridge University Press, 1997, p. 135.

④ See Charles Garside, *Zwingli and the Arts*, New York: Da Capo Press, 1966, p. 53.

⑤ See Charles Garside, "Calvin's Preface to the Psalter," *The Musical Quarterly* 4 (1951): 571.

个时期，人们能够容忍乐器音乐是因为圣经中所说的，作为孩子，我们需要那些孩子气的告诫；然而现在那种孩子气的告诫不应当再被运用了，除非我们希望忘记福音的完美或是让我们从我主耶稣基督那里所获取的光变得暗淡。"①该话语表明加尔文认为基督以及圣灵的到来让我们不再需要借助乐器音乐，而仅用人自己的声音便可以谱成圣歌，实现对上帝的歌颂。正是因为受此观点的影响，加尔文在法国与日内瓦的追随者"将这些地区教会中的乐器都毁掉或是将之搬出了教会，封存起来"②。这种观点对荷兰的追随者也产生了深刻的影响。1574 年，多德雷赫特（Dordrecht）召开的长老会明确地指出："关于教会中的乐器使用这一点，我们认为必须要废除，即使有些教会只是在弥撒结束、教众离开教会时才使用乐器，但是它也会让教众忘记他们在做弥撒时听到的教诲……从而让人变得漫不经心。"③路德对教会音乐的观点与加尔文对教会音乐的观点有所不同，这在他所写的音乐评论文章中可以窥见。首先，路德指出，所有的艺术形式都是上帝的杰作，是上帝赐予人的礼物，"音乐是上帝赐予的美好礼物，接近神性，拥有此艺术才能的人适合做任何事情。……我们必须在学校中保留音乐，如果一个校长没有音乐方面的技能，我不会认可他。如果我们要授予年轻人布道的神职，也要他在这方面接受很好的训练与练习"④。他还指出音乐是为了提醒上帝创造人的目的是歌颂、赞扬上帝，因此，音乐艺术是为歌颂、赞扬上帝服务的。同时路德指出音乐能最好、最完美地与神结合起来。⑤此外，路德也提到了音乐的净化作用："音乐就是纪律，是秩序与良好举止的管理员。它让人变得更为的温和、更为道德、更为理性。音乐是上帝所赐予的最美好、最荣光的礼物，撒旦是它的宿敌，因为它能

---

① Heny A. Bruisnsma, "The Organ Controversy in the Netherland Reformation to 1640," *Journal of the American Musicological Society* 7：3（1954）：207.

② Ibid., p. 206.

③ Ibid., p. 207.

④ Joe E. Tarry, "Music in the Educational Philosophy of Martin Luther," *Journal of Research in Music Education* 4（1973）：356.

⑤ Ibid., p. 357.

够将心中的悲伤和对邪恶想法的迷恋驱除。"①为了培养教徒的虔诚信仰，路德创造了众赞歌（chorale）这种音乐题材，这后来成为德国宗教艺术大师们一切灵感的源泉。这种题材根据新教精神的基本意向，即内心忏悔和自我反省的意向，按个人的观点、感受方式、生活体验，从个人的疑惑、畏惧和希望等情绪出发用音乐来解释教义。由上述分析可见，路德所说的音乐不仅仅包括加尔文所赞同的人的声音所形成的音乐，也包括教会中乐器产生的音乐。

虽然茨温利、加尔文以及路德对音乐的讨论在宗教改革早期便已经提出，但是生活在宗教改革文化语境之下的赫伯特难免会受到这些观点的影响。通过在《圣殿》中建构的人物、人物对音乐的讨论以及对圣歌形式的运用，赫伯特表达自我音乐审美思想：音乐是源于上帝的艺术，应当用于歌颂上帝；并且，神圣音乐对人具有净化的力量。但是，有学者指出，诗集中的音乐并未指明到底是指会众音乐，或是礼拜仪式音乐，抑或是教会乐器发出的音乐。赖利指出诗篇中的说话者很有可能歌颂了各种教会音乐，因为他是一个"伟大的音乐爱好者"②。所以，与加尔文不同，赫伯特并未将人声音乐与乐器音乐区分开，而是认为所有教堂音乐都对人具有净化作用。从这一点来看，诗集中的人物所表达的音乐观点与路德对音乐的阐释更为接近，即音乐就是神赋予人的礼物，不论何种音乐都是对上帝的歌颂。呻吟之声构成的音乐以及圣歌中说话者的声音构成的音乐又是加尔文所说的未经乐器修饰过的、纯正的歌颂上帝的音乐。呻吟、祈祷的声音都是发自基督徒内心的声音，可以说是对上帝最为虔诚的歌颂，这样的音乐符合茨温利以及加尔文对音乐的阐释，由上述分析可见，赫伯特对音乐的观点与茨温利和加尔文也有一定的相关性。诗集中对音乐的论述实际上表现出了赫伯特以上帝存在本体论为中心的音乐艺术思想。

---

① Joe E. Tarry, "Music in the Educational Philosophy of Martin Luther," *Journal of Research in Music Education* 4 (1973): 356.

② George Ryley, *Mr. Herbert's Temple and Church Militant Explained nd Improved*, ed. Maureen Boyd and Cedric C. Brown, New York: Garland Publishing, Inc., 1987, p. 77.

第三节　言与画之形

英国美术批评家克莱夫·贝尔（Clive Bell）指出所有美学体系的起点一定是个人对某种独特情感的体验，而对于任何一个可以感知这种情感的人来说，存在一种由视觉艺术作品唤起的独特情感。这种由视觉艺术作品唤起的情感体现了艺术是"有意味的形式"（a meaningful form）。"有意味的形式"由"形式"和"意味"两个不可分割的部分构成：所谓"形式"，是指作品各个部分和素质的纯粹组合关系；所谓意味，是指艺术品的形式所唤起的一种不可名状、不可言传的特殊审美情感，它既不同于日常生活中的喜怒哀乐，也不是一般人心目中的美或美感。它是审美观照艺术品时才有的神秘情感体验。[①]而"有意味的形式"是所有视觉艺术作品所具有的共性。按照贝尔的阐释，巴罗克时期的视觉艺术可谓"有意味的形式"。正如学者刘立辉所说，巴罗克视觉艺术家不看重客观模仿，而是重视类比修辞传递概念和思想的特殊性。巴罗克艺术通常对概念进行实物化、图像化处理。[②]该时期许多艺术作品的线条和形式以某种特定的方式将艺术家的感受物化，向我们呈现实物的同时，也传达了艺术家感受到的某种情感。而巴罗克视觉表现通常是戏剧化的，这种戏剧化主要表现在三个方面：（1）丰富的视觉意象，且视觉画面通常是令人惊奇的，甚至是出乎意料的；（2）不可以追求细节的真实，而是将整个画面营造出一种亦真亦幻、虚实共生的观赏效果；（3）超越视觉界面的静态自娱性和自足性，走向宗教、伦理、道德、哲学等抒情层面，视觉界面是抽象心灵活动的具象化或者类比化，其绘画语言通常是隐喻性的、象征性的。[③]最能体现巴罗克视觉艺术特点的便是该时期盛行的寓意画（emblem）。莱瓦斯基对寓意画

---

① 参见〔英〕克莱夫·贝尔《艺术》，薛华译，江苏教育出版社，2004，第4~20页。
② 参见刘立辉《17世纪英国诗歌的巴洛克视觉化特征》，《外国文学评论》2012年第4期。
③ 同上。

的阐释为："图画、箴言与诗歌的奇怪混合——是一种次要的文学种类，对十七世纪宗教诗歌语言的具体形式以及象征等相关理论具有重要的作用。"[1]莱瓦斯基对寓意画的阐释表明寓意画一般包含三个因素：图画、箴言与诗歌。伊丽莎白·K. 希尔（Elizabeth K. Hill）在解释什么是寓意画时进一步指出："寓意画最初是一种说教文类，旨在揭示宗教和道德真理，而说教的对象如果不是大众，那么至少是那些有文化的公众。"[2]同时，希尔也指出，寓意画一般是由图画、言外之意和思想三部分构成的实体，通常的形式是诗歌而非散文，并且寓意画之下的引语并非它不可分割的一部分。[3]莱瓦斯基与希尔对寓意画的诠释表明传统的寓意画一般包括了三个因素：图画、文字与借由两者传达的思想。在此基础上，莱瓦斯基根据不同主题将寓意画分为五大类：以自然为主题的寓意画；对圣经隐喻进行解释的寓意画；宗教寓言画册，将互不关联的插图排序或是围绕某个中心主题将插图联系起来，并通过展示插图包含的持续共通因素强调插图的主题；将追求世俗爱情与追求精神朝圣之旅关联的宗教寓意画册；以心为主，描述如何净化心灵的罪恶，并最终获得重生的寓意画。[4]

"生活在一个不同宗教思想不断碰撞、各种交流日益增强、视觉艺术取得辉煌成就的时代，诗人们对当时处于鼎盛时期的巴罗克视觉艺术是不可能熟视无睹的。"[5]赫伯特便是深受巴罗克视觉艺术影响的诗人之一。在物理世界中，创作视觉艺术作品的人受到周围事物触动而进入创作状态。无论艺术家表达的情感是什么，他都是通过品味熟悉的生活对象来感受这种情感的。艺术家情感的对象更多时候要么是某种特定的场景或东西，要么是他整个视觉经验的融合。[6]身为艺术家的赫伯特则是将内在自我感受与

---

① Barbara Kiefer Lewalski, *Protestant Poetics and the Seventeenth-Century Religious Lyric*, p. 179.

② Elizabeth K. Hill, "What is an Emblem?" *The Journal of Aesthetics and Art Criticism* 29：2（1970）：261.

③ Ibid., p. 262.

④ See Barbara Kiefer Lewalski, *Protestant Poetics and the Seventeenth-Century Religious Lyric*, pp. 188 - 194.

⑤ 刘立辉等：《英国 16、17 世纪巴罗克文学研究》，科学出版社，2016，第 47 页。

⑥ 〔英〕克莱夫·贝尔：《艺术》，第 41 页。

外在自我体验融合到诗歌创作之中，并以一种视觉艺术的形式将这种体验进行审美升华，在表达自我情感的同时，传递了视觉艺术审美思想。因此，《圣殿》的部分诗篇"可以说是，抑或说包含了精神冲突的'图画'，所以可以将它视为具象化的艺术，也就是说，它是旨在反映体验的某些方面的艺术创作"①。赫伯特在诗集中运用的具象化艺术可谓传统寓意画的变体，诗集中"有些时候应该由图画占据的空间被留成空白，或者是意象被文本描述代替，构成了诗歌或是文本寓意画；同时以前的由图画、文字与寓意三部分构成的寓意画也逐渐演变成了由其中两部分构成的寓意画或是由多部分构成的寓意画"②。通过将内容与形式结合，赫伯特呈现"有意味的形式"的视觉艺术，其中包括将祈祷、眼泪视觉化为箭，将心视觉化为基督的住所、插上翅膀飞向天堂的鸟儿以及乐器等。这些主题所呈现的意象都是赫伯特在日常生活中熟悉，且频繁接触的事物。"按照视觉修辞的思路，艺术家和诗人心里产生某种异于寻常的观念、思想甚至感受，但却无法进行有效的表述时，就借助某个可视化、可感化的实物，或者通过隐喻、意象或是具有构图性的修辞手段进行传递。"③ 因此，诗篇中呈现的视觉图像将莫可名状的内在感受与对复杂外在环境的体验具象化地表现了出来。通过对视觉艺术的运用，赫伯特一方面强调了上帝对人的恩典与救赎，表达了虔诚的宗教情感；另一方面也将视觉艺术审美意识融入了诗歌创作，表达了自我视觉艺术审美思想。

首先，《圣殿》中部分诗篇的形象语言呈现了视觉艺术，这种视觉艺术与当时盛行的寓意画主题密切相关，包括耳朵与武器的意象，心的主题，以及乐器与调试者的主题。首先，祈祷与呻吟被视觉化地呈现为刺穿上帝耳朵的箭或者其他武器，说话者希冀借此可获得上帝恩典。例如，在《祷告》第 1 首中，祷告被描述为"对抗上帝的武器"（engine

---

① Daniel W. Doerksen, *Picturing Religious Experience: George Herbert, Calvin, and the Scripture*, Maryland: University of Delaware Press, 2013, p. 60.

② Éva Knapp & Gábor Tüskés, *Emblematics in Hungary: A study of the history of symbolic representation in Renaissance and Baroque literature*, Tübingen: Max Niemeyer Verlag GmbH, 2003, p. 9.

③ 刘立辉：《17 世纪英国诗歌的巴洛克视觉化特征》，《外国文学评论》2012 年第 4 期。

against the Almighty）；在《祷告》第 2 首中，说话者希望祷告能够 "入侵那耳朵"（invade those ears）；在《拒绝》（The Denial）中，说话者希冀祷告能 "刺穿您那沉寂的耳朵"（pierce/ Thy silent ears）。"武器""入侵"以及 "刺穿"等词语将祷告视觉化地呈现为攻击上帝的武器。这种视觉化呈现在诗篇《大炮》（Artillerie）中尤为典型。威尔科克斯认为 "大炮"这一标题解释了上帝对基督徒的影响，同时描述了由基督徒 "眼泪与祷告"制成的火药对上帝的影响。[1]诗篇第 1 节叙述了如下场景：在沉思的过程中，"我想星星落在了我的身上"（Me thoughts a starre did shoot into my lap）（485，第 2 行）。诗行中的 "星星"通常被理解为来自天堂的某种征兆、迹象，与 "天道给与的某种特殊警示相关"[2]。更确切地说，"星星"隐射了说话者从圣经中获得的灵感；不知情的说话者担心这 "星星"会引发不小的灾难，所以起身，想将之从衣服上抖落，就在此时，斜体诗行呈现了 "由星星所说的、带有反讽之义"[3] 的话语：

> 释义：　　　　像你以往那样做，不服从，
> 　　　　　　将良心从你的心中驱逐，
> 　　　　　　它面如火，却最终可以安息。

> *Do as thou usest, disobey,*
> *Expell good motions from thy breast,*
> *Which have the face of fire, but end in rest.*
>
> 　　　　　　　　　　　　　（485，第 6~7 行）

"良心"指天道或是良心在基督徒内心产生的影响，虽然 "它面如火，却最终可以安息"，这表明了天道或是良心对人的救赎作用，可让人获得

---

① See George Herbert, *The English Poems of George Herbert*, pp. 485–486.
② George Ryley, *Mr. Herbert's Temple and Church Militant Explained and Improved*, p. 188.
③ Ibid, p. 189.

安息。"星星"的话语表明说话者一直处于反叛的状态。在第 2 节中，听见天体音乐，而非星星话语的说话者开始冥想，并在内心进行了理性的分析：既然所有的星星和世间万物都是上帝的仆役，那么，如果他拒绝了上帝，也就拒绝了良心，拒绝了基督的救赎，最终将遭受痛苦。进行理性分析之后，说话者在第 3 节中将眼泪和祈祷用作获得恩典的武器："但是我也有星星和射击工具。"（But I have also starres and shooters too）（485，第17 行）在此，"星星"可以理解为用以攻击上帝的炮弹，而"射击工具"则是用来将"星星"射向天堂的武器，且炮弹与武器均源于天堂。该节第3、4 行写道："我的眼泪与祈祷日以夜继地追逐，／渐渐接近你；但你却拒绝。"（My tears and paryers night and day do wooe，／And work up to thee；yet thou dost refuse）（485，第 19～20 行）在此，"眼泪""祈祷"与武器形成类比，它们"日以继夜地追逐"则指希望借助眼泪与祈祷获得恩典，却遭到了上帝的拒绝。在第 4 节中，说话者将自己比喻为发射大炮之人，将其祷告比喻为"箭"，并恳求上帝不要回避他所发出的祷告之箭；即便上帝拒绝，他也不会放弃，因为有限的自我是由无限的上帝创造的，这种有限与无限的对比实际上是对上帝的歌颂。诗篇将眼泪与祈祷类比形象地再现了赫尔曼纳斯·雨果（Hermannus Hugo）在《虔敬愿望》（*Pia Desideria*）中描绘的寓意画。雨果在天空中绘制了代表上帝的耳朵与眼睛，坐在地上的人正拉开手中的弓，向天空中的眼睛与耳朵射出箭（插图一）。① 《大炮》的说话者便如同寓意画中坐在地上的人，其眼泪与祈祷便如同射向天空的箭。参照雨果的寓意画，诗篇《大炮》的含义豁然清晰：说话者希望眼泪与祈祷能够被上帝看到、听到，并借此乞求上帝给予恩典。在传递诗篇寓意的同时，诗篇本身也呈现出了一幅寓意画。

"心的流派"通常将心如何得以净化并获得新生的过程具体化、形象化。例如，让·梅萨杰（Jean Mesager）与维斯·耶稣（Vis Amoris Jesu）在寓意画册插图中描绘了基督的活动以及基督对心逐步深入的影响：首

---

① See ElsStronks，"Literature and the Shaping of Religious Identities：The Case of the Protestant Religious Emblem in the Dutch Republic，" *History of Religions* 49：3（2010）：231.

先，基督敲着心门；其次，基督拿着灯笼搜寻心的每一个角落，找出充斥于心的禽兽与蝎子；最后，基督用扫帚将禽兽与蝎子扫出去。[1] "心的流派"对16~17世纪宗教诗人的诗歌创作影响颇深。赫伯特在《圣殿》的许多诗篇中亦视觉化呈现了心与基督的关系，表明了原为基督住所的心因罪被玷污，由基督净化之后，心变得洁净，再次成为基督最佳居住之所，其中具有代表性的诗篇为《祭坛》与《耶稣》（"JESU"）。《祭坛》的表层文本描述了向上帝供奉牺牲的祭坛：

> 主啊 一个破祭坛是您的忠仆，
> 用一颗心筑起又用泪水黏固：
> 　它各个部分像由您建造，
> 　匠人的工具哪里能碰到。
> 　　　也只有人的心
> 　　　才无比地坚硬，
> 　　　除了您没有谁
> 　　　有力量叫它碎。
> 　　　所以我这硬心
> 　　　凭它的各部分
> 　　　和成了这形状，
> 　　　把您的名颂扬：
> 　所以倘若我有幸得安宁，
> 　这些石块将不停颂扬您。
> 但愿哪我有作您牺牲的福分，
> 愿您接纳这祭坛而使之神圣。[2]

---

[1] See Barbara Kiefer Lewalski, *Protestant Poetics and the Seventeenth-Century Religious Lyric*, pp. 194 - 195.

[2] 译文引自黄杲炘《英语诗汉译研究——从柔巴依到坎特伯雷》，湖北教育出版社，2007，第167页。

A broken ALT R,　　Lord, thy　servant　reares,

Made of a heart,　and　cemented　with　teares：

Whose　parts　are　as thy hand did frame；

No workmans tool hath touch'd the same.

A　HEART　alone

Is　such　a　stone,

As　　nothing　but

Thy　pow'r doth cut.

Wherefore each part

Of　my　hard heart

Meets in this　frame,

To　praise thy name.

That　if　I　chance to hold my　peace,

These stones to praise thee may not cease.

O let　thy　blessed SACRIFICE　be　mine,

And　sanctifie　this　ALTAR　to be　thine.

(92，第 1~16 行)

"艺术既表现人们的情感，也表现人们的思想，但是并非抽象地表现，而是用生动的形象表现。"[1] "真正的艺术家不是从情感到形式发展，而是从形式向思想和激情发展。"[2] 这就表明形式，包括诗歌形式，对于思想与情感的传递极为重要，好的艺术便是形式与内容的结合。《祭坛》便是通过形式与内容结合传递思想与情感的诗篇。在形式上，《祭坛》直观地呈现了一个由石头建筑起来的祭坛，向读者呈现祭坛的视觉意象；诗人将"ALTAR" "AHEART" "SACRIFICE" 以大写的形式处理，并在诗行中安

---

[1] 〔俄〕普列汉诺夫：《论艺术》，曹葆华译，三联书店，1973，第 4 页。

[2] Andrew Goldstone, "Servants, Aestheticism, and 'The Dominance of Form'," *ELH* 77：3（2010）：615.

排不寻常的空格以呈现出祭坛的破败和支离破碎的模样。在内容上，心、祭坛与基督联系起来："用一颗心筑起"的"破祭坛"这一表述将心与破碎的祭坛类比，这样的祭坛由上帝，而非普通匠人创造，暗指心是由上帝打磨与雕刻的。这一类比延续了基督教传统，因为在《诗篇》（51：17）便写有"神所要的祭，就是忧伤的灵。神啊，忧伤痛悔的心，你必不轻看"。在第 5~8 行中，说话者道明了心与祭坛的不同——祭坛可以由匠人雕琢，而心却坚硬无比，只有上帝的力量才能将之碾碎，这就表明只有上帝才会对冷漠的人心产生影响。正因如此，说话者在第 9~14 行指出因为上帝雕刻了说话者的心，一颗破碎的心已经转化成为向上帝供奉牺牲的永恒祭坛，它对上帝的赞美永不停歇。诗篇最后两行点明了心与上帝之间的关系，"牺牲"（sacrifice）原本指钉在十字架上的基督，而说话者希望自己能够具有"作您牺牲的福分"，这就表明他希望承担基督的受难或是模仿基督，将祭坛变得神圣，并希望上帝接纳使心变得圣洁，成为基督的住所。

《耶稣》开篇为"耶稣在我心中，他神圣的名字/ 深深地刻在那里"（JESU is in my heart, his sacred name/ Is deeply carved there）（401，第 1~2 行），表明心是基督的住所。第 2~4 行描述了心的变化：痛苦让心变得四分五裂，这让刻在心上的基督之名也变得支离破碎，说话者在心的各个角落寻找字母"J"，"ES"以及"U"，这种描述形象化地展现了破碎的心，随后，说话者找到了各个"部分"（"parcels"），立刻坐下，将之拼在一起，"J""ES""U"变成了"I ease you"，也就是"我消除了你的痛苦"的意思。将"JESU"与"I ease you"等同，表明了基督可以消除人心中的痛，救赎人，正是因为基督的救赎，说话者才变得完整。诗篇视觉化呈现的心与耶稣的关系与丹尼尔·克莱默（Daniel Cramer）所著《神圣寓言画》（Emblemata Sacra）中的一幅寓言画如出一辙（插图二）。克莱默的寓意画展示的是一只手拿着笔在一颗心上书写着基督的名字。相同的主题在弗朗西斯·夸尔斯（Francis Quarles）的寓意画《心的栖居》（"The Inhabitting of the Heart"）中也有体现（插图三）。夸尔斯描绘了带着翅膀的天使将心放置在基督徒手心的画面，画下标题为："在这里圣灵居住，我的心会用/你的爱燃烧；之后你肯定会回来。"① 之后引用了《加拉太书》（4：6）的内容："你们既为儿子，神就差他儿子的灵进入你们。" 在第三十四首短诗中，夸尔斯书写道："我的心是一个房子，我的光，你可以发现他有足够的空间；让你的灵永远住在那里：这样你会爱我，并且，被爱着，我便可以再爱你。"② 参照克莱默与夸尔斯的寓意画可见，诗篇《祭坛》和《耶稣》对心与基督关系的视觉化呈现传递了基督对人心的净化与救赎。

此外，《圣殿》的部分诗篇还视觉化呈现了基督如何驱除心中的罪，使其再次成为适合基督居住的洁净之所，这在《家》（"The Familie"）中便有体现。特克拉修女（Sister Thekla）指出赫伯特将心视为一个家——作为家既包含了温暖的部分，也包含的不协调的部分。③其中，不协调的部分在第 1 节中被形象地呈现出来：说话者质疑心充满了"思想的喧嚷声"（noise of thoughts）、"震耳的抱怨之声"（loud complaints）以及"幽怨恐惧之声"（pulling fears），这三种不同的声音象征着各种负面情绪，即说话者的心灵是充斥着各种负面情绪的住所，呈现了自我内心混乱的状况。"好像它们占据了一部分（一个声部）"（As if they had a part）（477，第 2行）包含了双层意义：当将"a part"理解为一部分时，心便被视觉化呈现为房子；当将之理解为一个声部时，心便视觉化呈现为乐器。第 2 节延续了这一视觉化呈现：说话者直接与上帝对话，指出虽然充满了抱怨之声，但其心仍然是上帝的居所，因此，恳求上帝将心中的那些"争吵者"（wranglers）赶出去，以便让上帝的居所洁净。这种恳求实际上表达出了乞求上帝净化自我心灵的心声。第 3～5 节详述如何让心变得洁净：首先，"平和"（Peace）与"安静"（Silence）将控制所有的纠纷，然后"秩序"

---

① Francis Quarles, *Emblems*, *Divine and Moral*; *The School of the Heart*; *Hieroglyphics of the Life of Man*, London: William Tegg, 1866, p. 339.

② Ibid., p. 339.

③ See Sister Thekla, *George Herbert*: *Idea and Image*, p. 46.

（Order）让心变得和谐，赋予心中所有事物正确的秩序，并建造出和谐的走道与美好的凉亭；随后，让谦卑的"服从"（Obedience）站在心的门口，随时候命；最后，让"喜悦"（Joyes）与"悲伤"（griefs）都住在心中，但是"悲伤"不能发出声音；在此，悲伤的力量通过矛盾修饰法的运用得以凸显："有什么比默默流下之泪更为刺耳"（What is so shrill as silent tears?）（477，第21行），这表明悲伤比大声宣泄不满情绪更为有效。"平和""安静""谦卑""喜悦""悲伤"既是驱逐"嘈杂的思绪""抱怨""恐惧"，让心变得洁净的方法，也是人的心灵应当拥有的品质。在最后一节中，说话者再次向上帝表明心是上帝的住所，如果它充满和谐、谦卑等品质，那么即便上帝只会偶尔在其心中驻足，心也能够成为上帝的家。

《祭献》（"An Offering"）由两部分构成，分别体现了"言语与歌颂"的区别：由第1~4节构成的第一部分为言语，充满了复杂的"所指"，而由第5~7节构成的第二部分则是颂歌，几乎没有任何意象。[1]不论诗篇的两部分有何差异，它都是围绕作为礼物的"心"开始的。诗篇第1节虽以上帝为言说对象，但实际上是说话者的自省：他意欲将心作为礼物报答上帝，却质疑心是否纯洁，是否"有许多洞"（have many holes），即因为经历苦难而变得千疮百孔，不完整。这种担忧在第3节中描述得更为清晰：在诗行"我所担心的是你的心不悦，/既不善，也不是一个整体"（But all I fear is lest thy heart displease，/ As neither good，nor one）（509，第13~14行）中，"你的心"指作为上帝居所之人心，它"既不善，也不是一个整体"表明心因为欲望和激情分成了许多部分，不再完整。因此，说话者乞求上帝"……将他们修复，/这样你就可以完整地供奉礼物"（… recover these，/ And thou mayst offer many gifts in one）（509，第17~18行），即希望上帝拯救因罪变得四分五裂的心，使之复原完整。诗篇第4节描述了修复心的方式：有一种"香膏"（balsome），更确切地说，从天上滴下的"血"（blood），可以清洗并愈合所有的伤口；这血是"万能药"（All-

---

① See Joseph Summers, *Goerge Herbert: His Religion and Art*, p. 168.

heal），它可以治愈分裂的心，如此，心就可以成为献给上帝的礼物，成为上帝的赞歌。被比喻为"香膏"和"万能药"的"血"就是基督为人类所流的血，代表了基督的恩典，指涉了基督对玷污之心的净化与救赎作用。在认识到基督对人心的净化与救赎作用之后，诗篇第 5～7 节转变成了赞美诗的形式。

《腐朽》第 1、2 节回忆了旧约记载的与罗德、雅各、基甸、亚伯拉罕、摩西相关事件，表明上帝无处不在。在第 3 节中，说话者叙述"罪"与"撒旦"进入了心，占据了心的一部分，导致上帝再也无法独享他的栖居之所，而被监禁在心的某个角落，即心已被罪玷污，变得不再纯洁，不再适合上帝居住。诗篇第 4 节叙述了如何净化玷污的心：

> 释义：　　　　……，当如同热量一般
> 　　　　你伟大的爱一旦蔓延，如同在一个瓮中
> 　　　　将它自己封在里面，并且一直退却，
> 　　　　冷酷的罪恶一直迫近，直到它回击，
> 　　　　　　　　并呼唤正义，一切焚烧。
>
>
> 　　　　　　　　…, when as the heat
> Of thy great love once spread, as in an urn
> Doth closet up it self, and still retreat,
> Cold sinne still forcing it, till it return,
> 　　　　And calling Justice, all things burn.

（357，第 16～20 行）

上帝的爱被比喻成具有巨大热量、不断蔓延的火，它可以对心中的罪进行反击，直至将其消除，让正义重返人心，使之再次变得洁净。《家》《献祭》以及《腐朽》均呈现了被抱怨、恐惧、欲望、激情等各种罪占据的心，基督的救赎与洗礼将之洗涤、净化，使之再次变得圣洁，重新成为

基督居住的最佳场所，成为圣殿，这与诗集的标题也联系起来。

诗篇《教堂地面》（"The Church-floore"）将教堂地面与心类比。说话者以问句开篇，询问隐含读者："你注意到地面了吗？"（Mark you the floore?）随后，对教堂地面进行了详细的描述。在第 1~3 节中，教堂地面分别被描述成为"坚硬"（firm）、"结实"（strong）、"方形且带有斑点的石头"（square & speckled stone）、"黑色且庄严"（black and grave）、内部"充满方形格子的"（is checker'd all along）石头，以及"将人领向高坛"（leads to the Quire above）（244，第 8 行）、"逐渐上升的阶梯"（the gentle rising）。这三种描述分别对应了三种不同的品质："耐心"（Patience）、"谦恭"（Humilitie）和"信心"（Confidence）。在第 4 节中，说话者指出代表"爱"（Love）与"慈善"（Charitie）的"美好的水泥"将代表"耐心"（Patience）、"谦恭"（Humilitie）和"信心"（Confidence）的教堂地面结合在一起，这种由"耐心"、"谦恭"、"信心"、"爱"以及"慈善"构成的教堂地面便是圣洁之心的原初状态。然而在第 5 节，具有上述五种品质的心发生了变化：有时教堂地面的"纯净大理石"（the marbles neat）以及大理石"细微的纹路"（curious veins）因为罪的潜入被玷污。但是，"当大理石哭泣时所有的罪都被洗涤"（But all is cleansed when the marble weeps）（244，第 15 行）；"大理石哭泣"实际上是指忏悔的心，即忏悔可以洗涤罪。有时候死亡在教堂门口吹气，"将尘土吹在地面上"（Blows all the dust about the floore）（244，第 17 行），试图毁坏这所房子；然而，死亡虽结束了有限的生命，但实际上将生命领向永恒，完成了对个人的救赎。最后，说话者通过斜体字强调是作为**"建筑师"**（the *Architect*）的上帝，运用其技能——"恩典"，在人脆弱的心中建立了如此结实的教堂地面，以至于它能够抵挡罪的玷污与死亡的毁灭；亦即，只有上帝可以让人心变得圣洁。《恩典》（"Grace"）中的说话者自始至终都在乞求恩典的降临；在第 5 节中，说话者将心与基督恩典视觉化地呈现在读者的眼前：罪恶敲打着他的心，让他的心变得坚硬、残忍，因此，说话者呼唤"柔软的恩典"（suppling grace）降临，以消除罪恶对心的影响，让心回到圣洁的状态。

《星星》（"The Starre"）也将心与基督之间的关系视觉化地呈现出来。诗篇第 1 节中有如下描述："明亮的流星，从一个更为明亮的地方飞泻而出，／在那里光线围绕着我那救世主的脸庞"（Bright spark，shot from a brighter place，／ Where beams surround my Saviours face）（267，第 1～2 行）。其中，"更为明亮的地方"指天堂，"光线围绕救世主的脸庞"将群星像光亮的日冕一样围绕着基督的脸这一场景展现出来，而从天堂飞泻而出的流星则是基督恩典的化身。诗节末尾的问句"你能否无处不在，／就如同在那里一样？"（Canst thou be any where／ So well as there?）（267，第 3～4 行）表达了对恩典的渴求。在第 2 节中，说话者恳求拯救者在其心中短暂停留，并给出两个理由：一是他有负于代表恩典的流星；二是如果拯救者短暂停留，他的心会因此改变。诗篇第 3～5 节将星星的意象与心结合，详尽叙述了恩典对心会产生何种影响：首先，说话者希望星星用其火光将心中愚蠢及更为恶劣的欲望烧成灰烬，让心净化、闪耀；随后指出净化之心不会被罪或是病痛束缚，会充满活力；最后指出星星的光能够将我们带到星星最初所在之处，即天堂，表明了星星的救赎力量。在第 6 节中，说话者乞求星星在天堂给予他容身之处，将其置于围绕拯救者脸庞的光芒之中，因为以光芒封冠的救世主是将"罪"与"心"分开之人，这再次强调了基督对心灵起净化。随后，说话者表明心灵净化后的他可以在光芒之中闪烁，并像光一样"卷曲"（curle）、"恭顺"（winding）。在赫伯特的诗篇中，这两个词通常表示否定的意义，但此处则与光的特征联系起来，表明了置于光芒之中的说话者对救世主的顺从。在诗篇结尾，说话者表明净化心灵的基督会因此而喜悦，因为心灵得到净化的他犹如"满载而归的蜜蜂"（a laden bee）飞向了"光芒万丈的蜂巢"（hive of beams）和"光线构成的花环"（garland-streams）。"满载而归的蜜蜂"是说话者，"光芒万丈的蜂巢"与"光线构成的花环"与第 1 节中"更为明亮的地方"以及"光线围绕救世主的脸庞"对应，分别象征着天堂和救世主；"蜜蜂"飞向"蜂巢"暗指人进入天堂，最终得到救赎。

《乐园》（"Paradise"）中的说话者将自我比喻成为上帝乐园中的一棵树，这棵树在受到上帝庇佑的同时，也受到上帝的修剪，这主要通过诗歌的形式表现出来的。诗篇内容如下：

释义：我祝福你，主啊，因为我　　　　生长
　　　在你的树木间，这些树木排列　　成行
　　　并长出果子和秩序，感谢你的　　荣光。

　　　有什么隐秘的魔力或公开的　　　力量
　　　能使我的果子干枯，或把我　　　损伤？
　　　那圈起的篱墙是你的　　　　　　臂膀。①

　　　全面包围以防我　　　　　　　　退缩。
　　　对我极为严厉和　　　　　　　　尖刻，
　　　让我缺乏你的救赎与　　　　　　技艺。

　　　当你给予更大的　　　　　　　　审判，
　　　用你的刀修剪　　　　　　　　　剥皮，
　　　多产的果树会更加硕果　　　　　累累。

　　　如此尖锐呈现了最真挚的　　　　友情；
　　　如此修剪会治愈而非　　　　　　撕裂；
　　　如此开始抵达了　　　　　　　　终点。

　　　I blesse thee, Lord, because I GROW
　　　Among thy trees, which　　　in a ROW

---

① 译文转引自胡家峦《历史的星空：英国文艺复兴时期诗歌与西方传统宇宙论》，第177页。

To　thee　both fruit and order OW.

What open force, or hidden　CHARM

Can blast my fruit, or bring me HARM,

While the　inclosure　is　thine ARM?

Inclose　me full for fear　I　START.

Be to me rather sharp　and　TART,

Then let me want　thy　hand　& ART.

When thou dost greater judgements　SPARE,

And with thy knife but prune and　PARE,

Ev'n　fruitfull trees more fruitfull　ARE.

Such sharpnes shows the sweetest　FREND：

Such　cuttings　rather　heal then　REND：

And　such beginnings touch their　END.

（464，第 1~15 行）

　　诗节每一行最后一个词分别为"GROW"、"ROW"与"OW"，"SPARE"、"PARE"和"ARE"以及"FREND"、"REND"和"END"。这样，GROW-ROW-OW、SPARE-PARE-ARE、FREND-REND-END 音节递减，将树被上帝修剪的视觉意象呈现出来，强化了作为说话者受到上帝管束、修剪，并最终获得救赎这一主题，"就像寓言画般呈现了上帝的修剪如何使说话者结出好的果实"[1]。

　　在"心的流派"中，还有一类寓意画将心、灵魂（Anima）与神圣之

---

① Barbara Kiefer Lewalski, *Protestant Poetics and the Seventeenth-Century Religious Lyric*, p. 200.

爱（Divine Love）三者结合。寓意画家经常呈现以下画面："灵魂"手持心，"自负"就像小魔鬼一样在其中咆哮，并从中飞出；"神圣的爱"在怪物托起的砧板上敲打心；"灵魂"用研钵和捣锤研磨心，"神圣的爱"却站在一处，冷眼旁观；在灵魂面前，"神圣的爱"用其脸上发出的火光将心融化；"神圣的爱"将心扔进熊熊燃烧的火炉，"灵魂"在一处旁观；"神圣的爱"以"灵魂"的心为竖琴进行弹奏。[①]赫伯特的诗篇《未知的爱》（"Love unknown"）也可归为"心的流派"，它也视觉化地呈现了心、灵魂与神圣的爱。诗篇开篇为"亲爱的朋友，坐下吧，这个故事冗长且悲伤"（Deare Friend, sit down, the tale is long and sad）（452，第1行），表明整首诗以对话形式展开。诗篇中的朋友既可以理解为说话者真实的"朋友"，亦可理解为与之对话的灵魂或基督。说话者首先讲述了自己将心掩盖在盛满水果的果盘之下，意图呈给上帝，但上帝的仆人却将心扔进圣水盂的故事。故事叙述过程中出现了说话者与朋友对话的声音：

> 释义：　……那仆人立马
>
> 　　　　放弃水果，只抓取了我的心，
>
> 　　　　将他扔进圣水盂，其中流着
>
> 　　　　一股血，血从一块巨大的岩石
>
> 　　　　侧面流出：我清楚记得一切，
>
> 　　　　且有很好的理由：他被浸泡在那里，
>
> 　　　　洗净，拧干：每一次都
>
> 　　　　拧出了泪水。**恐怕你的心很污秽**。
>
> 　　　　确实如此。我过去和现在确实犯了
>
> 　　　　很多超出我租约所能承担的错；
>
> 　　　　但是我仍然乞求谅解，并未遭到拒绝。

[①] See Barbara Kiefer Lewalski, *Protestant Poetics and the Seventeenth-Century Religious Lyric*, pp. 193 - 194.

...The servant instantly

Quitting the fruit, seiz'd on my heart alone,

And threw it in a font, wherein did fall

A stream of bloud, which issu'd from the side

Of a great rock: I well remember all,

And have good cause: there it was dipt and di'd,

And washt, and wrung: the very wringing yet

Enforceth tears. *Your heart was foul*, I fear.

Indeed ' tis true. I did and do commit

Many a fault more then my lease will bear;

Yet still askt pardon, and was not deni'd.

(453，第 11~21 行)

圣水盂中的"巨大岩石"是指为人受难的基督，而岩石侧面流出的血则是指对心灵具有净化作用的基督之血。仆人将说话者的心放入盛有基督之血的圣水盂中实际上是对心进行洗礼，这样的洗礼让心流出泪水。叙述至此，诗篇中插入了与之对话的声音，表明心十分污秽，血的洗礼让它变得纯净、美好。随后，说话者讲述了心被扔进沸腾的锅中的故事：

释义： ……，我看见一个巨大宽敞

熊熊燃烧的火炉，其上架着

一个沸腾的大锅，大锅边沿

刻着大大的"**痛苦**"字样。

锅的巨大映衬了主人。因此我去

我的羊群中取出牺牲，

认为用它，我将之呈现，

可温暖他的爱，我的确担心他的爱会冷却。

但是当我的心供奉上牺牲时，那

> 要将之从我这里取走的人，松开手，
> 将我的心扔进了滚烫的锅中；

> ..., I saw a large
> And spacious fornace flaming, and thereon
> A boyling caldron, round about whose verge
> Was in great letters set *AFFLICTION*.
> The greatnesse shew'd the owner. So I went
> To fetch a sacrifice out of my fold,
> Thinking with that, which I did thus present,
> To warm his love, which I did fear grew cold.
> But as my heart did tender it, the man
> Who was to take it from me, slipt his hand,
> And threw my heart into the scalding pan;

> > (454，第 25~35 行)

《以赛亚书》（48∶10）写道："我熬炼时，却不像熬炼银子，你在苦难的炉中，我拣选你"，这表明经历痛苦之人可以成为上帝的选民。将心扔进刻有"痛苦"字样的滚烫锅这一场景对应了克莱默将心放入火炉的寓意画，表明心又一次经历净化。与之对话之声音说道："**恐怕你的心太硬了**"（*Your heart was hard, I fear*），这点明了为什么要将心放入滚烫的锅——软化坚硬的心。说话者赞同另一个声音的观点，并进一步讲述了基督之血对心产生的影响：最初，心上的坚硬物质不断蔓延，于是，说话者用祭坛上神圣的血，即基督之血，将之浸泡洗涤，使之变得柔软。基督之血软化人心的视觉呈现与夸尔斯《纹章》中题为《心的软化》（"The Softening of the Heart"）的寓意画异曲同工——在夸尔斯的《纹章》中，心被比喻为如冰冷坚硬大理石一般的冰块，上帝用爱之火及其光芒将冰冷坚硬的心融化（插图四）。[①]随后，说话者将心从沸腾的锅中取出，跑回家中休息恢复体力，当他意欲上床休憩时发现床上铺满了荆棘；此时另一个声音说道："恐怕你的心太呆滞。"（*Your heart was dull, I fear*）说话者接受了这一指控，并即刻反省了自己懈怠之罪，还表明基督承担了自我之罪，故事叙述至此结束。诗篇第61行至结尾为另一个声音讲述的内容，它总结了说话者的心在经历了各种磨难之后发生的变化：圣水盂让已老的心得以更新；大锅让坚硬的心柔软；荆棘赋予呆滞之心生命。这一切都修复了已被玷污的心。因此，该声音劝说话者要愉悦，并且要每天、每个小时、每一时刻全身心地颂扬救世主。由此，诗篇标题中"不可知的爱"也转变成了基督对人"可知的爱"。

心还被形象化地描述为乐器，上帝则被描述为调适乐器的人。例如，《天道》中写有"万物都由你调音，你将万物调至和谐"（... is tun'd by thee, / Who sweetly temper'st all）（417，第38～39行）。这种描述也出现在诗篇《调适》第一首（"The Temper" Ⅰ）。标题"temper"是给乐器调音或是调整音阶的意思；弗雷德森·鲍尔斯（Fredson Bowers）指出"调适"具有"治愈"的内涵，即能平衡四种体液——在宗教的层面上来看，指调适上帝与人之间的关系。[②]在诗篇第6节中，说话者将心比喻为音乐，描述了上帝的调适作用：

> **释义**：走你的路；肯定你的路是最好的：
>
> 　　将我，你那可怜的债务人，伸展或是缩小：
>
> 　　这只是对我内心的调音，
>
> 　　　　使音乐变得更好。

　　Yet take thy way; for sure thy way is best;

---

① See Francis Quarles, *Emblems, Divine and Moral*; *The School of the Heart*; *Hieroglyphics of the Life of Man*, pp. 285-287.

② See Fredson Bowers, "Herbert's Sequential Imagery: 'The Temper'," *MP* 59 (1962): 209.

$$\text{Stretch or contract me thy poore debter：}$$
$$\text{This is but tuning of my breast,}$$
$$\text{To make the musick better.}$$

（193，第 21~24 行）

　　若与音乐关联，"伸展或是缩小"指放松或是拧紧乐器的弦以便让音色和谐，是"调适"的具体方式。由此可见 ，心被比喻成了乐器，上帝便是调适乐器的人，经过上帝的调适，音乐变得更为美好，也就表明了作为音乐调试者的上帝对作为乐器之人心的重大影响。

　　此外，心还被视觉化地呈现为插上翅膀、飞向天堂的鸟儿。《圣灵降临节》（"Whitsunday"）的说话者以圣灵为言说对象，开篇便呈现了插上翅膀飞向天空的心的意象：圣灵展开金色翅膀，展开的翅膀一直孵化说话者柔软的心，直到心也长出了翅膀，最终与圣灵一起飞走。《复活节之翼》的标题隐含了救世主的翅膀以及被拯救的世人的翅膀。诗篇形式也与标题呼应，由两个相互对称、形状犹如翅膀的诗节构成。萨默斯指出在《复活节之翼》中，"我们'看见'了翅膀，并且'看见了翅膀是如何制成的'：这样下降与上升的过程，这样缩小与扩张的过程，让'飞行变得可能'"①。诗篇的内容与形式完全契合：

造人的上帝给人丰裕生活，

但愚蠢的人把它丧失，

就因为日益堕落

最后竟至于

极落魄

让我像

宛转的云雀

---

① Joseph Summers, *George Herbert：His Religion and Art*, p. 144.

和你呀同上天堂

　　并歌唱今日你的胜利：

　　　于是堕落更促我奋飞向上。

我尚未成熟便已开始忧愁：

　　而你还用病痛和羞耻

　　　把罪孽如此惩处，

　　　　最后我终于

　　　　　极消瘦。

　　　　哦请让

　　　我同你一起

　　把你这胜利分享；

　　因为我倘把翼附于你

痛苦磨难更促我奋飞向上。[①]

Lord, who createdst man in wealth and store,

　　Though foolishly he lost the same,

　　　Decaying more and more,

　　　　Till he became

　　　　　Most poore：

　　　　　With thee

　　　　O let me rise

　　As larks, harmoniously,

　　And sing this day thy victories：

Then shall the fall further the flight in me.

---

①　译文引自黄杲炘《英语诗汉译研究——从柔巴依到坎特伯雷》，第 166 页。

My tender age in sorrow did beginne：

And still with sicknesses and shame

Thou didst so punish sinne，

That I became

Most thinne.

With thee

Let me combine，

And feel this day thy victorie：

For，if I imp my wing on thine，

Affliction shall advance the flight in me.

（147，第 1~20 行）

两个诗节完全对称，每个诗节第 1~5 行的音节数"自上至下先由十音节、八音节、六音节、四音节递减到两音节"；而第 6~10 行的音节数"再由两音节递增到十音节"①。这种自上至下的音节减少与递增与叙述的内容一致。第 1 节第 1~5 行叙述了人从上帝给予的丰裕生活堕落，最后到落魄的状态；第 2 节第 1~5 行叙述了说话者因病痛与羞耻等罪孽最终变得极为消瘦的状态。这两种状态展现了精神与肉体上的下降趋势，与诗行中音节的减少一致。在第 1 节第 6~10 行中，说话者首先描述了希望自己像云雀一样，可以同上帝一起进入天堂；第 2 节第 6~10 行则表明希望将翅膀附在上帝的身上，让所受的痛苦磨难促使说话者飞向天堂。这种精神的上升也对应了增加的音节。《复活节之翼》的内容与形式完全契合，也与当时盛行的寓意画形成互文。夸尔斯作有《心的飞翔》（"The Flying of the Heart"）（插图五）的寓意画，它呈现的画面为带着翅膀的天使藏在云端，基督徒在地面向天上的人挥手，图画之下便是《心的飞翔》的标题，随后便是两行箴言："哦随着那翅膀我疲惫的心可以升起，／离开这愚蠢的

---

① 黄杲炘：《英语诗汉译研究——从柔巴依到坎特伯雷》，第 165 页。

俗世，寻找她那出生的天空。"箴言之下便是引用《以赛亚书》（60：8）的文字："那些飞来如云，又如鸽子飞回窗户的是谁呢？"① 随后便是夸尔斯的短诗第三十八首。诗人表明希望拥有鸽子的翅膀，这样便可快速地飞往天国，因为他已经对俗世的错误与恐惧感到厌倦；最后便是由 6 个诗节组成的赞歌，每一诗节的形状都与赫伯特在《复活节之翼》的视觉呈现相同——翅膀的形状，希望自己的心能够插上翅膀飞向天堂。由此可见，赫伯特的诗歌明显受到夸尔斯诗篇的影响，借着诗篇中视觉呈现的"翅膀"，赫伯特融入了自我审美意识，激发了读者的审美情感。

　　《圣殿》中叙事声音"不是由单个沉思或反思的声音构成，而是由对话的声音构成。这种对话不仅仅源于诗篇中明显的戏剧对白，也源自于内心冥想时的独白的声音"②。这种对话的声音并非单调、简单地解释一个事物或表述某一内容，"而是将它像图画一般地呈现出来，这样（该事物）就好像是通过绘画，而非叙述呈现，而读者也是通过视觉，而非阅读（了解）"③。通过将不同叙述声音与视觉意象结合，《圣殿》的部分诗篇实现了内容与形式的统一。说话者的各种情感通过视觉意象或是图画的形式得以呈现，这使诗篇本身变成了寓意画——每一幅寓意画将各种权力因素集中到一起，其中每一个因素说话的声音都不相同——即便如此，他们都是为了传递同一个真理或信息。④赫伯特诗歌创作的这种手法很可能是因为受到当时盛行的寓意画的影响。有数据显示，直至 1700 年，英国出版了至少 50 种寓意画册，并且有 130 多个印刷版本。同时，欧洲大陆出版了至少 1000 本寓言画册。在当时，寓意画不仅作为一种文类、一种修辞，还被当作一种艺术运用于教堂天花板等室内

---

① Francis Quarles, *Emblems, Divine and Moral*; *The School of the Heart*; *Hieroglyphics of the Life of Man*, p. 351.

② Michael Bath, *Speaking Pictures*: *English Emblem Books and Renaissance Culture*, London and New York: Longman, 1994, p. 212.

③ Desiderius Erasmus, *De DupliciCopiaVerborum ac Rerum Commentarii Duo*, in Betty I. Knott ed., *Opera Omnia* Vol. 4, Amsterdam: North Halland Publishing Co., cited from Michael Bath, *Speaking Pictures*: *English Emblem Books and Renaissance Culture*, London & New York: Longman, 1994, p. 54.

④ Ibid., p. 213.

装潢之上，成为当时极为流行的一种艺术形式，其内容大多描绘人的灵魂与神圣之爱的主题以及人的灵魂飞向天堂等主题。

赫伯特在诗歌中运用视觉艺术也与当时的宗教文化语境具有密切关系。罗马天主教善于使用各种视觉艺术，以可感知的形式来传递天主教会教义。然而，与罗马天主教对立的新教，尤其是清教徒，对视觉艺术的运用极为排斥。欧洲新教以阐释《圣经》所含的上帝之言为旨，不重视视觉形象或是图像对救赎的作用，具有去图像化的教理要求。新教代表人物加尔文也做出明确规定：信徒不能观看或崇拜代表上帝的视觉作品，神和视觉作品之间没有相似性。[①]新教对视觉艺术的态度影响了清教徒的文学作品创作——清教徒的文学作品大多采用了简单朴实的风格。虽然该时期宗教文化反对绘画艺术，宗教改革者反对形式主义以及他们认定的偶像崇拜意象，然而值得注意的是，在斯图亚特王朝时期，英国与欧洲大陆接触频繁，这让英国人接触到了欧洲大陆的视觉艺术。这种视觉艺术让英国的宗教改革者对艺术形式抱有一种更为开放的态度：他们绝不抵触任何一种艺术形式，对好的音乐与绘画同样感兴趣。[②]同时，这种视觉艺术对巴罗克时期文人的创作也产生了极大的影响。在视觉艺术的影响之下，巴罗克时期文人打破了宗教与艺术审美相对的、不可融合的传统观念，他们要么将艺术视为个人的投射，要么将艺术视为实用的工具，并且将艺术的永恒与形式上的精巧或是风格上的怪异联系起来。[③]正因如此，该时期许多宗教诗人沉迷于诗歌的结构，在诗歌创作过程中通过形式运用来实验表达的可能性。赫伯特也打破了宗教与审美之间的界限：虽然身为新教徒，他并未摒弃视觉艺术，也不认为视觉艺术会妨碍人的宗教情感；相反，通过形象生动诗歌语言与形式，他将视觉艺术融入诗歌创作过程之中，将精巧生动的形式艺术与怪异的风格联系

---

① 参见刘立辉《17 世纪英国诗歌的巴洛克视觉化特征》，《外国文学评论》2012 年第 4 期。

② See Daniel W. Doerksen, *Picturing Religious Experience*: *George Herbert*, *Calvin*, *and the Scripture*, p. 59.

③ See Frank J. Warnke, *Versions of Baroque*: *European Literature in the Seventeenth Century*, p. 20.

起来。在表述宗教精神的同时，呈现了自我视觉艺术审美思想：他已经摆脱教派的束缚，认为视觉艺术与宗教精神是并行不悖的，并且视觉艺术可以有效地传递至善至美。

艺术、宗教与创作主体之间的关系密不可分。一方面，正如黑格尔在《美学》中所说："艺术首先要把神性的东西当作它的表现中心。"[①]"神性的东西"无疑涉及宗教，即宗教可为艺术创作提供题材，对艺术创作的内容和形式产生影响。另一方面，宗教也一直利用艺术作为宗教信仰与情感的表现方式。在选择艺术手法的过程中，宗教会从神学而非审美的观点来考察，是从宗教而非艺术上来解释的。在如此情况之下出现的艺术作品通常是模式化、教条化的作品，其目的是给予信徒直接的道德训诫，激发信徒的宗教情感。以实现宗教目的而产生的艺术作品则可能会制约艺术的内容和形式，造成艺术发展的障碍。而创作主体则是宗教与艺术之间的协调者、统一者。创作主体是具有主观宗教情感之人，艺术便是表达自我情感的一种方式和手段。创作主体不同，也会导致产生不同形式和象征的艺术作品，这就是艺术呈现多样性、多元化的原因。反之，艺术也是对艺术家，抑或创作主体的阐释，是对其生活的意义以及潜能的扩大化阐释。[②]它的另外一个作用是将个人或是某个团体的经验的理想化价值客观稳定地描述出来。[③]作为人类表达社会情感的方式，艺术"体现了主体对客体的意义的解释，显示了主体对价值关系的主观评价，表示了人对自身需要的满足和满足其需要的对象的主观态度"[④]。由此可见，创作主体除了可以借助艺术表达自我情感之外，还能借由不同艺术形式实现对自我主体的关注。作为创作主体的赫伯特便正是通过不同艺术形式实现了这种自我关注。在《圣殿》诗集中，通过对诗歌本质与语言的论述、对音乐艺术的讨论以及生动形象的语言以及图像诗呈现的寓意画视觉艺术，赫伯特实现了对自我

① 胡春风：《宗教与社会》，上海科学普及出版社，2004，第114页。
② See Eward Scribner Ames, "Religion and Art," *The Journal of Religion* 8: 3 (1983): 374.
③ Ibid., p. 376.
④ 〔德〕黑格尔：《美学》（第一卷），朱光潜译，商务印书馆，1996，第223页。

关注，传递了经历了内在冲突与外在环境影响后的自我之宗教情感；同时，赫伯特自我审美意识得以表述：上帝便是"神圣的美"，应当是各种艺术形式歌颂描述的对象，而"对各种感官的安排（将事物组成一种神的秩序的象征模式）便是能够愉悦他的一种崇拜模式"①。

---

① Joseph Summers, *George Herbert: His Religion and Art*, p. 74.

结　语

　　对自我的关注并不仅仅是文艺复兴时期的文化现象。古希腊、罗马时期的人也关注自我或是个人：亚里士多德在其哲学著作中指出个人是由形式（form）与物质（matter）构成，并进一步讨论了两者的关系；苏格拉底关注内在美好的理想也表明其自我意识的增强。对自我的关注在古希腊、罗马时期的戏剧中表现得尤为明显。古希腊、罗马剧作家经常在作品中描写自我与命运的对抗，例如索福克勒斯（Sophocles）笔下的俄狄浦斯（Oedipus）虽然智慧超群，但是仍然摆脱不了太阳神阿波罗（Apollo）的神谕之罗网；埃斯库罗斯（Aeschylus）笔下的普罗米修斯（Prometheus）先后反叛专横残暴的克罗诺斯（Cronus）、宙斯（Zeus），但他实则是为了实现民主与自由的集体而战，是为了集体而奉献自我。中世纪基督教践踏基督徒的骄傲与自负，泯灭基督徒的个性，要求基督徒无私地为教会和上帝服务。原罪意识使基督徒将自己认同为罪人，它告诫虔诚的基督徒必须遵守摩西十诫，自私是所有罪的原型，自我否定是至善的。该时期所有的圣人或是神秘主义者在追求神圣之爱的过程中超越了自我。在这种自我认知之下，中世纪宗教诗人借助诗歌的语言，大多以圣经故事为题材，书写关于基督、圣母或是代人祈祷的诗篇，目的是对上帝或基督进行直抒胸臆的赞美、宣传教义、激发人们的祈祷精神、强化对上帝和基督的信仰。然而不可否认的是中世纪部分宗教文学作品也融入了自我或是自我的关注：圣奥古斯丁（St. Augustine）在《忏悔录》（*The Confessions*）中将自己的灵魂展现为罪人；彼得·阿伯拉尔（Peter Abelard）的书信体文学作品《苦难情史》（*History of Calamaties*）可以说是一部自传，它展现了阿伯拉尔与情人赫洛依丝（Heloise）之间的恋情以及灾难性的后果，可以称为一幅异常坦诚的自画像；《神曲》（*Divine Comedy*）描绘了但丁（Dante Alighieri）被逐离佛罗伦萨之前进行的一次旅行，但丁的游历开始于受难节当天夜幕降临之时，他一直向下行进一整天，而后开始登上炼狱，随后但丁继续上升，直到抵达神的面前。从根本意义上说，但丁的旅行实际上是一种自我发现与灵性启蒙的历程，最终遇见的心之所爱实际上就是上帝。由圣奥古斯丁、阿伯拉尔与但丁的例子可见中世纪部分文学作品也体现出了对个人、自我意识的关注。但是与文艺复兴时期对个人的关注以及自我意识相比，中世纪对自我意识强调的程度、表达自我意识的范围以及实现自我关注的方式都远远不及肯定人、注重人性的文艺复兴时期。

从彼特拉克（Petrarch）、乔托（Giotto）时期到蒙田、莎士比亚与伦勃朗（Rembrandt）时期，即从 1350 年到 1650 年，个人在西方世界已经发展成为一股显著的力量——对自我的关注在文学、绘画、宗教以及哲学等各个领域体现出来。虽然该时期许多文学作品中过于关注自我意识、自我追求的人物都以悲剧收场，例如莎士比亚的哈姆莱特和福斯塔夫，马洛的浮士德和帖木儿以及米德尔顿和罗利塑造的德福洛斯与比阿特里斯。但不可否认的一点是，文艺复兴时期的人带着自我意识，给自己的权力、表达、创造力、智慧、情感等都赋予了新的价值，人不再被刻画为上帝面前的罪人，而是被刻画为自我命运的掌控者。现当代学者对于文艺复兴时期的个人具有不同的理解。布克哈特将文艺复兴时期个人与中世纪个人进行对比。他认为在文艺复兴之前个人只是集体的一部分；在文艺复兴以后个人才成主体的、有自我意识的自足个体。以格林布莱特为代表的学者对文艺复兴自我的看法与布克哈特的看法截然相反。他认为人的内在性是幻觉，人并非能够塑造自我的自足主体，相反，人是由社会、经济和政治力量构成的文化产物，就如同绘画或是书本一般。以马丁为代表的较为新近的学者已经认识到将文艺复兴时期个人视为完全自足、独立的主体或是将之视为权力形式、社会政治意识形态塑造的个人都是片面、有失偏颇的。

不同学术观点表明文艺复兴时期的自我比我们料想的更为复杂。如果我们要了解该时期，仅仅了解该时期的文人作家及艺术家、该时期的发现以及社会与政治结构是远远不够的，我们还需要了解该时期的个人是如何认识自我的，他们是如何建构、体验并最终理解自我身份的。确实如此，早期现代自我并非一个预定的、独立分离的、静止的实体，而是在一个不间断的、动态的过程中不断形成的实体。在这个过程中，影响自我以及个人身份建构的因素颇多，除了内在的自我之外，自我还受到集体仪式、生活环境以及具体的场所等多种因素的影响。这些外在因素是外在自我的社会与文化实践，同时与内在自我具有密切的关系。艺术作品可以说是展现这种内在与外在自我的重要媒介。

诗集《圣殿》便是赫伯特表现自我意识、实现自我追寻的重要媒介。诗集中建构人物发出的不同声音以及不同声音构成的对话是赫伯特自我书写的重要方式，因为对话对自我认知、自我了解具有至关重要的作用。自我之所以与别人区分开，并成为自我是与其他的谈话之人相对而言的——一方面与他人的谈话对自我完成、自我定义与阐释至关重要；另一方面可以通过与他人的对话达到自我了解。自我只能在"对话网"中存在，它是给予我们"身份"概念的最终形式，通过"我在哪里？与谁说话？"的形式为"我是谁"提供答案。

《圣殿》中发出抱怨与反叛、忏悔与乞求以及颂扬之声的基督徒通过独白形式与作为隐含听者的上帝进行了对话，这个对话的过程投射了赫伯特内在自我的动态发展：基督徒对身体疾病以及生活不顺利进行了抱怨，通过抱怨和反叛之声，赫伯特将自身经历的苦难与受难的基督联系起来。基督受难的身体反映了我们共同拥有的人性，反映了将我们与上帝联系起来的一部分；同时基督完美人性的意象可以反射出我们的缺点，展示出我们对基督模仿的失败并促使我们超越自我。实际上，在与受难的基督对照过程之中，自我就好像站立在两面镜子之间，一面镜子反映了基督的神性，另一面镜子则反映了基督的人性，这两面镜子被平行置放，表明两者相互反射；位于两面镜子之间的个人通过这两面镜子可以发现了解自己缺乏的神性以及在人性方面的许多缺点。赫伯特通过将经历疾病、处于困境的自我与兼具人性与神性的基督对照，实际上认识到了自己的缺点与不足。正是在这种认知之下，赫伯特在诗集中建构了发出忏悔与乞求之声的说话者；忏悔与乞求的说话者实际上是经过自我审视、情感发生转变的赫伯特的真实写照，这样的情感转变最终促使说话者对上帝的恩典与救赎，即上帝的神性，发出赞美之声，投射出情感得以平复的赫伯特。这一系列的情感变化实际上是赫伯特在动态的过程中内在自我建构与书写的体现。赫伯特的内在自我建构与书写实际上是一种自我回归，是自我主体意识在宗教教义与情感共同作用之下的一种妥协。他希望这种妥协能让自我的命运得到改变，但是残酷的现实却无法协调自我反叛与自我回归之间的矛盾。从这个意义上来看，赫伯特的自我建构与追寻是不完全的，其个人意识在自我与上帝、人性与神性之间游移不定，他的抱怨在很大程度上是一种面对命运不公之后无法冲破神性系统的个人抱怨。

　　文艺复兴时期虽然强调自我意识、自我展现与自我追求的重要性，但是这并不意味该时期的个人会因为内在体验而完全忽视内在自我与外在世界之间的张力。实际上对自我或是个人的关注不仅局限于内在体验，它也与自我所处的社会、政治、经济、宗教等语境具有密切的关系，正如马丁所说："文艺复兴身份不可避免地是由某个人对家庭、行会、教区、工作场所以及恩主的重叠的忠诚而定义的。"①赫伯特将自我投射在诗集中发出告诫与说教之声的新教神职人员之上，这种自我投射表明赫伯特认识到了作为牧师之自我对教区居民的基本职责，这也是对教区忠诚及作为新教牧师的职责体现。再者，英格兰国教会是自由而非约束的教会，这样的教会在宗教原则上具有很强的包容性，允许信徒在坚信某些基本教义的前提之下对非英格兰国教会的宗教思想采取开放、宽容的态度。这种宽容的宗教文化语境让生活在该时期的赫伯特在宗教立场上也持宽容、开明的态度，这具体体现在赫伯特对许多颇具争议的教义都持宽容的态度，坚持折中的

① John Jeffries Martin, *Myths of Renaissance Individualism*, p. 27.

原则。这种态度与原则不仅有利于英格兰国教会，更利于作为一个国家的英国的统一，实际上体现了赫伯特对英格兰国教会、对国王以及对英国整个国家的忠诚。由此可见，《圣殿》中的牧师反映了生活在巴罗克时期的赫伯特个人对于基督教教会的忠诚、对英格兰国教会的支持以及对英国整个民族的忠诚，并在一定程度上体现了赫伯特的权贵、阶级意识。这也诠释了赫伯特的个人身份——具有民族意识的英格兰国教会牧师，这就是赫伯特作为社会的自我（social self）、顺从的自我（conforming self）以及行动的自我（performative self）的外在体现。

艺术可以说是将个人的内在感受与外在经历通过想象加工而成。赫伯特对内在自我与外在自我的认知促使了文学作品《圣殿》诗集的产生。赫伯特的内在自我与外在自我都与宗教以及其宗教情感具有密不可分的关系，这就使他在诗集中对艺术的讨论也以宗教为源泉。赫伯特对诗歌创作、音乐以及对视觉艺术的运用都与其宗教情感具有密切的关系：上帝是所有艺术形式的来源，他是至善至美的代表，因此所有艺术形式都应当对上帝进行歌颂，为上帝服务，这也是赫伯特的审美思想与审美情感的体现。

《圣殿》中论述内在自我、外在自我以及审美自我的声音又如同巴赫金所说的复调或是杂语一样——这些不同的声音之间又构成了一种对话，这种对话使诗集中建构的不同人物所传递的观点构成了对话性，将每个人物的意识结合成为一个更为高级的整体，这种在更高层面上结合为整体的意识则反映了赫伯特的自我意识——赫伯特将自己书写成为一位历经折磨，但最后变得虔诚的基督徒、为英格兰国教会代言、具有民族意识的英国牧师以及以上帝的至善至美进行创作的艺术家。这正如马尔科姆森（Cristina Malcolmason）所说："宗教抒情诗展现了新旧意识形态中的斗争……其中不排除新的意识形态中的自我建构。（宗教抒情诗）包含的不仅仅是要服从于权威的意识；诗歌还将人的内心构建成为与神交流的地方，一个无阶级的主体位置，这是我们相信自我的前兆。"[1]然而，赫伯特虽然通过不同的声音实现了对自我的

---

[1]　Cristina Malcolmson, *Heart-Work: George Herbert and the Protestant Ethic*, Stanford: Stanford University Press, 1999, p. 220.

关注，但是在巴罗克文化语境之下，宗教仍然占据了重要的位置，所以赫伯特的自我关注与宗教不可分割。在《失乐园》结尾，天使向亚当预示未来时指出人类虽然失去了天上乐园，但是可以获得地上乐园，因此人类的堕落可以说是一种"幸运的堕落"（Fortunate Fall）。天使的话语表明人可以通过自身构建乐园。赫伯特便是通过在宗教的屏障之下，通过自身的宗教信仰建构了一个内心的乐园，这个内心乐园的建构便是赫伯特自我关注、自我书写的方式。赫伯特的自我关注与中世纪宗教文学作品中的自我关注也有较大的差别：他的这种自我关注除了融入自己主观经历之外，还受到当时的社会语境、艺术文化的影响。与中世纪宗教文学作品中的自我关注相比，赫伯特的自我关注形式更为多样并且自我意识更为强烈。但是，赫伯特的自我关注也是有限的，他是一个不完全的觉醒者，其自我意识是自我与上帝、人性与神性之间游移的结果。换言之，赫伯特具有一定的反叛意识，但是信仰与现实社会又导致他成为一名不完全的激进者、反叛者，因此他的现代主体性是一种具有妥协性的主体性。

赫伯特以其独有的方式实现了自我的现代性书写，那么同时期的其他宗教诗人，例如多恩、马维尔以及克拉肖等，又是如何实现对内在自我的关注的呢？同时期的其他剧作家例如莎士比亚、马洛等在戏剧创作中是否也表现出对自我的关注呢？他们又是如何实现自我关注的呢？同时期文人自我关注的方式又有何异同呢？这些问题都有待继续深入研究。

主要参考文献

Ames, Eward Scribner. Religion and Art. *The Journal of Religion* 8: 3 (1983): 371-383.

Asals, Heather A. R. The Voice of George Herbert's "The Church". *ELH* 36: 3 (1969): 511-528.

Asals, Heather A. R. *Equivocal Predication: George Herbert's Way to God*. Toronto, Buffalo, London: University of Toronto Press, 1981.

Bacon, Francis. *The New Organon*. Shenandoah Bible Ministers, 2009.

Bainton, Roland H. *Here I Stand: A Life of Martin Luther*. New York: Abingdon Press, 1950.

Baker, Herschel. *The Later Renaissance in England: Nondramatic Verse and Prose* 1600-1660. Boston: Houghton Mifflin, 1975.

Bakhtin, Mikhail M. The Problem of Speech Genres. In Caryl Emerson and Michael Holquist (Eds.), Vern W. McGee (Trans.), *Speech Genres and Other Late Essays*. University of Texas Press Slavic Series 8. 1979 (Russian). Austin: University of Texas Press, 1986: 60-102.

Barbour, Reid. *Literature and Religious Culture in the Seventeenth-Century England*. Cambridge: Cambridge Univerisity Press, 2002.

Barot, Rick. Devoted Forms: Reading George Herbert. *Southwest Review* 3 (2008): 428-447.

Bath, Michael. *Speaking Pictures: English Emblem Books and*

Renaissance Culture. London & New York: Longman, 1994.

Bauer, Matthias. "A Title Strange, Yet True": Toward an Explanation of Herbert's Titles. In Helen Wilcox and Richard Todd. (Eds.), *George Herbert: Sacred and Profane.* Amsterdam: VU University Press, 1995: 103–117.

Bedford, Ronald. Davis, Lloyd and Kelly, Philippa. *Early Modern English Lives: Autobiography and Self-Representation* 1500–1660. Aldershot: Ashgate Publishing Company, 2007.

Benet, Diana. *Secretary of Praise: The Poetic Vocation of George Herbert.* Columbia: University of Missouri Press, 1984.

Blau, Sheridan D. The Poet as Casuist. *Genre* 4 (1971): 142–152.

Bloch, Chana. *Spelling the Word: George Herbert and the Bible.* Berkeley: University of California Press, 1985.

The Book of Common Prayer. Baltimore: E. J. Coale & Co., 1822.

Bowers, Fredson. Herbert's Sequential Imagery: "The Temper". *MP* 59 (1962): 202–213.

Browne, Thomas. *Religio Medics and other writings.* F. L. Huntley (Ed.). New York: 1951.

Bruisnsma, Henry A. The Organ Controversy in the Netherland Reformation to 1640. *Journal of the American Musicological Society* 7: 3 (1954): 205–212.

Bruno, Giordano. *On the Composition of Images, Signs and Ideas.* 1591.

Burckhardt, Jacob. *The Civilization of Renaissance in Italy.* S. G. C. Middlemore (Trans.). New York: The Macmillan Company, 1928.

Burden, Dennis H. George Herbert's "Redemption". *The Review of English Studies New Series* 34: 136 (1983): 446–451.

Burke, Peter. *The Renaissance Sense of the Past.* London: Arnold, 1969.

Butterfield, H. Reflections on Religion and Modern Individualism.

Journal of the History of Ideas 22: 1 (1961): 33-46.

Calvin, John. *Commentary on the Book of Psalms I.* In James Anderson (Trans.). Calvin Translation Society, 1963.

Charles, Amy M. *A Life of George Herbert.* Ithaca and London: Cornell University Press, 1977.

Chute, Marchette. *Two Gentle Men.* E. P. Dutton & Company, 1959.

Clarke, Elizabeth. *Theory and Theology in George Herbert's Poetry "Divintie, and Poesie, Met".* Oxford: Clarendon Press, 1997.

Coleridge, Samuel Taylor. *Miscellaneous Criticism.* Thomas Middleton Raysor (Ed.). Cambridge: Harvard University Press, 1936.

Collinson, Patrick. *The Religion of Protestants: The Church in English Society,* 1559-1625. New York: Oxford University Press, 1982.

Collinson, Patrick. *The Elizabeth Puritan Movement.* Clarendon: Oxford University Press, 1990.

Cowper, William. *The Letters and Prose Writings of William Cowper.* James King and Charles Ryskamp (Eds.) Oxford: Clarendon Press, 1979

Cruickshank, Frances. *Verse and Poetics in George Herbert and John Donne.* London: Ashgate Publishing Company, 2010.

Danto, Arthur. *The Transfiguration of the Commonplace: A Philosophy of Art.* New York: The University of Columbia Press, 1982.

d' Autun, Honoré. *The Lucydarye.* Andrew Chertsey (Trans.). (London, C. 1508) A4.

Davies, Horton. *Worship and Theology in England from Cranmer to Hooker.* Princeton: Princeton University Press, 1961.

De Certeau, Michel. *The Practice of Everyday Life.* Steven F, Rendall (Trans.). Berkeley: The University of California Press, 1984.

Doelman, James. *King James I and the Religious Culture of England.*

Cambridge: D. S. Brewer, 2000.

Doerksen, Daniel W. *Picturing Religious Experience: George Herbert, Calvin, and the Scriptures.* Maryland: University of Delaware Press, 2013.

Donne, John. *John Donne's Poetry: Authoritative Texts Criticism.* Authur L. Clements (Ed.). New York and London: W. W. Norton & Company, 1966.

Donne, John. *A Sermon upon the XX. Verse of the V. Chapter of the Book of Judges.* Sept. 15th, 1622.

Donne, John. *A Sermon of Commemoration of the Lady Danvers, Late Wife of Sir John Danvers.* July 1st, 1627.

Drury, John. *Music at Midnight: The Life and Poetry of George Herbert.* London: Penguin Books, 2013.

Eliot, T. S. *George Herbert.* London: British Council and National Book League, 1962.

Eliot, T. S. *Selected Essays* 1917 – 1932. New York: Harcourt Brace & Co., 1964.

Ellrodt, Robert. *Seven Metaphysical Poets: A Structural Study of the Unchanging Self.* Oxford: Oxford University Press, 2000.

Elsky, Martin. Polyphonic Psalm Settings, and the Voice of George Herbert's *The Temple. MLQ* 42 (1981): 227-246.

Empson, William. *Seven Types of Ambiguity.* London: Chatto and Windus, 1949.

Es, Eelco van. *Tuning the Self: George Herbert's Poetry as Cognitive Behaviour.* Bern: Peter Long AG, 2013.

Fincham, Kenneth. & Lake, Peter. The Ecclesiastical Policy of King Kames I. *Journal of British Studies* 24 (1985): 169-207.

Ford, Brewster. George Herbert and the Liturgies of Time and Space. *SoAR* 49: 4 (1984): 19-29.

Fowler, Anne C. "With Care and Courage": Herbert's "Affliction" Poems. In Claude J. Summers and Ted-Larry Pebworth (Eds.), "*Too Rich to Clothe the Sunne*": *Essays on George Herbert.* Pittsburgh: University of Pittsburg Press, 1984: 129–145.

Francoeur, Robert T. and Perper, Timothy. *The Complete Dictionary of Sexology.* New York: The Continnum Publishing Company, 1995.

Freeman, Rosemary. Parody as a Literary Form: George Herbert and Wilfred Owen. *Essay in Criticism*13 (1963): 307–322.

Freer, Coburn. *Music for a King: George Herbert's Style and the Metrical Psalms.* Baltimore: John Hopkins University Press, 1972.

Fuery, Patrick. & Mansfield, Nick. *Cultural Studies and Critical Theory.* Oxford: Oxford University, 2000.

Garside, Charles. *Zwingli and the Arts.* New York: Da Capo Press, 1966.

Garside, Charles. Calvin's Preface to the Psalter. *The Musical Quarterly* 4 (1951): 566–577.

Gottlieb, Sidney. The Social and Political Backgrounds of George Herbert's Poetry. In Claude Summers and Ted-Larry Pebworth (Ed.), "*The Muses Common-Weale*": *Poetry and Politics in the Seventeenth Century.* Columbia: University of Missouri Press, 1988: 107–18.

Grady, Hugh. *Shakespeare and Modernity: Early Modern to Millennium*, London & New York: Routledge, 2000.

Greenblatt, Stephen. *Renaissance Self-Fashioning: From More to Shakespeare.* Chicago: The University of Chicago Press, 1980.

Grierson, Herbert John Clifford. *Metaphysical Lyrics and Poems of the Seventeenth Century, Donne to Butler.* Clarendon: Clarendon Press, 1928.

Grossberg, Lawrence. Nelson, Cary and Treichler, Paula A. *Cultural Studies.* New York: Routledge, 1992.

Hagstrum, Jean H. *Sister Arts: Tradition of Literary Pictorialism and*

English Poetry from Dryeden to Gray. Chicago: University of Chicago Press, 1958.

Harland, Richard. *Literary Theory from Plato to Barthes: An Introductory History*. Beijing: Foreign Language Teaching and Research Press, 2005.

Harman, Leach Barbara. *Costly Monuments: Representations of the Self in George Herbert's Poetry*. Cambridge: Harvard University Press, 1982.

Hassan, Ihab. Quest for the Subject: The Self in Literature. *Contemporary Literature and Contemporary Theory* 29: 3 (1988): 420–437.

Haug, Claudia Chadwick. "The Elixer" by George Herbert: The Making of A Poem. *Rackham Literary Studies* 6 (1975): 75–83.

Hemmingsen, Neil. *The Epistle of the Blessed Apostle*. 1580.

Heninger, Jr., S. K. *Touches of Sweet Harmony: Pythagorean Cosmology and Renaissance Poetics*. California: Library of Congress, 1974.

Herbert, George. *The English Works of George Herbert: Newly Arranged and Annotated and Considered in Relation to His Life*, *Volume* 1 *and* 2. George Herbert Palmer (Ed.). Boston and New York: Houghton Mifflin and Company, 1905.

Herbert, George. *The Works of George Herbert*. F. E. Hutchinson (Ed.). London: Oxford University Press, 1945.

Herbert, George. *The English Poems of George Herbert*. Helen Wilcox (Ed.). Cambridge: Cambridge University Press, 2007.

Herbert, George. *Latin Poems of George Herbert*. Mark McCloskey and Paul R. Murphy (Trans.). Ohio: Ohio University Press, 1965.

Hill, Darci N. "Rym [ing] thee to good": Didacticism and Delight in Herbert's "The Church Porch". *LOGOS* 15: 4 (2012): 179–209.

Hill, Elizabeth K. What is an Emblem? *The Journal of Aesthetics and Art Criticism*, 29: 2 (1970): 261–265.

Hodgkins, Christopher. *Authority, Church, and Society in George*

Herbert: *Return to the Middle Way*. Columbia and London: University of Missouri Press, 1993.

Hooker, Richard. *Of the Laws of Ecclesiastical Polity*. Harvard: Harvard University Press, 1977.

Hooker, Thomas. *The Danger of Desertion*; *or A Farewell Sermon*. London, 1641.

Hunter, Jeanne Clayton. "With Winges of Faith": Herbert's Communion Poems. *Journal of Religion* 62 (1982): 57-71.

Hyde, A. G. *George Herbert and His Times*. London: Methuen & Co., 1906.

Ivic, Christopher. *Shakespeare and National Identity*: *A Dicitonary*. London: Bloomsbury, 2017.

Johnson, Lee Ann. The Relationship of "The Church Militant" to "The Temple". *Studies in Philology* 68: 2 (1971): 200-206.

Johnson, Parker H. The Economy of Praise in George Herbert's "The Church". *George Herbert Journal* 5 (1981/2): 45-62.

Kidd, B. J. *The Thirty-nine Articles*: *Their History and Explanation*, *Volume* 1 & 2. London: Rivingtons, 1899.

Knapp, Éva and Tüskés, Gábor. *Emblematics in Hungary*: *A study of the history of symbolic representation in Renaissance and Baroque literature*. Tübingen: Max Niemeyer Verlag GmbH, 2003.

Lennon, Dennis. *Turning the Diamond*: *Exploring George Herbert's Images of Prayer*. London: Society for Promoting Christian Knowledge, 2002.

Lewalski, Barbara Kiefer. *Protestant Poetics and the Seventeenth-Century Religious Lyric*. Princeton: Princeton University Press, 1970.

Loewen, G. V. *The Role of Art in the Construction of Personal Identity*: *Toward a Phenomenology of Aesthetic Self-Consciousness*. Ontario: The Edwin Mellen Press, 2012.

Low, Anthony. Metaphysical Poets and Devotional Poets. In Mario Di Cesare (Ed.), *George Herbert and the Seventeenth-Century Religious Poets: Authoritative Texts/ Criticism*. Mario Di Cesare, New York: W. W. Norton, 1978: . 221-232.

Lull, Janis. *The Poem in Time: Reading George Herbert's Revisions of The Church*. Newark: University of Delaware Press, 1990.

Malcolmson, Cristina. *George Herbert: A Literary Life*. Hampshire: Macmillan Distribution Ltd., 2004.

Malcolmson, Cristina. *Heart-Work: George Herbert and the Protestant Ethic*. Stanford: Stanford University Press, 1999.

Marcus, Leah Sinagolou. The Poet as Child: Herbert, Herrick, and Crashaw. *Childhood and Cultural Despair: A Theme and Variations in Seventeenth-Century Literature*. Pittsburgh: University of Pittsburgh Press, 1978: 94-152.

Marsden, Joanna Woods. *Renaissance Self-portraiture: The Visual Construction of Identity and the Social Status of the Artist*. New Haven & London: Yale University Press, 1998.

Martin, John Jeffries. *Myths of Renaissance Individualism*. Hampshire: Palgrave Macmillion, 2004.

Martz, Louis L. *From Renaissance to Baroque: Essays on Literature and Art*. Missouri: University of Missouri Press, 1991.

Martz, Louis L. *The Poetry of Meditation: A Study in English Religious Literature of Seventeenth Century*. New Haven and London: Yale University Press, 1962.

Martz, Louis L. *The Meditative Poem*. Garden City: Anchor Books, 1963.

Martz, Louis L. *The Poetry of the Mind: Essays on Poetry English and American*. Oxford: Oxford University Press, 1966.

McColley, Daine Kelsey. *Poetry and Music in Seventeenth-Century England.* Cambridge: Cambridge University Press, 1997.

McLaughlin, Elizabeth and Thomas, Gail. Communion in *The Temple. SEL*14 (1974): 111-124.

McNeill, John T. *The History and Character of Calvinism.* Oxford: Oxford University Press, 1967.

Mead, George Herbert. *Mind, Self & Society: the Definitive Edition.* Charles W. Morris (Ed.). London &Chicago: The University of Chicago Press, 2015.

Meilaender, Marion. Speakers and Hearers in*The Temple. George Herbert Journal* 5: 1 (1981-1982): 31-44.

Miller, Edmund. *Drudgerie Divine: The Rhetoric of God and Man in George Herbert.* Salzburg: InstitÜ fÜr Anglistik und Amerikanistik, Univerität Salzburg, 1979.

Milton, John. *Paradise Lost.* Oxford: Oxford University Press, 2005.

Montgomery, Robert. The Province of Allegory in George Herbert's Verse. *Texas Studies in Language and Literature* 1 (1960): 457-472.

Mulder, John. *The Temple of the Mind: Education of Taste in Seventeenth-Century England.* New York: Pegasus, 1969.

Mulder, John. George Herbert's *The Temple*: Design and Methodology. *SCN* 31 (1973): 37-45.

Myers, Anne M. Restoring "The Church-porch": George Herbert's Architectural Style. *English Literary Renaissance* 40: 3 (2010): 427-457.

Needs, Lisa Diane. *Proving One God, One Harmonie: The Persona of George Herbert's The Temple and Its Poetic Legacy.* The University of York, 1983.

Ottenhoff, John. From Venus to Virtue: Sacred Parody and George Herbert. In Helen Wilcox and Richard Todd (Eds.), *George Herbert: Sacred and Profane*. Amsterdam: VU University Press, 1995: 49-61.

Patrides, C. A. *George Herbert: The Critical Heritage*. London: Routledge, 1983.

Perkins, William. A Dialogue of the State of a Christian Man. In Ian Breward (Ed.), *The Work of William Perkins*. Appleford: The Courtenay Library of Reformation Classics, 1970.

Phillips, Carl. Anomaly, Conundrum, Thy-Will-Be-Done: On the Poetry of George Herbert. In Jonathan F. S. Post. (Ed.), *Green Thoughts, Green Shades: Essays by Contemporary Poets on the Early Modern Lyric*. Berkeley: University of California Press, 2002: 136-159.

Porter, Roy. *Rewriting the Self: Histories from the Renaissance to the Present*. London and New York: Routledge, 1997.

Pound, Ezra. The Hard and Soft in French Poetry. In T. S. Eliot (Ed.), *Literary Essays of Ezra Pound*. New York: New Directions, 1968.

Powers, Edwin. *Crime and Punishment in Early Massachusetts* 1620 - 1692. Boston: Beacon Press, 1966.

Quarles, Francis. *Emblems, Divine and Moral; The School of the Heart; Hieroglyphics of the Life of Man*. London: William Tegg, 1866.

Raleigh, Walter. *History of the World*. 1614.

Randall, Dale B. J. The Ironing of George Herbert's "Collar". *Studies in Philology* 81: 74 (1984): 473-495.

Reiss, Timothy J. Revising Descartes: on subject and community. In Patrick Coleman, Jayne Lewis, and Jill Kowalik (Eds.), *Representations of the Self from the Renaissance to Romanticism*. Cambridge: Cambridge University Press, 2000: 16-38.

Rickey, Mary Ellen. *Utmost Art: Complexity in the Verse of George Herbert*. Lexington: Kentucky University Press, 1966.

Roberts, John R. *George Herbert: An Annotated Bibliography of Modern*

Criticism 1905–1984. Columbia: University of Missouri Press, 1988.

Ryley, George. *Mr. Herbert's Temple and Church Militant Explained and Improved*. Maureen Boyd and Cedric C. Brown (Eds.). New York: Garland Publishing, Inc., 1987.

Sacks, Peter. "No room for me": George Herbert and Our Contemporaries. In Jonathan F. S. Post & Sidney Gottlieb (Eds.), *George Herbert in the Nineties: Reflections and Reassessments*. Fairfield: Sacred Heart University, 1995: 31–47.

Sawday, Jonathan. Self and Selfhood in The Seventeenth Century. In Roy Porter (Ed.), *Rewriting the Self: Histories from the Renaissance to the Present*. London and New York: Routledge, 1997: 29–48.

Schoenfeldt, Michael C. *Bodies and Selves in Early Modern England: Physiology and Inwardness in Spenser, Shakespeare, Herbert and Milton*. Cambridge: Cambridge University Press, 1999.

Schoenfeldt, Michael C. *Prayer and Power: George Herbert and Renaissance Courtship*. Chicago & London: University of Chicago Press, 1991.

Scupoli, Lorenzo. *The Spiritual Combat*. William Lester and Robert Mohan (Trans.). Westminster: Newman Bookshop, 1974.

Sherwood, Terry G. *Herbert's Prayerful Art*. Toronto: University of Toronto Press, 1989.

Sherwood, Terry G. *Fulfilling the Circle: A Study of John Donne's Thought*. Toronto: University of Toronto Press, 1984.

Sherwood, Terry G. *The Self in Early Modern Literature: for the Common Good*. Pennsylvania: Duquesne University Press, 2007.

Shuger, Debora. Life-writing in Seventeenth-century England. In Patrick Coleman, Jayne Lewis and Jill Kowalik (Eds.), *Representations of the Self from Renaissance to Romanticism*. Cambridge: Cambridge University Press, 2000: 63–78.

Shuger, Debora. *Habits of Thought in the English Renaissance: Religion, Politics and the Dominant Culture*. Berkeley and Los Angeles, California: University of California Press, 1990.

Sidney, Philip. *An Apology for Poetry*. Geoffrey Shpherd (Ed.). Nelson, 1965.

Singleton, Marion White. *God's Courtier: Configuring a Different Grace in George Herbert's Temple*. Cambridge: Cambridge University Press, 1987.

Smith, Eric R. Herbert's "The 23d Psalme" and William Barton's *The Book of Psalms* in Metre. *George Herbert Journal* 82 (1985): 33-43.

Stanwood, P. G. Time and Liturgy in Herbert's Poetry. *George Herbert Journal* 2, (1981): 19-30.

Stein, Arnold. *George Herbert's Lyrics*. Baltimore: The Johns Hopkins Press, 1968.

Stewart, Stanley. *The Enclosed Garden: The Tradition and The Image in Seventeenth-Century Poetry*. Madison, Milwaukee, and London: University of Wisconsin Press, 1966.

Stewart, Stanley. *George Herbert*. Boston: Twayne Publishers, 1986.

Stieg, Margaret. *Laud's Laboratory: the Diocese of Bath and Wells in the Early Seventeenth Century*. Lewisburg: Bucknell University Press, 1982.

Strier, Richard. What Makes Him So Great? In Christopher Hodgkins (Ed.), *George Herbert's Travels: International Print and Cultural Legacies*. Newark: University of Delaware Press, 2011: 3-26.

Strier, Richard. *Love Known: Theology and Experience in George Herbert's Poetry*. Chicago and London: The University of Chicago Press, 1983.

Stronks, Els. Literature and the Shaping of Religious Identities: The Case of the Protestant Religious Emblem in the Dutch Republic. *History of Religions* 49: 3 (2010): 219-253.

Stull, William L. "Why Are Not 'Sonnets' Made of Thee": A New

Context for the "Holy Sonnets" of Donne, Herbert & Milton. *Modern Philology* 11 (1982): 129-135.

Summers, Joseph H. *George Herbert: His Religion and Art.* Harvard: Harvard University Press, 1968.

Summers, Joseph H. George Herbert and Elizabeth Bishop. In Jonathan F. S. Post & Sidney Gottlieb (Eds.), *George Herbert in the Nineties: Reflections and Reassessments.* Faiefield: Sacred Heart University, 1995: 48-58.

Tarry, Joe E. Music in the Educational Philosophy of Martin Luther. *Journal of Research in Music Education* 4 (1973): 355-365.

Taylor, Mark. *The Soul in Paraphrase: George Herbert's Poetics.* The Hague: Mouton, 1974.

Thekla, Sister. *George Herbert: Idea and Image.* Buckinghamshire: The Greek Orthodox Monastery of the Assumption, 1974.

Thiel, Udo. *The Early Modern Subject: Self-consciousness and Personal Identity from Descartes to Hume.* Oxford: Oxford University, 2011.

Tigner, Amy L. *Literature and the Renaissance Garden from Elizabeth I to Charles II: England's Paradise.* Surrey: Ashgate Publishing Limited, 2012.

Tillyard, E. M. W. *The Elizabethan World Picture.* London: Chatto & Windus, 1943.

Todd, Margot. *Christian Humanism & the Puritan Social Order.* Cambridge: Cambridge University Press, 2002.

Toliver, Harold. *George Herbert's Christian Narrative.* Pennsylvania: the Pennsylvania State University Press 1993.

Tuve, Rosemond. *A Reading of George Herbert.* Chicago: The University of Chicago Press, 1952.

Usher, Roland G. *The Reconstruction of the English Church, Volume 2.* New York and London: D. Appleton, 1910.

Veith, Gene Edward. The Religious Wars in George Herbert Criticism: Reinterpreting Seventeenth-Century Anglicanism. *George Herbert Journal* 11 (1998): 19-35.

Veith, Gene Edward. *Reformation Spirituality: The Religion of George Herbert*. Eugene: Wipf and Stock Publishers, 2013.

Vendler, Helen. *The Poetry of George Herbert*. Cambridge: Harvard University Press, 1975.

Wall, John N. *Transformation of the Word: Spenser, Herbert, Vaughan*. Athens: University of Georgia Press, 1988.

Walton, Izaak. *Walton's Lives of John Donne, Henry Wotton, Richard Hooker, and George Herbert*. George Saintbury (Ed.). Oxford: Oxford University Press, 1927.

Walton, Izaak. *Walton's Lives of John Donne, Henry Wotton, Richard Hooker, George Herbert, and Roberts Sanderson*. London: Henry Washbourne and Co., 1857.

Warnke, Frank J. V*ersions of Baroque: European Literature in the Seventeenth Century*. Yale: Yale University Press, 1972.

Watkins, A. E. Typology and the Self in George Herbert's "Affliction" Poems. *George Herbert Journal* 31: 1 (2007): 63-82.

White, Helen C. *English Devotional Literature (Prose)*, 1600 – 1640. Wisconsin: University of Wisconsin, 1931.

White, James Boyd. Reading One Poet in Light of Another: Frost. In Jonathan F. S. Post & Sidney Gottlieb (Eds.), *George Herbert in the Nineties: Reflections and Reassessments*. Fairfield: Sacred Heart University, 1995: 59-80.

Whitlock, Baird W. The Sacramental Poetry of George Herbert. *South Central Review* 3. 1 (1986): 37-49.

Wilcox, Helen. "Heaven's Lidger Here": Herbert's Temple and

Seventeenth-century Devotion. In David Jasper（Ed.）, *Images of Belief in Literature*. London：Palgrave Macmillan，1984.

Williams，W. R. *Parliamentary History of Wales from the Earliest Times to the Present Day*. Brecknock：Edwin Davies and Bell，1895.

Yearwood，Stephanie. The Rhetoric of Form in*The Temple. SEL* 23（1983）：131-144.

Young，Diane. The Orator's Church and the Poet's Temple. *George Herbert Journal* 12：2（1989）：1-15.

Young，Robert V. Herbert and the Real Presence. *Renascence* 45：3（1993）：179-196.

〔英〕阿利斯特·麦格拉思：《宗教改革运动思潮》，蔡锦图、陈佐人译，中国社会科学出版社，2009。

〔英〕阿利斯特·麦格拉思：《基督教文学经典选读》（上），苏欲晓译，北京大学出版社，2004。

〔苏〕巴赫金：《巴赫金全集》（第三卷），白春仁、晓河译，河北教育出版社，1998。

〔古希腊〕柏拉图：《柏拉图全集》（第二卷），王晓朝译，人民出版社，2003。

〔英〕伯特兰·罗素：《西方的智慧》，亚北译，世界知识出版社，1992。

〔美〕大卫·M. 列文：《倾听着的自我》，程志民等译，陕西人民教育出版社，1997。

〔英〕戴维·弗里西比：《现代性的碎片》，卢晖临、周怡、李林艳等译，商务印书馆，2003。

〔英〕海伦·加德纳：《宗教与文学》，沈弘、江先春译，四川人民出版社，1989。

〔德〕黑格尔：《美学》（第一卷），朱光潜译，商务印书馆，1996。

胡春风：《宗教与社会》，上海科学普及出版社，2004。

胡家峦：《文艺复兴时期诗歌与园林传统》，北京大学出版社，2008。

胡家峦：《历史的星空：英国文艺复兴时期诗歌与西方传统宇宙论》，北京大学出版社，2001。

胡鹏林：《文学现代性》，中国社会科学出版社，2007。

黄杲炘：《英语诗汉译研究——从柔巴依到坎特伯雷》，湖北教育版社，2007。

黄志浩、陈平：《诗歌审美论》，凤凰出版社，2012。

〔英〕克莱夫·贝尔：《艺术》，薛华译，江苏教育出版社，2004。

〔美〕克雷奇、克莱奇菲尔德、利维森：《心理学纲要》，周先庚、林传鼎、张述祖等译，文化教育出版社，1980。

梁实秋：《英国文学史》，新星出版社，2011。

〔俄〕列夫·托尔斯泰：《艺术论》，古晓梅译，远流出版社，2013。

刘立辉：《17 世纪英国诗歌的巴洛克视觉化特征》，《外国文学评论》2012 年第 4 期。

刘立辉：《英国 16、17 世纪巴罗克文学研究》，社会科学出版社，2016。

〔美〕马泰·卡林内斯库：《现代性的五副面孔》，顾爱彬、李瑞华译，译林出版社，2015。

〔德〕马克斯·韦伯：《学术与政治》，冯克利译，三联书店，1998。

〔美〕马歇尔·伯曼：《一切坚固的东西都烟消云散了——现代性体验》，张辑、徐大建，商务印书馆，2003。

〔英〕皮尔素编《新牛津英语词典》，上海外语教育出版社，2001。

〔俄〕普列汉诺夫：《论艺术》，曹葆华译，三联书店，1973。

〔美〕苏珊·桑塔格：《疾病的隐喻》，程巍译，上海译文出版社，2003。

汪晖、陈燕谷编《文化与公共性》，三联书店，1998。

汪济生：《美感概论：关于美感的结构与功能》，上海科学技术文献出版社，2008。

王觉非主编《英国近代史》，南京大学出版社，1997。

王美秀等：《基督教史》，江苏人民出版社，2008。

王启康：《论自我意识与自我之间的关系》，《华中师范大学学报》2007 年第 46 卷第 1 期。

王晓路：《文化批评关键词研究》，北京大学出版社，2007。

王佐良：《英国诗史》，译林出版社，2008。

杨周翰：《十七世纪英国文学》，北京大学出版社，1986。

〔法〕伊夫·瓦岱：《文学与现代性》，田庆生译，北京大学出版社，2001。

〔英〕伊格尔顿：《后现代主义的幻象》之"现代性研究译丛"，商务印书馆，2004。

〔法〕约翰·加尔文：《基督教要义》，加尔文基督教要义翻译小组译，钱曜诚编辑，加尔文出版社，2007。

张东焱、杨立元：《文学创作与审美心理》，中国工人出版社，1994。

插 图

Domine, ante te omne desiderium meum, et
gemitus meus à te non est absconditus. Psal. 37.

(一)

（二）

The Inhabiting of the Heart.

While here thy Spirit dwells, my heart shall burn
With thine own love; which sure thou wilt return.

（三）

(四)

(五)

索　引

后　记

从 1580 年算起，巴罗克时期文学距今已经有近 440 年的历史。其间，历史发展、文化变迁、语言演变，这一切都为理解该时期文学作品设下了无数障碍。而该时期玄学派诗歌创作风格怪谲、语言晦涩，对之完全理解实属不易，进行研究则更是难上加难。撰写本书的过程中遇到的困难与艰辛唯有自己最为清楚。所幸的是，三个春秋的努力即将结束，我人生中的第一部学术专著终将出版。此时的我百感交集，有千言万语，但又觉得无从说起。

本书是我在博士学位论文的基础上修改、增补完成的。在本书付梓之际，首先要感谢我的博士生导师刘立辉教授，感谢他给予的鼓励、支持与帮助。他严谨求实的治学态度与执着的学术钻研精神时时刻刻地影响着我，让我受益终生。

其次，我还要感谢同事杨莉与陈彩莲，感谢她们在工作中给予的帮助，在生活中给予的关心。感谢我的同学何丽君和沈金花：何丽君极为热心，帮助我在美国购买了一些第一手研究资料；沈金花不辞劳苦，为我在国家图书馆复印论文撰写所需要的书籍。

此外，我还要感谢我的家人，尤其是我的爱人柴樆博士，感谢他在生活中给予的包容与体谅，在工作、学习中给予的帮助与支持，这一切是我完成本书的最大动力。

最后，我要将本书献给我的儿子柴懿轩。虽然生活琐事颇多，工作压力颇大，学术研究有时让我觉得枯燥且力不从心，我的懿轩却为我带来无穷的乐趣和极大的安慰，感谢有你！

张　敏

2019 年 2 月于兰州大学

图书在版编目（CIP）数据

自我的现代性书写：英国玄学派诗人乔治·赫伯特
诗歌研究／张敏著. -- 北京：社会科学文献出版社，
2019.5
　ISBN 978-7-5201-4720-0

　Ⅰ.①自… 　Ⅱ.①张… 　Ⅲ.①乔治·赫伯特-诗歌研
究　Ⅳ.①I561.072

　中国版本图书馆 CIP 数据核字（2019）第 075879 号

自我的现代性书写
——英国玄学派诗人乔治·赫伯特诗歌研究

著　　者／张　敏

出 版 人／谢寿光

责任编辑／刘　丹

出　　版／社会科学文献出版社·人文分社（010）59367215
　　　　　　地址：北京市北三环中路甲 29 号院华龙大厦　邮编：100029
　　　　　　网址：www.ssap.com.cn
发　　行／市场营销中心（010）59367081　59367083
印　　装／三河市龙林印务有限公司

规　　格／开　本：787mm×1092mm　1/16
　　　　　　印　张：16　字　数：233 千字
版　　次／2019 年 5 月第 1 版　2019 年 5 月第 1 次印刷
书　　号／ISBN 978-7-5201-4720-0
定　　价／89.00 元